Triomphe et passions

PATRICIA HAGAN

Violences et passions	*J'ai lu* 3201/**6**
Folies et passions	*J'ai lu* 3272/**5**
Gloires et passions	*J'ai lu* 3326/**6**
Fureurs et passions	*J'ai lu* 3398/**5**
Splendeurs et passions	*J'ai lu* 3541/**5**
Rêves et passions	*J'ai lu* 3682/**6**
Honneur et passions	*J'ai lu* 3756/**5**
Triomphe et passions	*J'ai lu* 3847/**5**

Patricia Hagan

Triomphe et passions

Traduit de l'américain
par Françoise Roche

Éditions J'ai lu

A Prudence qui m'a épaulée jusqu'au bout
et qui reste toujours vivante dans mon cœur

Titre original :

LOVE AND TRIUMPH
Published by Avon Books,
a division of The Hearst Corporation, New York

1

Espagne-Septembre 1917

L'aurore pointait à l'horizon, trace mauve écartant de ses doigts délicats les vestiges de la nuit. Ombres silencieuses, les pâturages descendaient en pente douce vers les saillies rocheuses surplombant la Méditerranée encore endormie.

Et, au cœur de ce paysage enchanteur, tel un royal seigneur dominant la nature, se dressait le castel des Coltrane qui évoquait les grandes heures du Cid.

Colt Coltrane, le maître du manoir, se réveilla en sursaut. Il se dressa dans son lit, cherchant à retrouver ce qui l'avait arraché à un sommeil si profond.

Et tout lui revint...

C'était le jour où il mariait son fils Travis.

Colt se reprochait de ne pas ressentir la moindre allégresse à cette perspective. Que demander de mieux, pourtant, que Valérie comme belle-fille? Aucun doute sur ce point: elle aimait Travis à la folie. Autrement elle n'aurait pas attendu quatre longues années que Travis sortît de West Point avec son brevet d'officier de l'armée américaine en poche. Dure épreuve pour ces tout jeunes fiancés qui n'avaient guère eu l'occasion de se voir puisque Valérie s'était installée en Espagne chez Kit, la jumelle de Travis, et Kurt Tanner, son mari.

Valérie... une ravissante jeune fille, qui alliait l'intelligence au charme. Colt n'avait rien à lui reprocher personnellement. Après tout, Valérie n'était pas responsable de son milieu familial...

Colt poussa un soupir résigné, sortit du lit et traversa la chambre dallée de marbre rose ouvrant sur le balcon. De ce promontoire, il observa les *vaqueros* qui commençaient leur journée en regroupant le bétail.

Il bâilla, s'étira, respira longuement la senteur des roses et du jasmin qu'exhalait le jardin. Et il se félicita encore d'avoir refusé à la dernière minute de vendre le castel et ses terres au moment où lui et sa femme Jade avaient quitté l'Espagne, peu avant la déclaration de guerre. Ils avaient ainsi pu revenir s'installer dans ce domaine, à un jet de pierre du château de leur fille Kit et des petits-enfants.

Eh oui! Colt était grand-père, et fier de l'être. Le petit Joseph, l'aîné, se comportait en vrai Coltrane du haut de ses trois ans. Et Natasia, deux ans, avait hérité des superbes yeux verts de sa grand-mère Jade.

Colt se retourna vers la chambre, vers le lit dans lequel reposait, entre les draps de satin rose pâle, son épouse bien-aimée. Jamais une femme ne lui avait paru plus belle; il l'aimait autant, sinon plus, que le jour où il lui avait demandé sa main, vingt-quatre ans auparavant.

Il revint s'allonger auprès d'elle et la prit dans ses bras. Le seul contact de sa bouche sensuelle la sortit du sommeil et elle l'enlaça passionnément, s'offrant à ses caresses avec un bonheur toujours nouveau...

Après l'amour, ils reposèrent, nus, les membres enlacés. Le silence de Jade parut soudain étrange à Colt qui perçut la tension de sa femme. Il attendit un peu avant de lui demander avec tendresse :

— Veux-tu que nous en parlions ?

Jade soupira, se détacha de lui et se laissa rouler sur le dos, répondant d'un ton découragé :

— A quoi cela servirait-il ?

— A rien, sans doute, puisque nous avons eu quatre ans pour réfléchir au problème. Qu'y a-t-il à ajouter sinon que Valérie fera une bonne épouse ? Travis est très amoureux. Ce n'est pas la faute de Valérie si son ignoble beau-père a failli briser notre couple. L'eau a coulé sous les ponts, depuis ; il faut oublier. En plus, maintenant que Bryan Stevens l'a déshéritée, on n'entendra probablement plus jamais parler de lui.

— Qui sait... ? Peut-être est-il mort, aujourd'hui ?

Jade n'éprouvait aucun remords à souhaiter la disparition de cet homme... qu'elle savait malheureusement bien vivant.

Colt s'abstint de tout commentaire. Il ne désirait pas révéler à sa femme qu'il faisait depuis longtemps surveiller Bryan Stevens par des détectives privés. Il savait ainsi que Stevens vivait en reclus sur une île des Bermudes dont il était propriétaire. Cette même île qu'il avait baptisée « île de Jade » quand, vingt-deux ans auparavant, il avait failli épouser Jade en lui racontant que Colt, son époux légitime, avait péri en mer.

Lita, la mère de Valérie, que Bryan avait épousée par la suite, était décédée l'année précédente — sans que Stevens eût daigné en informer Valérie : il avait fait une croix sur elle pour la punir de vouloir épouser Travis.

— Au lieu de me lamenter sur le passé, je devrais me réjouir que grâce à ton intervention Travis ne soit pas envoyé au front. Sans ce miracle, il aurait été expédié en France dès le mois de juin, avec les premières troupes.

Colt détourna la tête. Comment avouer à Jade que leur fils tenait à accomplir son devoir, à se battre pour son pays ? Qu'après un bref voyage de noces il rejoindrait le front ? Valérie le savait, bien entendu, mais elle avait accepté de cacher le plus longtemps possible cette accablante nouvelle à Jade.

Colt ramassa son peignoir et sonna Carasia pour avoir du café. Avant de gagner la salle de bains, il rappela à Jade qu'ils prendraient le brunch avec les fiancés à dix heures.

Il en cachait des choses à Jade, depuis quelque temps... Colt appréhendait le moment où il faudrait lui avouer que lui aussi, il partait pour la guerre. En tant que membre du corps diplomatique, ce qui était mieux que l'infanterie mais quand même... Jade réagirait violemment en apprenant que son mari et son fils, les deux hommes de sa vie, partaient se battre. Cette épreuve s'ajouterait à deux autres : au drame que vivait la Russie, la patrie de Jade, où la révolution venait de contraindre son cousin Nicolas II à abdiquer ; et à la disparition de Drake Mikhaïlonov, son ami, veuf de la demi-sœur de Colt, Dani Coltrane, morte en couches.

Colt préférait donc se taire plutôt que de causer un chagrin supplémentaire à son épouse.

Jade ne bougeait toujours pas. Le regard fixé au plafond, elle voyait défiler les douloureux fantômes du passé. A l'insu de Colt, depuis quatre ans, elle aussi se faisait transmettre des comptes rendus sur Bryan Stevens. Le premier rapport des détectives privés — qui remontait à quatre ans — lui avait appris que cet homme avec qui elle avait vécu une liaison de cauchemar, qui était peut-être le père des jumeaux Kit et Travis et qu'elle avait cru mort en mer, vivait toujours ; pire encore : qu'il était le « père » de Valérie. Ce qui signifiait qu'en aimant Travis, Valérie aimait peut-être son demi-frère.

Cependant, Valérie avait vite rassuré Jade : Bryan n'était que son père adoptif. Elle avait juré de ne rien dire à Travis et, depuis, les deux femmes étaient devenues amies.

Le dernier rapport des détectives confirmait encore que Bryan ne quittait pas son île. Et si Jade savait également que Lita était morte, elle le taisait à Valérie afin que nul n'apprît qu'elle faisait surveiller Bryan.

En entendant Colt annoncer qu'il en avait terminé avec sa toilette, Jade s'empressa de gagner la salle de bains.

Quand elle en ressortit, son époux était en train de déguster café et jus d'orange sur le balcon. Elle l'y rejoignit. Constatant que l'humeur de Colt s'était assombrie, elle décida à son tour de le questionner :

— Ne serait-ce pas toi qui as besoin d'en parler ?

— Ce n'est pas le mariage de Travis qui me préoccupe.

— C'est Marilee, pas vrai ?

— Exact. Je suis surpris qu'elle soit venue de Suisse spécialement pour le mariage, dit Colt en servant du café à sa femme. Je pensais qu'après avoir quitté son collège qu'elle détestait tellement, elle ferait sa vie de son côté. Les rentes que maman lui a laissées à sa mort le lui permettraient.

Jade sentait depuis toujours que Colt n'arrivait pas à aimer vraiment sa nièce. Indifférence qui avait fini par déteindre sur Travis et Kit, leurs enfants. Sans aller jusqu'à manifester envers Marilee mesquinerie ou méchanceté, ils la considéraient comme le rappel involontaire d'une infidélité que le patriarche de la famille, Travis Coltrane, avait faite à Kitty, son épouse légitime, quand il l'avait crue morte. Marilee était la petite-fille de cette autre femme, cette étrangère au clan.

Ironie du sort, c'était Kitty Coltrane qui avait recueilli et élevé Marilee quand sa mère était morte en lui donnant le jour. Car le père, Drake Mikhaïlonov, fou de douleur à la perte de Dani sa femme, avait confié la nouveau-née à Kitty avant de s'engager au service du tsar.

De son côté, Jade éprouvait pour Marilee une affection très particulière puisque Drake avait été son ami, du temps où ils vivaient en Russie.

— Rentes ou pas, Marilee fait partie de la famille, gronda Jade. Elle est toute jeune, la guerre fait rage et n'oublions pas qu'on est sans nouvelles de Drake depuis des mois. Elle n'a plus que nous.

— Bon, c'est entendu, elle n'a pas d'autre famille vers qui se tourner, concéda Colt. Mais ça n'excuse pas son comportement dépressif qui finit par devenir contagieux.

— Elle s'inquiète pour son père. Comme nous tous, d'ailleurs.

— Tu ne m'as pas dit qu'elle avait un ami ?

— En effet. Dans une lettre qu'elle m'a envoyée il y a un certain temps, elle disait avoir fait la connaissance d'un jeune homme, le frère d'une amie de pension. Ils sont autrichiens, et tiens-toi bien... ce sont des Habsbourg — excusez du peu. Ils ont émigré en Suisse pour fuir la guerre. Marilee m'a laissé entendre que le jeune homme lui faisait la cour. Elle ne m'a toutefois rien précisé de ses propres sentiments.

— J'ai été surpris que Valérie lui demande d'être sa demoiselle d'honneur. Elles se connaissent à peine.

— C'est moi qui ai conseillé à Valérie de faire ce geste pour que Marilee se sente à l'aise parmi nous.

— Si tu veux la vérité, j'aime bien cette petite. Kit et Travis tiennent eux aussi à elle. Malheureusement, Marilee n'a ni cran ni vitalité. Et de personnalité encore moins. Qu'elle se trouve un homme qui l'épouse et s'occupe d'elle, ce serait le mieux.

Jade prit le temps de méditer ces paroles avant d'acquiescer. A regret.

A deux pas du couple, dans la chambre, Marilee se pétrifia. Elle avait eu l'intention de se joindre à Colt et Jade pour prendre le café sur le balcon. Ils ne l'avaient pas entendue frapper. Et elle regretta amèrement d'avoir surpris leur conversation.

2

Dès que ses jambes flageolantes le lui permirent, Marilee prit la fuite et alla s'enfermer dans sa chambre.

Elle s'était toujours sentie étrangère, dans cette famille. Aussitôt après le mariage de Travis et Valérie, elle débarrasserait les Coltrane de sa présence. Inutile de se leurrer, elle n'avait pas sa place ici.

Allongée sur le lit, elle contemplait le baldaquin en dentelle, tâchant de respirer profondément, d'apaiser les battements de son cœur. Les paroles de Colt résonnaient encore dans ses oreilles.

Jamais de sa vie elle n'avait eu la moindre occasion de décider de son sort, de prendre des initiatives : Kitty avait pourvu à tous ses besoins, puis elle s'était retrouvée dans ce pensionnat pour jeunes filles de bonne famille de Zurich. Résultat : quoique presque adulte, bien élevée, instruite, elle était encore considérée comme une fille sans ressort, si fragile que sa seule issue était de se trouver un mari qui la couverait et prendrait les décisions pour elle.

Si elle était tentée d'accepter la demande en mariage de Rudolf, était-ce parce qu'elle se sentait trop infantile pour se lancer seule dans la vie ? Aimait-elle seulement Rudolf ? Difficile à dire puisqu'elle n'avait aucun point de référence. En tout cas, les baisers du garçon ne déclenchaient en elle rien d'extraordinaire.

Ce jeune homme à la beauté juvénile était charmant avec ses boucles châtaines et ses yeux noisette. Marilee admirait beaucoup ses talents de pianiste. Ils avaient passé de bien agréables soirées au parloir du collège où, assise à côté de lui sur la banquette, elle regardait les doigts de Rudolf courir sur les touches d'ivoire avec virtuosité.

Ses études achevées, Rudolf et sa sœur Eléonore l'avaient invitée à séjourner chez eux aussi longtemps qu'elle le désirerait. Ils la savaient sans nouvelles de son père Drake Mikhaïlonov et la plaignaient d'être obligée de repartir chez ses cousins Coltrane.

Pourtant, Marilee hésitait. Elle avait souhaité s'éloigner de Rudolf afin de décider la tête froide si elle avait oui ou non envie de l'épouser. Mais on ne lui en donnait même pas le temps. Puisque son entourage la traitait en paria, la poussant dans les bras de Rudolf, il ne lui restait plus qu'à s'y laisser tomber.

Si seulement on retrouvait la trace de son père ! Marilee refusait d'envisager sa mort. Quand, brutalement, elle n'avait plus reçu aucune lettre de lui, elle avait écrit au tsar Nicolas II, l'ami de Drake. Deux jours plus tard, apprenant que la révolution avait éclaté, forçant le souverain à abdiquer, elle avait compris que sa lettre ne recevrait jamais de réponse. Désormais, l'inquiétude qu'elle éprouvait pour son père s'accentuait de jour en jour.

A Rudolf qui lui faisait remarquer qu'elle n'avait nulle part où aller, Marilee avait rétorqué fièrement qu'il lui restait le château que Drake avait fait bâtir en France pour sa mère.

Oui, elle avait encore cette superbe résidence située non loin de Paris. Elle se souvenait d'y avoir passé un Noël chaleureux avec Drake, l'année qui avait suivi la mort de Kitty. Dix jours de bonheur, d'intimité avec son père. Quand il avait malheureusement fallu repartir pour le pensionnat, Drake avait promis à sa fille qu'à la fin de ses études, il quitterait la Russie pour vivre avec elle, père et fille enfin réunis dans ce château dédié à l'amour...

Elle se leva en soupirant, alla prendre un bain puis s'habilla en vue du brunch en famille. Debout devant le miroir en pied, elle fit la grimace. Pas terrible... Elle s'était choisi une petite robe grise toute simple, à l'encolure carrée et aux manches courtes, ainsi que des escarpins noirs avec des boucles d'argent. Elle s'était fait la raie au milieu et natté les cheveux avant de les remonter en macarons sur les oreilles. Rudolf aimait ce genre de coiffure; il était d'ailleurs partisan des tenues effacées. Pour sa part, la jeune fille se moquait un peu des modes, estimant qu'aucun modèle ne pouvait atténuer sa haute taille et sa minceur.

Sa robe pour le mariage, en mousseline de soie pêche avec un décolleté légèrement plongeant, une ceinture en satin et une jupe pareille à un long tutu froufroutant, tranchait certes avec cette tenue grise. Mais les talons hauts argentés — les plus hauts qu'elle eût jamais portés — lui donnaient l'impression d'être encore plus gauche.

On frappa à la porte. Jade entra et Marilee devina que sa tante partageait ses conclusions au sujet de son apparence : pas terrible...

— Tu es prête pour le brunch. Très bien. Profitons de ces quelques minutes de liberté pour parler, si tu veux.

Marilee eut un haussement d'épaules indifférent et s'avança vers les fauteuils disposés devant la cheminée. Jade attaqua sans détour mais en douceur :

— Nous nous faisons du souci pour toi, ma chérie. Nous te sentons si malheureuse...

— Pardonnez-moi si ma présence vous met mal à l'aise, répondit la jeune fille avec un certain détachement.

Et, au lieu de regarder Jade en face, elle se contenta de fixer ses mains jointes sur ses genoux.

— Oh, ma chérie, c'est que ton bonheur nous tient à cœur ! Vraiment. Je sais que le sort de ton père te préoccupe, comme nous. Mais pour le moment, nous ne pouvons que prier pour qu'il ne lui soit rien arrivé de grave.

— J'aimerais tant partir à sa recherche... avoua Marilee d'une voix angoissée. Je me sens terriblement impuissante.

— Si cela pouvait nous le ramener, je t'y encouragerais, Marilee.

Jade balaya ces sombres propos d'une main distraite. Ce jour était un jour de fête.

— Mais parlons de toi, ma chérie... Que devient le jeune homme que tu mentionnais dans tes lettres ? Ce jeune Autrichien ? Tu ne m'as rien dit de lui depuis ton retour. J'avais cru comprendre que c'était sérieux, entre vous.

Marilee lui annonça alors l'invitation permanente de Rudolf. Que Jade l'encourageât vivement à se rendre en Suisse ne la surprit pas.

— A quoi bon te ronger d'angoisse sur le sort de ton père ? Tu n'y peux rien. Pars plutôt pour la Suisse. Le pays est sûr, et qui sait ? Peut-être qu'un mariage...

Marilee eut peine à ravaler son amertume : Jade ne lui avait même pas demandé si elle désirait se marier avec Rudolf. Apparemment, les Coltrane s'en moquaient. Ils cherchaient un prétexte pour se débarrasser d'elle.

— Tu as accepté l'invitation des Habsbourg, j'espère, insista Jade.

— Je n'ai pas encore donné de réponse.

Devant la déception qui se peignit sur le visage de Jade, elle ajouta bien vite :

— Je ne prolongerai pas mon séjour chez vous après le mariage de Travis. J'envisage de partir en voyage, pour m'occuper...

— Ridicule ! Je vais déjà avoir assez de soucis comme ça avec Travis et Colt. Si tu ne vas pas chez ce jeune homme, tu restes ici, près de moi.

— De quoi parles-tu, Jade ? Que se passe-t-il avec Travis et oncle Colt ?

— Il semblerait que mon fils et mon mari imaginent, après tant d'années, pouvoir me cacher certaines choses. Ils oublient que je les aime tant et que je les connais si bien, que d'instinct je pressens les moindres mouvements de leur âme. Et j'ai deviné avant qu'ils me l'avouent que Travis part pour le front en France et que Colt s'engage dans le corps diplomatique.

— J'en suis sincèrement désolée ! s'exclama Marilee, touchée que, malgré son inquiétude, sa tante trouvât le temps de se préoccuper de son sort.

— Laissons là ces sujets tristes, décréta Jade avec un entrain exagéré. A mon avis, tu devrais accepter l'invitation de Rudolf. Ce séjour te ferait grand bien.

Quelques minutes plus tard, Jade s'éclipsa. Elle allait sûrement passer la consigne à toute la famille de l'encourager à partir en Suisse, songea Marilee. Ce qui lui fit regretter de s'être confiée à sa tante.

Elle revint devant son miroir pour étudier son reflet. Sa vie aurait-elle été différente si elle s'était trouvée belle ? Aurait-elle vu les choses autrement si elle avait possédé ce flair infaillible dont étaient douées sa tante Jade, Kit et Valérie par exemple ? Elles savaient toujours comment s'habiller et resplendissaient en toute circonstance. De son côté, Marilee se sentait pareille à une statue reléguée loin des regards, dans un grenier sombre et sinistre.

« Personne ne te condamne à y rester », lui souffla la voix de sa conscience.

Alors l'adolescente se mit à arracher fébrilement les peignes et épingles qui retenaient sa chevelure. Puis, comme si elles ne lui appartenaient plus, ses mains trouvèrent des ciseaux et taillèrent dans la masse. Le massacre accompli, Marilee contempla avec un mélange d'horreur et de ravissement ses cheveux courts, une coiffure « à la garçonne » qui était alors à la mode. Leur ondulation naturelle lui donnait l'air d'un lutin, si bien que pour la première fois depuis fort longtemps, elle gratifia son reflet d'un sourire éclatant.

L'effet était sidérant. Marilee se trouvait d'une fraîcheur, d'une grâce ! Elle resplendissait.

Prenant son courage à deux mains, elle se prépara à faire face au tollé général.

3

Les festivités devaient commencer à deux heures, dans le cadre splendide des jardins de Kit et Kurt Tanner. On y attendait d'éminentes personnalités, membres du gouvernement et de la noblesse d'Espagne. Tout ce que l'Europe comptait de personnages de marque avait reçu une invitation. Viendrait qui pourrait...

Pour commencer, la famille remonterait en voitures attelées l'avenue menant de la mer au sommet de la colline couronnée par la résidence majestueuse bâtie par Kurt pour l'amour de sa femme. Après le défilé, lunch au champagne. Puis, en attendant le dîner de gala, les invités auraient le choix des distractions : danse au son des violons dissimulés dans les buissons, promenade à cheval, corrida dans l'immense arène située sur le domaine. Kurt avait également mis son yacht, le *Lady Kit*, à la disposition des amateurs de cabotage en Méditerranée.

Afin d'offrir à la famille une dernière occasion de se réunir dans l'intimité avant l'arrivée de la foule, Jade avait organisé un brunch au castel des Coltrane. Seule Valérie manquerait à l'appel : conformément à la tradition, Travis ne verrait pas sa fiancée avant le mariage.

Très fière de sa promotion de femme de chambre à intendante, Carasia passait la salle en revue. Quand tout fut parfaitement à sa place, elle ouvrit la porte à double battant, aperçut Marilee dans le couloir... et poussa un hurlement strident.

— Mais enfin, Carasia, ce n'est quand même pas si épouvantable ! protesta Marilee en portant la main à ses cheveux. C'est la dernière mode, tu l'ignorais ?

Marilee exécuta quelques entrechats, virevolta avant de plonger dans une révérence.

— *Dio mio*, señorita, une femme coiffée comme un homme, j'ai jamais vu ça ! s'écria la bonne, les yeux agrandis d'horreur.

— Dans les capitales d'Europe, les femmes les plus snobs se coiffent toutes « à la garçonne », Carasia. Mets tes pendules à l'heure.

Tête haute, Marilee entra chercher son nom sur les cartons marquant la place des convives. Puis elle se posta derrière sa chaise et attendit.

— Allez... elle me plaît, votre coiffure, grommela la servante. Simplement, vous auriez pu choisir un autre jour pour faire un choc pareil à la famille.

— Je ne partage pas ton avis, Carasia.

Les deux femmes se retournèrent. C'était Kit. Ses iris lavande rayonnant de bonheur, sa chevelure d'un roux lustré dénouée, elle s'avança vers Marilee, les bras grands ouverts.

— Figure-toi que je ne t'ai pas reconnue immédiatement ! Renversante, cette coupe ! J'adore.

Elles s'étreignirent, et Marilee songea qu'elle devait paraître auparavant encore plus mal fagotée qu'elle ne l'imaginait.

A la suite de sa femme, Kurt confirma que Marilee y gagnait en beauté. Comme toujours en présence de Kurt, Marilee fut parcourue d'un frisson de ravissement. Il faut dire qu'elle avait eu le coup de foudre pour Kurt, quatre ans auparavant. Grand, très bien bâti, il avait fort belle prestance dans son costume blanc. Avec ses cheveux noir de jais, ses yeux d'un brun chaud, c'était le plus bel homme du monde.

— Incroyable ce que ça te change ! poursuivit Kit. Je me risquerais presque à adopter cette coupe mais j'ai peur que Kurt ne demande le divorce. Il fait une véritable fixation sur ma chevelure.

— Pas à ce point, répondit Kurt en s'esclaffant. Je dois pourtant reconnaître que je t'aime les cheveux longs. Le plus surprenant, c'est que Marilee se soit risquée à prendre une telle initiative.

Il se tourna vers Joseph et Natasia, ses enfants, qui entraient en courant, suivis par leur nurse visiblement surmenée. Il les gronda de se montrer aussi turbulents mais quand les enfants aperçurent leurs grands-parents, ils se ruèrent vers eux en pépiant et cavalcadant de plus belle.

D'abord blessée par la remarque de Kurt, Marilee se rendit compte qu'il avait raison : en se coupant les cheveux, elle avait pris la première initiative de sa vie. Elle avait osé. Sensation étrange... et merveilleuse à la fois.

Kit l'encouragea d'un clin d'œil tandis que Jade approchait. Marilee se mit sur la défensive. A tort car Jade, battant des mains avec ravissement, fit pivoter Marilee, émerveillée du résultat.

— Nous allons enfin pouvoir te faire porter des toilettes voluptueuses au lieu de tes petites blouses de pensionnaire !

Colt et Travis les rejoignirent à cet instant. Marilee se trouva au centre de l'attention générale — sensation délectable. La joie lui aurait presque donné le sentiment d'appartenir à la famille... sans la remarque de son oncle qui la ramena brusquement sur terre :

— Moui... avec un peu de maquillage et une tenue plus appropriée, on n'aura peut-être pas une vieille fille sur les bras, finalement...

A l'hilarité déclenchée par cette remarque, Marilee répondit par un sourire pincé. Kurt l'interrogea alors sur ses projets d'avenir et lui demanda si elle comptait rester en Espagne. Jade s'empressa de répondre à sa place :

— Marilee va sans doute repartir pour la Suisse, un de ses amis l'a invitée dans sa famille.

Empourprée de colère, la jeune fille ne put se retenir :

— Ne te fais pas de souci pour moi, je t'en prie. Je me suis promis, quoi que l'avenir me réserve, de ne jamais constituer un fardeau pour votre famille.

Un silence tomba sur l'assemblée, tel un linceul glacé. Ils échangèrent des coups d'œil gênés jusqu'à ce que Jade intervînt :

— Et si nous portions un toast aux futurs époux, avant que l'Espagne tout entière accoure à la cérémonie ? suggéra-t-elle avec un enjouement qui cachait mal sa tension.

Jovial, Colt leva la coupe de champagne que venait de lui servir un domestique.

— A la santé de mon fils Travis. En lui souhaitant d'être aussi heureux en ménage que son père et son grand-père.

Chacun y alla de sa formule. Quand vint le tour de Marilee, un peu éméchée par tant de bulles, elle s'écria :

— A Travis... que j'aime comme un cousin, bien que nous ne soyons pas de la même famille.

Le brunch achevé, alors que tout le monde sortait en file indienne, Jade resta en arrière et retint Marilee.

— Je pars chez Kit dans une demi-heure. J'aimerais que tu fasses le trajet avec nous dans la voiture. Tu seras prête ?

— Pourquoi partir si tôt ? On a amplement le temps d'ici la cérémonie.

— Tu comprendras bientôt pourquoi. Prépare-toi, insista Jade avec un sourire mystérieux.

Marilee acquiesça et s'en fut.

— Mais qu'est-ce qu'elle a donc ? s'exaspéra Colt. Chaque fois qu'elle se trouve dans les parages, j'ai l'impression de marcher sur des œufs.

— Et moi, j'ai la ferme intention de l'expédier en Suisse. Il le faut.

— Pourquoi ne l'y accompagnerais-tu pas, Jade ? Un voyage te changerait les idées.

— Justement, j'y pensais. Cela m'éviterait de me ronger les sangs à cause de cette maudite guerre qui va vous prendre tous les deux, Travis et toi.

— Comment... comment as-tu appris que je partais ? Par Valérie ?

Jade lui effleura la joue d'un doigt.

— Je n'en étais pas certaine. Simplement, je le pressentais.

— J'aurais préféré que tu n'apprennes ma mobilisation qu'après le mariage, pour profiter pleinement de ces heures de joie au lieu de rajouter une ombre de plus au tableau.

Avec amour, Jade répondit :

— Les Coltrane ont le chic pour se protéger des ombres de la vie, l'as-tu oublié ?

Colt lui donna un baiser empli de reconnaissance.

— Merci de me rappeler la philosophie de la famille, murmura-t-il.

— C'est toi qui me l'as enseignée. Et maintenant, allons marier notre fils. Ensuite, nous pourrons peut-être filer à l'anglaise pendant la réception pour nous offrir une seconde lune de miel.

— Délicieuse perspective, mon amour, mais tu oublies que la première dure toujours...

4

Marilee et Kit avaient pris place dans la superbe Silver Ghost, dernier modèle sorti de chez Rolls-Royce. Chacune portait un cache-poussière et une capeline à voilette pour se protéger le visage — tenue dernier cri des reines de l'automobile. Jade s'assit au volant. Les deux jeunes femmes se regardèrent avec une certaine appréhension, ce qui n'échappa pas à la conductrice.

— Inutile d'avoir peur, mes enfants. J'ai pris des leçons de conduite.

Kit rappela à sa mère que l'auto ne leur avait été livrée qu'une semaine auparavant.

— Combien de leçons as-tu prises, maman ?

— Ce modèle est très facile à conduire. Je t'assure. Il y a quatre vitesses ; la troisième se passe sans qu'on ait besoin d'embrayer et la quatrième est surmultipliée.

— Je sais... on connaît... Papa se montre intarissable sur la Silver Ghost.

Levant les yeux au ciel, Kit chuchota à Marilee :

— Et plutôt que ses quarante-huit chevaux-vapeur qui la poussent à plus de cent à l'heure, moi je préférerais que ce soient de vrais chevaux qui tirent mon attelage.

— Continue à critiquer et tu rentreras à la maison à pied, jeune fille ! la gronda Jade, amusée malgré tout.

Les passagères se retrouvèrent brutalement propulsées en avant puis plaquées en arrière contre la banquette en cuir fauve. Après ce démarrage fracassant, la Rolls glissa en douceur le long de l'allée et se lança à travers la campagne.

— Quand c'est maman qui conduit, Kurt et moi, on ne monte pas. On aurait trop peur que Joseph et Natasia se retrouvent orphelins !

Les deux complices éclatèrent de rire. Marilee se détendit pour mieux profiter de cette sortie. On n'aurait pu choisir plus belle journée pour un mariage, avec le ciel bleu paon traversé çà et là de nuages blancs qui atténuaient un peu l'ardeur torride du soleil. La beauté du paysage frappait l'imagination. L'Espagne est un morceau de paradis, magique, mystérieux, songea Marilee.

— Parle-moi de Rudolf, fit Kit, la tirant de ses rêveries.

— Tu le trouverais très beau, très bien élevé. Charmant, en somme. Un homme de talent, aussi... Il veut être concertiste. Il est de Vienne, mais depuis la guerre il a quitté l'Autriche pour la Suisse avec sa famille.

— L'aimes-tu ?

— Enfin voyons, Kit! s'indigna Jade. A quoi riment ces indiscrétions?

— Tu l'aimes? répéta Kit sans se soucier de la remarque.

— Comment veux-tu que je le sache?

Kit faillit éclater de rire.

— Ces choses-là, une femme les sent. C'est comme lorsqu'on boit un vin rare et précieux. On le reconnaît d'instinct.

— Théorie bien séduisante, mais il me semble me souvenir que tu n'étais pas aussi sûre de toi quand tu as fait la connaissance de Kurt. Tu ne pouvais pas le sentir!

— C'est vrai, tu le détestais de tout ton cœur, je m'en souviens, confirma Jade, taquine.

— La situation était délicate, se défendit Kit. J'avais gagné un cheval qu'on lui avait volé. Kurt tenait absolument à récupérer cet étalon de grand prix alors que moi, je le considérais comme mon bien légitime. Maintenant, bien sûr, mon bonheur dépasse mes espérances, et tu feras cette même expérience quand tu rencontreras l'homme de ta vie.

— Qui sait s'il ne vient pas justement de croiser son chemin? suggéra Jade.

— Rudolf est autrichien, toi tu as du sang russe, reprit Kit. N'avez-vous pas de difficultés à vous entendre? Les Russes ont envahi la province autrichienne de Galicie l'an dernier, ils ont tué plus d'un million d'Autrichiens et fait plus de cinq cent mille prisonniers. Ton père est conseiller et officier du tsar — du moins il l'était avant l'abdication. Rudolf sait-il tout cela?

— Oui, et mes origines n'ont jamais posé de

problème. Au contraire, mon côté russe le fascine. Il me pose une foule de questions à ce sujet.

— Si seulement on pouvait retrouver Drake… Ça fait un bon moment qu'il a disparu.

— Depuis Noël. A mon avis, s'il ne se trouve pas avec Nicolas, c'est qu'il opère dans la clandestinité. Je ne cesse de me répéter qu'il est vivant. Il le faut, ajouta Marilee avec véhémence.

Décidée à ce qu'aucune ombre ne ternît cette splendide journée, Jade déclara avec entrain :

— Bien sûr qu'il est vivant ! Avec son courage, Drake arrivera à s'en sortir, j'en suis certaine.

La route bifurquait. Jade s'apprêtait à prendre le chemin bordé d'orangers menant devant le château des Tanner quand Kit la pressa de s'engager sur l'autre, celui qui débouchait sur les dépendances.

— Prends par là, maman. De l'autre côté, j'ai préparé une surprise que les invités découvriront tous ensemble à l'heure du défilé en voiture. J'ai même fait promettre à Valérie de ne pas se rendre devant le château.

La Silver Ghost doubla étables et parcs à bestiaux avant d'atteindre les écuries de luxe et le manège réservés au dressage des chevaux de concours qu'élevaient les Tanner.

— Voilà Pégase, annonça Kit en désignant un magnifique étalon noir qui broutait nonchalamment dans le lointain. Il nous a déjà donné quatre poulains prometteurs.

En traversant les quartiers réservés au personnel, Marilee demanda :

— Combien de domestiques faut-il pour faire tourner la propriété ?

— Eh bien... une cinquantaine en tout. Kurt a embauché un secrétaire pour tenir les comptes, si bien que je ne saurais te donner un chiffre précis. A la maison, je dispose de vingt domestiques. Il faut ajouter les lads et les entraîneurs pour les chevaux.

— Sans oublier les *vaqueros* qui logent dans un petit village que Kurt leur a fait bâtir, à quelques kilomètres d'ici, précisa Jade.

— Ça s'avérait indispensable. Cinquante mille têtes de bétail, les taureaux que Kurt fournit aux trois arènes les plus fameuses d'Espagne, et maintenant l'élevage des *hispanos*... Et je ne parle pas des vignes.

— Moi qui considérais le château de mon père comme un palais... Comparé au vôtre, ce n'est qu'une chaumière, déclara Marilee.

Jade ralentit aux abords de l'énorme demeure, tandis que Kit soupirait :

— Je ne voulais pas d'un palais, vous savez, mais Kurt y tenait tellement que je me suis laissé convaincre. Tout a été fini en un temps record... Il faut dire qu'il gardait les maçons sur le pied de guerre vingt-quatre heures sur vingt-quatre.

— Trois étages... soixante chambres... piscine couverte, solarium... C'est impressionnant.

Les jardins constituaient eux aussi un enchantement. Embaumant la glycine, les roses, le jasmin et le chèvrefeuille, on y trouvait des plantes exotiques importées d'Orient et d'Amérique centrale ainsi qu'une pagode décorée de clochettes qui tintaient au vent. Sans oublier de somptueuses statues.

— Kurt en rêvait tant, reprit Kit. Je me serais bien contentée de ma petite ferme perchée au sommet de la colline mais si ça le rend heureux, moi aussi.

— Et moi aussi, ma chérie, renchérit Jade. Bien que je considère quand même qu'il a un peu poussé dans le grandiose.

Marilee partageait cette opinion. Elle n'en dit rien, sachant que son père avait lui-même fait construire un château en France pour son épouse. Rudolf agirait-il de même ? Elle en doutait. La famille du jeune émigré autrichien ne possédait probablement pas assez d'argent... D'ailleurs, elle ne désirait rien d'aussi majestueux.

Jade pénétra dans la vaste cour et coupa le moteur devant l'entrée de derrière où les attendait un valet de pied. Il leur ouvrit la portière avant de conduire la Rolls dans un des garages. Kit les précéda et, en haut du perron de marbre, un majordome en uniforme s'inclina puis poussa les portes d'une entrée qui n'aurait pas déparé la façade de bien des résidences de luxe.

— Depuis quand l'as-tu installé ? s'étonna Marilee car Kit désignait la grille d'un petit ascenseur.

— Nous en avons deux. Un pour nous dans le grand hall et celui-ci pour le personnel. Kurt les a commandés en prévision du mariage, parce que ce soir nous utiliserons non seulement la salle de bal du premier mais aussi celle du second. Il a tenu à épargner les montées et les descentes fastidieuses aux invités comme aux domestiques.

L'ascenseur s'arrêta au premier où Kit leur annonça qu'elles trouveraient les vestiaires. Carasia avait fait porter les toilettes nécessaires pour les diverses phases des réjouissances car les invités auraient à se changer plusieurs fois. D'abord pour la cérémonie, ensuite pour les activités de plein air et enfin pour le dîner de gala et le bal.

Jade s'installa dans une chambre qui ressemblait à une bonbonnière, tout en lambris doré et miroirs biseautés, dominée par un lustre en rubis et dorures. Les vases regorgeaient d'une profusion de fleurs qui embaumaient.

— Si tu désires quoi que ce soit, tu n'as qu'à sonner, précisa Kit en lui désignant le cordon de velours.

Jade lui demanda de faire monter Valérie une demi-heure plus tard, ajoutant :

— Toi aussi, Marilee, j'aimerais que tu sois présente. C'est pour cette raison que je t'ai demandé de m'accompagner.

Sans lui donner le temps de s'interroger sur les mystérieux desseins de sa tante, Kit l'entraîna, souriant comme si elle s'apprêtait à lui révéler un merveilleux secret.

— Je te réserve une surprise, annonça-t-elle enfin, s'arrêtant devant une porte close. J'avais peur de te contrarier mais l'audace dont tu as fait preuve en te coupant les cheveux m'a rassurée : le besoin de changement se fait sentir en toi.

Elle prit une profonde inspiration, poussa le

battant et s'écarta pour céder le passage à Marilee. Curieuse, la jeune fille découvrit alors un spectacle qui la figea de stupeur.

Une profusion de robes du soir et de toilettes de toutes les teintes de l'arc-en-ciel s'offrait à son regard. Jamais, même dans les magasins de mode, la jeune fille n'avait vu une telle diversité de modèles.

D'un pas hésitant, elle fit le tour de ces merveilles posées sur le lit, abandonnées sur les chaises, suspendues aux tringles des rideaux et aux cadres. Partout.

— Je ne comprends pas... bredouilla-t-elle, éblouie. C'est pour moi, cette superbe garde-robe ? Mais dans quel but ?

Kit pouffa comme une petite fille ravie d'avoir joué un bon tour.

— Bien sûr que c'est pour toi ! Au lieu de t'habiller comme une nonne ou de te déguiser en gâteau d'anniversaire, il est temps que tu révèles au grand jour la femme fatale qui se dissimule en toi.

Marilee ne put s'empêcher d'éclater de rire. Des larmes de joie lui montèrent aux yeux tandis qu'elle s'arrêtait devant une robe du soir en lamé argent — superbe toilette dont elle palpa amoureusement le décolleté très échancré, bordé de minuscules brillants et de perles, la taille haute, les longs plis amples de la jupe. Inutile de l'essayer : cette robe lui irait à la perfection car Kit, en bonne fée, avait fait ajuster les toilettes à ses mesures.

— Je ne sais comment te remercier... murmura-t-elle, bouleversée. Je n'arrive pas à le croire.

— J'en avais envie depuis longtemps. J'ai profité de l'occasion.

Secouées de fou rire, elles virevoltèrent dans la chambre, passant en revue les robes pour choisir celle qui conviendrait pour la soirée. Et l'heure du rendez-vous avec Jade arriva avant qu'elles aient eu le temps de se décider.

Marilee, qui ne s'était jamais sentie aussi légère, se hâta de rejoindre Jade. Dans la chambre, elle trouva également Valérie qui tremblait de joie à l'approche de l'heure fatidique. Marilee la comparait toujours à un ange qui se serait posé sur terre, avec sa chevelure d'or, ses iris couleur du ciel d'été, la grande douceur de son caractère... C'était la fragilité faite femme et tout le monde aimait cette créature éthérée qui ignorait la médisance.

— Marilee ! Tes cheveux ! s'exclama-t-elle en s'élançant vers elle. J'adore. Ça te donne un chic !

— Je n'ai plus l'air d'une souris grise ni d'un gâteau d'anniversaire, alors ?

— Allons, mes enfants, intervint Jade. Le temps presse et j'ai à vous parler. Venez vous asseoir près de moi.

On s'installa sur le divan. Jade sortit d'un tiroir une pochette de velours rouge nouée d'une cordelette dorée qu'elle posa sur la table.

— Je souhaite marquer ce jour par un cadeau qui le rendra plus mémorable encore. Pour son mariage, j'ai offert à Kit les boucles d'oreilles que son père m'avait données le jour de nos noces. Aujourd'hui, c'est toi qui te maries, Valérie. Prends ceci.

Elle sortit de la pochette un anneau qu'elle offrit à Valérie. Cette dernière ouvrit de grands yeux.

— On dirait... la bague dont la grand-mère de Travis vous a fait cadeau le jour de votre mariage — celle que lui avait offerte le grand-père pour leur dixième anniversaire de mariage !

Jade acquiesça, contemplant avec tendresse l'anneau enchâssé de perles et d'émeraudes.

— Je veux que ce soit toi qui l'aies. Je souhaite que mon fils t'aime de ce même amour qui unissait Travis Coltrane et Kitty et qui nous unit, Colt et moi.

Se sentant importune, Marilee voulut s'éclipser. Jade la retint. La jeune fille se laissa retomber sur le divan.

— A la vérité, nous vivons des heures angoissantes avec cette horrible guerre. Qui sait quand on se retrouvera à nouveau tous réunis ? Voilà pourquoi je tenais à vous donner à chacune un cadeau, symbole de l'affection que j'éprouve pour vous.

Elle glissa la main dans la pochette, en retira un objet qu'elle tendit à Marilee. Du bout des doigts, comme si ce contact la brûlait, la jeune fille caressa l'admirable pendentif en or et rubis.

— Tu me le donnes ? A moi ?

— Oui, Marilee. Ce pendentif, je l'ai reçu pour mon mariage des mains de celui qui est devenu ensuite Nicolas II. Il l'a fait exécuter spécialement par le joaillier de la cour de Russie, Fabergé. A présent, il est à toi.

Marilee se jeta au cou de sa tante, partagée entre la gratitude et le remords parce qu'elle avait pensé du mal des Coltrane. Et elle promit avec ferveur :

— Ce bijou sera mon plus précieux trésor.

Un coup frappé à la porte interrompit les effusions. Jade fronça les sourcils — elle avait donné la consigne de ne pas être dérangée.

— Qu'est-ce que c'est ?

La porte s'entrebâilla et la gouvernante de Kit apparut, se tordant les mains d'embarras.

— Pardonnez-moi, señora. Je sais que vous ne voulez pas qu'on vous dérange mais il y a un visiteur, en bas. Il est arrivé avant tout le monde et demande à voir la señorita Marilee tout de suite.

— Moi ? s'étonna la jeune fille. Je n'attends personne. Qui est-ce ?

Contrariée, la servante lui tendit une carte de visite.

Marilee s'en saisit et faillit tomber à la renverse. Le bristol annonçait : « Rudolf von Habsbourg ».

5

Kit avait fait preuve d'une imagination débordante pour fêter le mariage de son frère et de Valérie. Fou de sa femme, Kurt Tanner avait cédé à ses moindres caprices. C'est ainsi qu'il avait fait venir de Chine de grosses araignées que l'on avait lâchées dans les arbres de l'avenue remontant au château. Durant des semaines, elles avaient tissé de gigantesques toiles et le matin du grand jour, à l'aide de soufflets, on avait saupoudré ces dernières de poussière d'or et d'argent. Suspendues dans les airs, celles-ci ondulaient au vent, chatoyant au soleil de toutes leurs paillettes.

On avait également vaporisé dans l'atmosphère quantité de parfum de luxe.

Travis conduisit le cortège en compagnie de Colt, son témoin, et tous deux furent transportés d'émerveillement devant ce paysage de conte de fées. Jade, Kit, le petit Joseph et sa sœur Natasia les suivaient dans une voiture blanc et or. Si les adultes restèrent pétrifiés, le petit garçon battit des mains de ravissement. Mais Natasia, dépassée par ce miracle de la nature, posait sur toute chose ses grands yeux presque craintifs en suçant nerveusement son pouce.

Quant à Marilee, elle était seule dans sa petite voiture bleue, avec sa robe en soie qui gonflait au vent. A peine remarqua-t-elle les toiles d'or et d'argent, la senteur entêtante et sucrée de l'air. Non, souriant dans le vide, elle regardait sans les voir les visages des invités massés le long de l'allée pour saluer la famille. Elle était encore sous le choc de la visite inattendue de Rudolf. Il avait éclaté de rire et, enchanté de l'avoir à ce point surprise, lui avait annoncé qu'il l'enlèverait pour l'emporter vers son château de Zurich.

Il se tenait non loin, la contemplant avec une admiration éperdue quand elle mit pied à terre. Quelques-unes des jeunes filles à marier qui s'étaient rapprochées de ce très bel homme se renfrognèrent en le voyant dévorer Marilee des yeux.

Elle prit place dans la procession. On n'attendait plus que Valérie. Tout le monde était survolté. Un murmure parcourut la foule quand l'orchestre entama la marche nuptiale.

C'est alors que la mariée apparut, dans une calèche rose et blanc avec son équipage de six chevaux d'un blanc immaculé caparaçonnés de rose ; des clochettes dorées tintaient à leur harnais. Ils caracolaient avec la précision d'un mouvement d'horloge : ces étalons avaient été dressés avec soin pour que, dans son carrosse, Valérie ne fût pas trop secouée.

Telle une étoile dans sa robe de dentelle et satin blancs rebrodée d'une pluie de diamants, elle arborait une tiare d'émeraudes et de perles. Sur son voile courait une myriade de brillants.

Quand sa voiture atteignit la pagode où serait célébré le mariage, Travis n'eut plus la force de patienter. Il bouscula le valet de pied et la déposa avec tendresse sur le sol.

— Comme tu es belle, ma chérie... Si tu savais combien je t'aime...

Puis il l'embrassa tendrement avant de la conduire par la main à l'autel.

Les vœux échangés, tandis que les invités défilaient pour les félicitations, Marilee sentit une main possessive se poser sur son bras. Empli d'adoration, Rudolf lui dit d'une voix de velours :

— Tu es encore plus belle que la mariée. Je ne pense qu'au jour où tu seras ma femme, tu sais ?

— Pas ici, Rudolf, quand même. On reparlera plus tard de...

— ...de la date à laquelle je te verrai à Zurich et où nous pourrons annoncer nos fiançailles... Oh, Marilee, si tu savais combien ma mère a hâte de faire ta connaissance ! C'est même à elle que tu dois ma visite impromptue. Elénore et elle ont insisté pour que je fasse le voyage et que je te ramène avec moi.

— Je ne peux pas. Pas maintenant. Certaines choses me retiennent ici, Rudolf.

— Quoi, par exemple ? Tu t'inquiètes pour ton père ? Tu ne peux rien pour lui et te faire du souci n'arrangera pas la situation. La Russie connaît de tels bouleversements à l'heure actuelle, il ne faut pas s'étonner si ses lettres ne te parviennent pas... en supposant...

— ... qu'il soit encore en vie, c'est ça ? Je refuse de le croire mort, Rudolf.

— Je sais bien mais il faut regarder la réalité en face. Les bolcheviks ne tarderont plus à renverser Kerensky et son gouvernement provisoire. Ce n'est qu'une question de temps. Cela provoquera un nouveau bain de sang. Si ton père est vivant — ce que je souhaite de tout cœur — il ferait mieux de quitter la Russie. Mais dis-moi... à ton avis, que lui est-il arrivé quand le tsar s'est fait arrêter, peu après l'abdication ? Tu les disais amis intimes... Tu ne penses pas que ton père a lui aussi été fait prisonnier ?

— Non. Je te rappelle qu'oncle Colt a des relations haut placées et que l'ambassade des Etats-Unis n'a pas eu vent de l'arrestation de mon père. Ils n'ont aucune idée de l'endroit où il se cache, d'ailleurs.

Marilee ferma les yeux, inspira longuement puis continua :

— Si ça ne te dérange pas, je préférerais éviter ce sujet, pour le moment. Nous sommes censés vivre un jour de bonheur et...

— Je te demande pardon. Je ne cherchais pas à te causer du chagrin.

— Je le sais, Rudolf. Mais comprends-moi, je ne joue pas avec toi... Simplement, je dois prendre certaines décisions par moi-même.

— Changer de coiffure, par exemple ?

— Tu aimes les cheveux courts ?

— Honnêtement, je préfère les femmes avec les cheveux longs. Mais ça repoussera.

Elle eut envie de lui expliquer qu'elle ne les

laisserait pas repousser de sitôt mais comme la tension était déjà palpable, elle garda le silence.

— Il faut absolument que je rejoigne nos invités. Et aussi j'aimerais goûter au champagne.

Ils avaient atteint le jardin de statues, enclos de hautes haies. Brusquement, Rudolf l'attira dans ce lieu isolé et, la plaquant contre lui, écrasa ses lèvres sur les siennes. Tout aussi brutalement, il la relâcha, précisant avec impudence :

— Moi, je préfère ta bouche au champagne.

Horriblement gênée, Marilee se libéra vite de son étreinte. Ce baiser l'avait laissée complètement froide. Et même agressive.

— Je suis vraiment obligée de rejoindre nos invités, Rudolf. Ensuite, cet après-midi, j'irai faire une promenade à cheval. Je te consacrerai un moment, un peu plus tard. On pourra parler... de Zurich... de tout.

Elle se détourna et partit en courant vers le buffet dressé sous des tentes multicolores.

— Tu ne pourras pas me fuir toute la vie, ma chérie ! lui cria Rudolf. Je sais que tu m'aimes. Et toi, tu le sais. Il faudra bientôt regarder la vérité en face.

Marilee s'éloignait à pas lents, cherchant à recouvrer son calme. « Jamais je ne le trouverai, cet amour dont parle Kit, pensa-t-elle. Celui que l'on reconnaît d'instinct. »

6

Pour le dîner, Jade revêtit une robe en satin émeraude à manches pagode, scintillante de paillettes. Son chignon était piqueté de brillants retenus par une résille invisible. Pour tout bijou, elle arborait sa parure favorite : boucles d'oreilles d'opale et d'émeraude avec collier assorti.

Elle enfilait ses longs gants en soie blanche quand Colt la rejoignit, séduisant comme un dieu en smoking de soirée noir, chemise à jabot de dentelle et nœud papillon de satin rouge.

— Mon chéri... si je n'étais déjà ta femme, je te ferais une cour effrénée digne d'une courtisane ! s'écria Jade en se levant pour l'enlacer.

— Tu es la plus belle femme du monde, souffla-t-il, sa bouche contre la sienne, la voix rauque de désir.

Colt avait fait monter du cognac, qu'ils aimaient tous deux boire à l'apéritif, et il leur en servit, portant enfin un toast :

— A notre amour, à nos enfants et petits-enfants. A l'avenir, aussi...

Leurs regards se croisèrent à travers la transparence des verres. Soudain, avec cette clairvoyance des amants qui n'ont plus de secret l'un pour l'autre, Colt murmura :

— Tu n'arrives pas à oublier ton angoisse, pas vrai ?

Jade fit non de la tête. Un long frisson la secoua. Colt posa les verres sur la console avant de la serrer dans ses bras.

— Il n'arrivera rien à Travis car il connaît le métier des armes. N'oublie pas qu'il sort de West Point, il saura servir la patrie avec courage.

— Je n'en doute pas, rétorqua Jade. Toi au moins, on t'épargne le front ; tu seras à Paris et à peu près en sécurité, à l'ambassade…

Elle s'interrompit en voyant l'expression gênée de Colt. Il se détourna, incapable de la regarder en face.

— Qu'y a-t-il, Colt ?

— Ce n'est pas à Paris qu'on m'envoie.

Il la fixa de nouveau et avoua d'une voix blanche :

— Je vais en Russie.

Jade porta la main à sa bouche, comme pour étouffer un sanglot.

— Mon Dieu, non…

Il la serra dans ses bras.

— Jade, mon amour, il faut que tu comprennes. Notre gouvernement craint que le soulèvement bolchevique de juillet ne soit qu'un début. S'ils parviennent à renverser le gouvernement provisoire, les bolcheviks feront la paix avec l'Allemagne, ce que refusent les Alliés.

Poussée à bout, Jade explosa :

— La guerre, le patriotisme et tout le reste, je m'en moque éperdument ! La seule chose qui importe, c'est que mon fils part pour le front et que tu vas te retrouver au beau milieu d'une révolution. Pareille injustice me révolte !

— Ecoute, Jade Coltrane, il faut te reprendre, dit-il en la secouant un peu. Ce que j'ai toujours aimé en toi, c'est ta combativité, alors j'espère que tu ne vas pas paniquer maintenant, si ? J'ai besoin de ta force, et Travis aussi.

Jade ferma les yeux, rien qu'un instant. Colt avait raison : ils avaient traversé tant d'épreuves et de difficultés côte à côte, elle n'avait pas le droit de flancher alors que son époux avait besoin d'elle.

— Je reviendrai de la guerre, poursuivit Colt. Travis aussi, et nous vieillirons ensemble. Alors relève la tête et souviens-toi que je t'aime.

Il lui prit le menton au creux de la main, lui baisa les lèvres en murmurant :

— Et ce soir, quand nous serons seuls, je te prouverai combien je t'aime.

Ils reprirent un doigt de cognac, qu'ils burent dans le même verre, puis Colt annonça qu'il devait descendre.

— Il n'est que six heures et demie... protesta Jade après un coup d'œil à sa montre-bracelet. Kit a décidé que le cocktail commençait à sept heures.

— Je sais bien mais j'ai envoyé un domestique convoquer le jeune Habsbourg. Je souhaite avoir avec lui un entretien en privé.

— Très bien. Je trouve aussi qu'il est temps de tirer ses intentions au clair, fit Jade, enchantée.

— Oh oh! A mon avis, ses intentions sont on ne peut plus transparentes et Marilee aurait tort de laisser filer une telle chance.

— Le sort de son père l'angoisse tellement... Une fois en poste en Russie, tu auras au moins l'avantage de pouvoir glaner des informations sur Drake.

— Espérons-le. Au début, je croyais qu'en tant que proche du tsar il se trouvait dans le train impérial au moment de l'abdication, à Pskov. Or, l'ambassade n'a pas mentionné la présence de Drake Mikhaïlonov.

— Drake n'y est peut-être jamais monté, dans ce train.

— Dis-moi que tu n'en crois rien.

— En effet, admit Jade. Drake était certainement auprès de Nicolas, en ces heures si difficiles.

— Puisque Drake ne se trouvait pas dans l'entourage du tsar quand le souverain a été arrêté, c'est qu'il s'est éclipsé avec quelques-uns des conseillers de confiance pour préparer la contre-révolution. S'il était mort ou s'il avait été fait prisonnier, on l'aurait su; en revanche, s'il s'est lancé dans la résistance clandestine, il redoute certainement de reprendre contact avec nous. Je te promets qu'une fois là-bas je ferai tout pour le retrouver.

Rudolf, arrivé en avance au rendez-vous, avait été introduit dans le fumoir de Kurt Tanner. Située au rez-de-chaussée du château, dans une aile silencieuse au point d'en paraître isolée, la pièce lui sembla magnifique. Aux murs, de nombreux tableaux représentaient les poulains *hispanos* ainsi que les taureaux des célèbres élevages Tanner. Sur les quelques fauteuils en cuir fauve, on avait jeté des peaux de mouton retournées pour plus de confort. L'immense cheminée prenait un mur entier ; à l'autre extrémité se trouvait un bar entouré de miroirs.

Quel luxe ! songea Rudolf en ricanant. Mais il en profiterait lui aussi, après son mariage avec Marilee. Parce que, en plus d'hériter des Coltrane, la jeune fille toucherait la jolie petite rente que son père avait placée à son intention. Ses revers de fortune lui avaient appris que le luxe était de loin préférable à la pauvreté... Il soutenait la doctrine des bolcheviks, mais dans les limites de ses intérêts.

A la mort de leur père, Rudolf et sa sœur Elénore n'étaient que des enfants. Amalia, leur mère, remariée avec un cousin éloigné de l'empereur François-Joseph, avait crié sur tous les toits qu'elle était membre de la prestigieuse famille des Habsbourg-Lorraine. Peu lui importait qu'il ne s'agît que d'une parenté par alliance, ce sésame leur avait ouvert les portes de la haute société et Rudolf comme Elénore avaient pu être présentés à la cour.

Lorsque leur beau-père mourut, Rudolf et sa famille se retrouvèrent sans ressources. Amalia découvrit en effet que son second mari ne laissait que des dettes. Il y avait trois ans de cela.

Par conséquent, le trio n'eut d'autre choix que d'aller à Zurich chercher refuge chez la grand-mère paternelle de Rudolf et Elénore, Ilsa Gutten.

Mais cette Ilsa ne vivait guère non plus dans l'aisance. Quand elle mourut, peu après leur installation au château, ils constatèrent que l'héritage de la vieille dame ne se montait précisément qu'au château — ancien mais assez petit et peuplé de courants d'air — ainsi qu'à quelques objets d'art qu'Amalia s'empressa de vendre.

Amalia nourrissait des ambitions démesurées pour ses enfants. Elle tint à envoyer Elénore dans un collège huppé pour jeunes filles de bonne famille afin de lui donner l'éducation raffinée qui lui permettrait d'attirer un riche mari. Rudolf, lui, serait pianiste virtuose. Amalia avait sauté sur ce prétexte pour fuir l'Autriche où elle redoutait qu'on mobilisât son fils qui risquait, sur le champ de bataille, d'abîmer ses mains si précieuses.

Oui, songeait Rudolf non sans amertume, sa mère était la force agissante de la famille. Force négative malheureusement puisque ses obsessions, ses criailleries continuelles — elle buvait plus que de raison — avaient fini par dégoûter ses enfants et les éloigner. C'est à cette époque que frère et sœur commencèrent à fréquenter un café du vieux Zurich. Ils y firent la connaissance d'autres réfugiés autrichiens qui avaient eux aussi perdu leurs illusions et s'ennuyaient ferme dans la vie. Progressivement, pour se faire accepter par leurs nouveaux amis plus qu'autre chose, les deux Habsbourg s'engagèrent dans la lutte bolchevique.

Par leur entremise, Rudolf rencontra même le grand homme en personne : Lénine. Dès lors, en bien des circonstances, il fut tenté de défendre haut et fort les doctrines de son maître, mais le groupe qu'Elénore et lui avaient rallié avait pour règle d'opérer dans le secret le plus absolu. Si bien que peu de gens savaient que ces jeunes bien tranquilles avaient tourné le dos à l'Autriche pour soutenir l'ennemi — la Russie.

Quand leurs chefs apprirent qu'Elénore avait pour amie de pension Marilee Mikhaïlonov, la fille d'un des conseillers intimes du tsar, ils ordonnèrent à Rudolf de la courtiser pour lui soutirer le plus de renseignements possible sur les activités de son père et des Russes blancs. Rudolf avait commencé par renâcler mais la beauté de Marilee avait transformé la corvée en un jeu délicieux. Il avait dissimulé à ses complices son plaisir de découvrir que la demoiselle était richissime. Un trop grand enthousiasme aurait senti le soufre pour ses camarades...

Rudolf se retourna en entendant s'ouvrir la porte et serra la main que lui tendait Colt Coltrane.

— Je ne vous ai pas fait attendre trop longtemps ?

— Non, non, assura Rudolf. C'est moi qui suis arrivé en avance. J'en ai profité pour admirer le fumoir. Magnifique.

Un majordome en veste blanche leur servit sur un plateau verres ballons et flacon de cognac avant de disparaître rapidement. Les deux hommes s'installèrent sur le canapé.

— Quand vous êtes arrivé, ce matin, je n'ai pas eu le temps de vous parler tant il y avait de remue-ménage. C'est pourquoi je vous ai demandé de venir tôt, cette fois, pour que nous puissions avoir du temps avant le dîner.

— Je vous remercie d'avoir pris cette peine, monsieur.

Colt ouvrit une boîte marquetée posée sur une table, offrit un cigare à Rudolf, se cala ensuite contre les capitons du sofa et observa le jeune homme d'un air songeur avant d'attaquer avec franchise :

— Expliquez-moi pourquoi vous avez quitté l'Autriche avec votre famille. On imaginait que quelqu'un comme vous aurait tenu à se battre pour son pays.

Rudolf prit une expression triste pour répondre :

— La vérité, c'est que les obligations familiales sont passées avant le patriotisme. Mon beau-père est mort d'une attaque au moment où ma grand-mère paternelle tombait malade à Zurich. Ma mère a insisté pour aller la soigner, ce qu'elle a fait jusqu'à sa mort. Ensuite nous sommes restés là-bas parce que, pour tout vous dire...

Il posa son verre et, levant les mains, en écarta les doigts.

— ...je suis prêt à tout pour les protéger. Pardonnez mon manque de modestie, mais bien des maîtres de musique me considèrent comme un pianiste prodige. Je garde donc mes mains à l'abri et je m'occupe de ma mère et de ma sœur. S'il y en a pour condamner mes choix, qu'ils me condamnent, conclut-il en haussant les épaules.

— Je ne m'érigerai pas en juge, fit poliment Colt qui n'en considéra pas moins le garçon comme peu courageux. Je suppose que si vous aviez de fortes convictions politiques, vous ne seriez pas ici. Nos deux pays sont en guerre, vous le savez. Mais dites-moi... poursuivez-vous vos études musicales, en ce moment ?

— Oui, mais de façon moins poussée que je ne le souhaiterais, malheureusement. En Autriche, nous avons des conservatoires de très grande qualité. Ils n'ont d'équivalent qu'en Russie...

— Je l'ai entendu dire, et aussi qu'il ne fait pas bon vivre en Russie à l'heure actuelle.

Il ne put se retenir de demander :

— Ça ne vous gêne pas que Marilee ait du sang russe ?

Les yeux de Rudolf s'arrondirent de surprise.

— Bien sûr que non. Si cela m'avait contrarié, nous n'aurions pas poussé la relation aussi loin.

Il venait de donner l'entrée en matière que Colt attendait :

— Précisément, Rudolf, où en êtes-vous avec Marilee ?

— Je l'aime, déclara-t-il sans un instant d'hésitation. Je lui ai demandé de m'épouser.

Colt haussa un sourcil. A son tour d'être surpris.

— Vous a-t-elle répondu oui ?

— Elle me dit qu'elle n'est pas sûre de ses sentiments mais je ne la crois pas. Mettons qu'elle se fait trop de souci au sujet de son père pour penser à autre chose. En fait, il est fort probable qu'il soit mort, et sans vouloir paraître cruel, je considère que la vie... c'est fait pour les vivants, et j'aimerais bien qu'elle se décide à vivre la sienne...

— A vous entendre, on croirait que c'est on ne peut plus simple.

— J'aimerais que ce soit simple. Pourriez-vous m'aider ? Je veux dire : si vous considérez que je lui conviens.

De prime abord, Rudolf ne faisait pas mauvaise impression à Colt. Manifestement intelligent, bien élevé, ambitieux, il semblait réellement épris de Marilee.

— Vous avez pour l'instant toute ma sympathie. Ne comptez toutefois pas sur moi pour intervenir dans la vie privée de Marilee jusqu'à la forcer à accepter.

— Je ne vous demanderai qu'une chose : d'user de votre influence pour l'inciter à accepter mon invitation. A Zurich, elle ne sera plus obsédée par son père et j'aurai le temps de lui montrer qu'elle m'aime.

— Ma foi, je considère cela comme une bonne idée, mais, vous l'avez sans doute remarqué, Marilee est une solitaire. La seule personne dont elle ait jamais été proche était ma mère. Je verrai ce que je peux faire et lui dirai que vous avez ma bénédiction.

Soulagé, Rudolf s'empara de la main de Colt pour la presser avec une reconnaissance exagérée.

— Merci, monsieur. Je suis convaincu qu'elle tiendra compte de votre avis. Je vous promets pour ma part de prendre bien soin d'elle.

Colt éprouva lui aussi un certain soulagement. Il se reprochait sa hâte de voir Marilee mariée et partie mais la vérité, si noire qu'elle fût, c'était que, s'il ne revenait pas de la guerre, Marilee constituerait pour Jade un fardeau supplémentaire.

Les deux hommes fumèrent leur cigare, bavardant de tout et de rien et sirotant leur cognac. Puis Jade et Marilee firent leur apparition.

— Valérie et Travis nous attendent pour saluer les invités qui commencent à arriver, fit Jade. Et vous, Rudolf, si vous voulez bien excuser Marilee un moment... Rassurez-vous, j'ai demandé à Kit de la placer à votre droite, au dîner.

Rudolf s'était levé à l'entrée des dames. Aussitôt son regard s'était fixé sur Marilee et il restait pétrifié, incapable de le détacher de sa gorge. Ce n'était pas la robe de la jeune fille qui le troublait à ce point — un lamé or qui mettait admirablement sa beauté en valeur. Non, c'était son pendentif de rubis sertis d'or.

— Qu'est-ce qu'il y a, Rudolf? demanda-t-elle en partant d'un petit rire angoissé car il ne s'était jamais comporté de la sorte.

Il déglutit avec peine, passa la pointe de sa langue sur ses lèvres sèches et réussit enfin à bredouiller:

— Où as-tu trouvé cet étonnant bijou?

— C'est moi qui le lui ai donné, le renseigna Jade. Je l'ai reçu en cadeau du tsar Nicolas, le jour de mon mariage.

— Vous connaissez le tsar personnellement, madame?

— Bien sûr, répondit Marilee du tac au tac.

Ils sont même parents et, la veille de son mariage, le tsar a anobli ma tante — elle est princesse. Tu ignorais que c'était une Romanov ?

Rudolf plissa les paupières — si discrètement que nul ne s'en aperçut.

7

Le festin mit les convives dans une humeur de rêve. Déployant son charme pour captiver les Coltrane, Rudolf parvint à faire leur conquête. Mais tout en jouant les séducteurs, obsédé par l'appartenance de Jade au clan Romanov, il cherchait un moyen pour l'interroger à ce sujet.

On l'avait placé à droite de Jade qu'il put ainsi questionner sur ses attaches avec le tsar — tout en prenant soin de lui témoigner le respect mêlé de crainte qu'est censée inspirer la compagnie d'une personne aussi bien née.

Jade commença par se montrer réticente, puis elle finit par se livrer : sa mère était bien russe et cousine du tsar Alexandre II. Son père ? Irlandais. Orpheline de bonne heure, Jade avait été élevée à la cour impériale par Marie Pavlovna, belle-sœur d'Alexandre III.

Et puis, Jade se lança dans ses souvenirs de première danseuse étoile du Ballet impérial. Tandis qu'elle évoquait sa carrière, ses beaux yeux d'Irlandaise brillant de fierté, Rudolf faisait semblant de paraître impressionné, bien que cela lui coûtât de hocher la tête et de sourire aux moments opportuns. Il eut du mal à dissimuler sa haine quand Jade évoqua Alexandre III, le tsar qui, après un attentat manqué contre sa personne, avait fait pendre le frère de Lénine en même temps que d'autres révolutionnaires.

« Je pourrais être acteur. Il faut vraiment des talents de comédien pour faire semblant d'apprécier la compagnie de ces gens », se dit-il en avalant une goulée de vin. Adressant à Marilee un sourire empli d'adoration, il se félicita qu'elle se sentît étrangère à cette famille : après leur mariage, Rudolf avait la ferme intention de rompre avec les Coltrane.

Il accueillit la fin du dîner avec soulagement. Le grand orchestre se mit à jouer et c'est applaudis par les centaines de convives que Travis Coltrane et son épouse Valérie ouvrirent le bal, suivant la tradition.

Quand la foule gagna à son tour la piste, Rudolf invita Marilee. Ils se lancèrent dans une valse élégante et Rudolf la fixa de ce regard exagérément passionné qu'il avait si soigneusement mis au point devant son miroir.

— Je n'en peux plus d'attendre le jour où ce sera à notre tour d'ouvrir le bal, murmura-t-il d'une voix troublée à souhait.

Etourdie par le champagne, Marilee se sentait le cœur en fête.

— Qui sait... un jour peut-être, répondit-elle, gardant un flou artistique.

Il lui pressa la main, crispa les doigts sur sa taille.

— Accepte au moins de venir à Zurich pour me donner une chance de conquérir ton cœur.

La valse prit fin sans qu'elle eût répondu. Cette fois, Kurt se présenta et enleva Marilee dans ses bras. Rudolf n'attendait que cette occasion pour partir à la recherche de Jade. Il la découvrit un peu à l'écart de la piste où elle conversait avec quelques personnes de son âge.

— Princesse Jade... fit-il en s'inclinant avec panache devant elle. Me ferez-vous l'honneur de m'accorder cette danse ?

On échangea des regards d'envie parmi ces dames, et Jade, flattée, se laissa conduire sur la piste.

— Jamais je n'avais dansé avec une princesse, confia-t-il.

— Cela présente-t-il une telle différence ? demanda Jade avec un petit rire.

— Assurément. Il y a cette aura, cet enchantement... décuplés par votre extraordinaire beauté.

— Assez, Rudolf ! Maintenant vous pouvez cesser les flatteries, dit-elle, feignant de le gronder bien qu'elle adorât cela. Vous m'avez totalement conquise. Colt et moi, nous consentons de tout cœur à ce que Marilee séjourne dans votre famille, à Zurich. Cette visite lui fera du bien.

— Pourquoi ne pas l'accompagner, vous aussi ? Ma mère serait enchantée de vous compter parmi nos invités et cela me rassurerait de savoir que Marilee effectue le voyage avec vous.

— Que c'est gentil, Rudolf ! J'aimerais beaucoup, oui, et je vous trouve fort aimable de m'inviter.

Marilee avait fini de danser avec Kurt, et elle se dirigeait vers la terrasse pour y prendre l'air quand elle vit Jade et Rudolf s'approcher. Avant qu'elle ait pu se demander pourquoi ils étaient ensemble, sa tante lui révéla que Rudolf l'invitait elle aussi en Suisse.

— ... Comme cela, si tu te décides à partir pour Zurich, tu auras une compagne, ma chérie. Ce serait un merveilleux voyage, crois-moi.

Marilee les dévisagea tour à tour, décidant finalement que cela lui fournirait un moyen de trancher si Rudolf était oui ou non l'homme de sa vie.

— Très bien, dit-elle d'une petite voix morne. Je crois que je vais accepter aussi.

Peinée par ce manque d'enthousiasme, Jade poursuivit :

— Tu verras, nous passerons des heures merveilleuses... et puis je serai ravie de pouvoir profiter un peu de toi.

Les réticences de Marilee rendaient Rudolf fou de rage. Il connaissait des femmes qui auraient sauté avec joie sur une telle invitation. Pour qui se prenait-elle, cette pimbêche, à faire la fine bouche ?

A grand-peine, il parvint à ébaucher un sourire et renchérit :

— Oui, chère Marilee, nous passerons tous un très agréable moment. Et je vous promets que cette visite, vous ne l'oublierez jamais ni l'une ni l'autre, conclut-il — avec une intime conviction, cette fois.

8

Amalia von Habsbourg était livide.

Pas un jour ne s'était écoulé depuis la fugue de Rudolf sans qu'elle relût le message laconique que son fils lui avait laissé sur son oreiller. Et tout en lisant, elle pleurait et blasphémait.

Chère mère,

Je pars pour l'Espagne assister à un mariage chez une de mes connaissances. Je ne vous en ai pas parlé parce que je redoutais de vous causer du souci. Je devrais être de retour d'ici quelques semaines.

Votre fils Rudolf.

— Elénore ! glapit-elle, brisant le silence morose de sa chambre. Elénore ! Viens ici, immédiatement. Je n'attendrai pas un instant de plus.

L'idée ne l'effleura même pas que sa fille pût être sortie. Elénore, plus obéissante que son frère, ne serait pas sortie sans permission.

Amalia regrettait de plus en plus amèrement d'avoir dû quitter l'Autriche car dans son pays elle tenait ses enfants sous sa coupe. Il en allait bien autrement à Zurich. La ville regorgeait de réfugiés issus de tous les milieux, de mauvaises fréquentations. Et pour accroître ses angoisses, il avait fallu qu'Elénore interrompît ses études au pensionnat en cours d'année ; et que Rudolf refusât d'entrer au conservatoire pour préparer une carrière de concertiste.

Au lieu de se plier aux ambitions que leur mère leur avait tracées, ses enfants se comportaient de façon très mystérieuse, depuis un moment. Rudolf encore plus que sa sœur. S'absenter aussi longtemps sans autorisation était indécent.

— Elénore ? Ici ! cria-t-elle.

Amalia tenait à interroger sa fille encore une fois. Elénore prétendait ne rien savoir de cette « connaissance » évoquée par Rudolf. Elle jurait ses grands dieux que son frère ne la tenait pas au courant de ses activités, qu'elle ignorait qui il était allé rejoindre. Amalia était persuadée que sa fille lui mentait. Elle se targuait de lire en ses enfants comme dans un livre ouvert et s'en voulait furieusement de ne pas avoir senti que Rudolf préparait cette escapade.

Elle relut le message, plissant les yeux pour voir dans la pénombre, les rideaux étant tirés. Quand Amalia von Habsbourg était déprimée, elle se mettait à haïr le soleil et le ciel bleu, préférant le mauvais temps, l'orage, plus en phase avec son désarroi.

Frénétiquement, elle fit un bouchon du billet et le jeta dans la cheminée vide. Puis elle se mit à arpenter la pièce, dans un état d'agitation extrême. La chambre était sinistre avec son lourd mobilier sombre, son papier fané, ses tapis usés jusqu'à la corde. Dans ce château qui tombait en ruine, c'était pourtant la plus habitable. C'est pourquoi Amalia en avait expulsé sa belle-mère Ilsa. La vieille dame atteinte de démence n'avait pu protester lorsqu'on l'avait déménagée dans un réduit, à la cave. C'était là qu'on l'avait découverte, morte, un matin.

Amalia avait tenu Ilsa pour une empêcheuse de tourner en rond. Une fois la vieille dame partie pour l'autre monde, Rudolf et Elénore avaient hérité du château. Non qu'il valût une fortune dans son état de décrépitude, mais c'était quand même un toit. Et dans la cave attendaient encore quelques caisses où l'on découvrirait peut-être des objets d'art à vendre pour payer les études musicales de Rudolf.

— L'imbécile ! J'espère quand même qu'il retrouvera la raison ! dit Amalia à voix haute.

— Oh, mais Rudolf n'a pas du tout perdu la raison, mère ! protesta Elénore qui venait d'entrer.

— Comment oses-tu te permettre d'entrer chez moi sans frapper ? Tu tiens à me faire mourir de peur ? Tu ne crois pas que j'ai le système nerveux déjà assez mal en point à cause de ton égoïste de frère ?

— N'est-ce pas plutôt de voir le fantôme de grand-mère revenir vous hanter qui vous fait peur ? fit Elénore pour l'agacer davantage. Et d'abord, comment pouvez-vous supporter de vivre tout le temps dans le noir ?

Elle traversa la pièce et écarta les doubles rideaux d'un coup de cordon.

— J'aime la pénombre. C'est ma chambre. J'y vis comme je l'entends et je ne tolérerai pas davantage tes insolences.

Amalia s'empressa de refermer les rideaux, se maudissant pour la millième fois d'avoir raconté à Elénore ces cauchemars atroces où le spectre d'Ilsa surgissait soudain au pied de son lit pour lui mordre les orteils. Elénore n'avait fait qu'en rire, déclarant à sa mère que c'était son inconscient qui lui reprochait d'avoir maltraité l'invalide. Car ses enfants ne lui avaient jamais vraiment pardonné d'avoir relégué leur grand-mère à la cave pour s'approprier la chambre la plus confortable du château.

— Où étais-tu ? Voilà des heures que je t'appelle.

— Partie en promenade.

— Bien entendu !

— Je me demande pourquoi je prends la peine de répondre à vos questions puisque vous ne me croyez jamais, se plaignit Elénore en levant les mains au ciel.

— Tu ne peux le reprocher qu'à toi-même. Tes mensonges, je les détecte sans mal, et tu me mens quand tu racontes que tu ignores tout de cette « connaissance » que mentionne Rudolf dans son message. J'exige de savoir qui est cette fille ! fit-elle avec hauteur.

— Qui prétend qu'il s'agit d'une femme ?

— Me prendrais-tu pour une sotte ? s'époumona Amalia en toisant sa fille d'un air incrédule. Jamais Rudolf ne se serait lancé dans un si long voyage pour aller retrouver l'un de ces fanatiques qu'il fréquente depuis un moment.

Elle eut un petit coup de menton empli de suffisance en lisant la surprise sur les traits d'Eléнore.

— Eh oui... Mon petit doigt m'a dit que ton frère et toi, vous frayez avec des bolcheviks. Les domestiques ont entendu jaser; ils m'ont rapporté les commérages. Nous en reparlerons, crois-moi, quand ton frère sera de retour, parce que j'ai la ferme intention de rétablir l'ordre chez nous. Pour commencer, tu vas faire tes débuts dans le monde... Il est temps de te montrer dans la bonne société parce que plus tôt tu dénicheras un mari, mieux ce sera. Quant à Rudolf, il ne lâchera pas ses études de musique.

Elle marcha droit sur Elénore et agita un index menaçant sous son nez.

— Tu vas me faire le plaisir de m'expliquer où est passé Rudolf et tout me raconter sur cette petite grue qu'il est allé retrouver. Sinon j'appelle Vincent pour qu'il t'enferme dans le réduit où est morte ta grand-mère jusqu'à ce que ta langue se délie.

Elénore constata que sa mère était on ne peut plus sérieuse. Or, si elle ordonnait à leur géant de jardinier de la traîner à la cave, Elénore ne serait pas de taille à résister. On l'y enfermerait jusqu'au retour de Rudolf. Si son frère s'en tenait à ses projets initiaux, il ne tarderait guère à rentrer, certes, mais en cas d'incident imprévu...

— J'attends!

Etre séquestrée ainsi l'empêcherait d'aller

rejoindre Cord en cachette, perspective insupportable. Peu lui importait la promesse faite à Rudolf de ne rien trahir de son escapade, si cela nuisait à ses propres aventures amoureuses. Avec un soupir, elle lâcha :

— Ce n'est pas une grue, mère.

— Ah ah ! J'avais donc vu juste. Rudolf a fugué sans me demander mon autorisation parce qu'il avait trop honte de renier sa promesse et de s'amouracher avant d'être devenu concertiste ! Maintenant, raconte-moi tout.

Au regard haineux que lui lança sa fille, Amalia répondit par une gifle.

— Parle, sinon tu t'en mordras les doigts !

Bien que sa joue fût en feu, Elénore ravala ses larmes et demanda dans un murmure étranglé :

— Que souhaitez-vous savoir, au juste ? Je ne suis pas dans le secret des sentiments de Rudolf. Je sais simplement qu'il est parti la rejoindre en Espagne où elle assiste au mariage d'une cousine. Une cérémonie grandiose, paraît-il...

— Qui est-elle ? Qui est cette fille, si intéressée par l'argent de Rudolf, que sa famille a mis au point un piège « grandiose » pour l'attraper ?

— Intéressée par l'argent de Rudolf ! ricana Elénore. Ce serait plutôt l'inverse, oui.

— Que veux-tu dire ?

— Je veux dire, mère, que l'amie de Rudolf appartient à une famille renommée — les Coltrane. Son grand-père n'était autre que Travis Coltrane, le fameux diplomate américain.

La nouvelle porta. Amalia avait entendu parler de Travis Coltrane qui avait joui en son temps d'un grand respect dans les milieux gouvernementaux ; de son fils Colt, tout aussi respecté. On disait la famille extrêmement fortunée et reçue chez le gratin, tant en Europe qu'aux Etats-Unis.

— Peu importe ! glapit alors Amalia, faisant sursauter Elénore. Je ne le tolérerai pas. Rudolf deviendra le plus grand pianiste de tous les temps, c'est décidé. Avec un génie pareil, il est hors de question qu'il fasse des folies. Bon gré mal gré, il ira au conservatoire de musique de Genève — là où j'aurais dû l'expédier dès notre arrivée en Suisse.

Tandis que sa mère continuait à délirer, perdue dans ses rêves de grandeur, Elénore s'esquiva sur la pointe des pieds. Quand elle s'en rendit compte, Amalia von Habsbourg hurla de plus belle mais sa fille, qui ne souhaitait pas subir ses foudres à la place de Rudolf, courut se cacher en attendant que la tempête se calmât.

Rudolf, rentré à Zurich le matin même, pensait à tout autre chose qu'à se présenter devant sa mère au risque d'essuyer sa colère. Il se rendit directement au café Wolfa, situé dans la Schulleslgasse, une des rues de la vieille ville. L'établissement, flanqué d'une bâtisse aux ouvertures barricadées de planches, se trouvait au bout d'une impasse pavée. La circulation réduite en faisait un lieu idéal pour les rendez-vous discrets.

Rudolf était heureux que la tradition des cafés de Vienne eût été importée en Suisse : ces sortes de vastes clubs donnaient au consommateur la sensation d'être dans son propre salon. On y trouvait tables de billard, jeux d'échecs et de cartes ainsi que le nécessaire pour écrire. Mais c'était surtout la presse qui constituait l'attraction la plus appréciée : les journaux du monde entier accrochés tout autour de la salle au moyen de longues pinces en bois.

C'était là qu'il avait fait la connaissance d'un groupe de jeunes gens qui, au gré de conversations amicales, s'était élaboré une philosophie communiste et s'était donné le nom de « Partisans de Zurich ». Ainsi que le slogan des bolcheviks : « Paix, terre, pouvoir absolu au Soviet ».

Peu soucieux de la liberté des femmes, Rudolf avait vu d'un mauvais œil que sa sœur fréquentât elle aussi assidûment le groupe. Il l'avait même accusée de n'y venir que pour se chercher un mari. Furieuse, Elénore avait rétorqué qu'elle avait autant que lui le droit d'aspirer à un idéal.

En poussant la porte ce matin-là, Rudolf eut la joie de constater que Hanisch Lutzstein, le chef incontesté des Partisans, se trouvait déjà là. Malgré l'impatience qu'il avait de lui annoncer la bonne nouvelle, Rudolf garda le silence car Lutzstein n'était pas seul. Entouré d'une dizaine de leurs compagnons, il était absorbé dans une grande discussion.

Comme toujours, il y était question du soulèvement de juillet à Petrograd. Cinq cent mille révolutionnaires brandissant des banderoles aux slogans pacifistes, hostiles au gouvernement provisoire, avaient défilé et s'étaient fait écraser. Les autorités faisaient circuler dans l'armée des documents destinés à prouver que Lénine n'était qu'un espion à la solde de l'Allemagne ; que le soulèvement avait été orchestré pour miner l'arrière-garde russe et permettre aux Allemands de gagner du terrain sur le front. Des repaires bolcheviques avaient été pris d'assaut et quand Trotsky s'était rendu à la police, Lénine avait passé la frontière pour se réfugier en Finlande.

Les Partisans venaient d'apprendre que Lénine n'était nullement inquiet de l'échec du soulèvement — qu'il n'avait d'ailleurs pas décidé lui-même. Il le considérait comme une « manifestation » plus que comme une véritable « révolution ».

Nouvelle plus inquiétante, on disait que Kerensky, le premier ministre et ministre de la Guerre, avait décidé à la suite du soulèvement de juillet qu'il était dangereux de garder le tsar et la famille impériale à Petrograd. Les Partisans se demandaient où on allait les transférer.

— Avec de l'or, on pourrait acheter ce renseignement, grogna Lutzstein en assenant un coup de poing sur la table. On a les hommes, on a la matière grise, la volonté et le courage d'y arriver, non ? Il nous manque hélas l'argent pour acheter les informations. On est coincés ici nuit et jour, condamnés à boire et à se révolter en paroles. L'heure serait venue d'arrêter les jérémiades, de passer à l'action pour aider nos camarades !

Le groupe approuva ce discours avec enthousiasme.

A la table voisine, sirotant de temps à autre une gorgée de bière, Cord Brandt ne disait rien. Quand Rudolf l'aperçut, il eut envie de s'asseoir à son côté mais hésita, lui trouvant l'air préoccupé. Pourtant il le sentit parfaitement conscient de ce qui se passait autour de lui.

Cord Brandt avait fait son apparition au café Wolfa l'hiver précédent. On avait regardé avec méfiance cet Allemand qui refusait de parler de lui, de ses origines et qui se tenait à l'écart. Les Partisans l'avaient donc laissé dans son coin, se bornant à surveiller leurs paroles quand il se trouvait dans les parages.

Tout bascula quand Cord Brandt sauva la vie de Hanisch Lutzstein, le soir où les Partisans fêtaient la nouvelle de l'abdication du tsar. Un inconnu était entré. Il avait eu une violente altercation avec Hanisch qui avait fini par le jeter dehors. Cord Brandt avait vu l'intrus réintégrer la salle par la porte de derrière, un pistolet au poing. Alors il avait bondi, juste à temps pour éviter à Hanisch de prendre une balle dans le dos. Le projectile avait simplement égratigné Cord. De ce jour, jamais plus on n'avait remis en question sa loyauté. Hanisch lui avait juré amitié éternelle. Quant à l'inconnu, il avait filé sans demander son reste et n'était jamais revenu.

Le camarade Cord Brandt étant salué comme un héros, Rudolf avait été flatté qu'Elénore retînt son attention. Peu lui importait ce que leur mère pourrait penser d'une telle union. Le chef de famille, c'était lui, désormais. Et si elle continuait à boire pareillement, elle ne tarderait pas à se retrouver dans un sanatorium car son fils en avait par-dessus la tête de ses esclandres.

Rudolf décida enfin de tirer Cord de ses pensées. Il traversa la salle du café où son entrée n'était pas passée inaperçue, les conspirateurs restant toujours sur le qui-vive. Et il s'assit avant de faire signe à la serveuse de leur porter deux chopes de bière.

— Il fait bon rentrer chez soi, commença-t-il. Comment va, camarade ?

Cord hocha la tête d'un air absent.

Rudolf mourant d'impatience de confier la bonne nouvelle à quelqu'un, il ne prêta pas attention au peu d'enthousiasme que suscitait sa compagnie. Il attendit que la serveuse fût repartie et chuchota d'une voix excitée :

— Tu as entendu ce que vient de dire Hanisch au sujet de l'or qui permettrait de soutirer des renseignements sur le tsar ? Eh bien... j'ai découvert un moyen de m'en procurer, moi !

Cord but une gorgée avant de demander, railleur :

— De l'or ou des renseignements ?

Rudolf se raidit. Ces sarcasmes lui déplaisaient profondément. Constatant que Hanisch s'écartait du groupe, il agita frénétiquement la main pour lui faire signe d'approcher. Hanisch tira une chaise et s'assit entre les deux hommes.

— Quand es-tu rentré d'Espagne ? demanda-t-il à Rudolf.

Celui-ci résuma son expédition, répétant ce qu'il venait de dire à Cord.

— Qu'est-ce que tu nous chantes là ? grogna Hanisch.

Rudolf prit le temps de les observer tour à tour, goûtant l'attention qu'il éveillait — celle de

Hanisch essentiellement, Cord gardant ses distances.

— Je m'apprête à héberger sous mon toit une vraie Romanov !

— Ce n'est sûrement pas la fille qu'on t'a demandé de courtiser, quand même ! Son père occupe un poste important mais ce n'est pas un Romanov.

Cord, toujours muet, sirotait sa bière avec ennui.

— Non, pas Marilee, précisa Rudolf.

Agrippant le bras de Hanisch, il lui révéla l'incroyable nouvelle. Quand il eut achevé, il se carra sur sa chaise et croisa les bras, un sourire aux lèvres.

— Tu ne crois pas qu'il s'agit d'un morceau de choix ? insista-t-il. Imagine la rançon qu'on pourra en tirer. Les Coltrane paieront une fortune pour l'arracher aux griffes des révolutionnaires assoiffés du sang impérial !

Hanisch se grattait le menton, pensif, et dans ses prunelles noires se mit à briller une lueur d'enthousiasme.

— En effet, je crois que tu as pêché le gros poisson, dit-il enfin, le cerveau en ébullition. Les Partisans se chargeront de l'enlever pour qu'on ne te soupçonne pas et que tu puisses continuer à courtiser la fille de Mikhaïlonov. D'une pierre deux coups...

Ils ne remarquèrent ni l'un ni l'autre que Cord, soudain sorti de son indifférence, crispait les mâchoires. Hanisch déclara :

— Une nouvelle pareille, ça se fête. Eh bien, Cord, ce n'était pas une riche idée, de la part des chefs, d'envoyer Rudolf faire la cour à la fille de Drake Mikhaïlonov ? Jamais ils n'auraient pu rêver que ça leur rapporterait... de l'or.

Cord se contraignit à sourire. Totalement imprévu, ce coup de théâtre risquait d'avoir des conséquences dramatiques. Il devait en avertir ses amis, ceux pour qui il espionnait les Partisans : les Russes blancs, attachés à la personne du tsar.

Il se leva, disposé à prendre congé, mais Hanisch l'arrêta :

— Ne pars pas. Buvons à la bonne nouvelle.

— Je préfère attendre que nous ayons réellement cet or.

Hanisch se mit à rire à gorge déployée.

— Puisque tu doutes à ce point de la réussite de l'opération, pourquoi ne te confierait-on pas cette mission, hein ?

— J'en serais ravi, fit Cord, sans montrer à quel point il en avait envie.

— Cord s'en va rejoindre ma sœur, annonça Rudolf à Hanisch. Quand il aura vu ma fiancée — une fille superbe —, il ne voudra plus la quitter des yeux, tu paries ?

« Pauvre imbécile, c'est déjà le cas. Mais pour une tout autre raison... » songea Cord Brandt en quittant le café.

[illegible]

[illegible]

[illegible]

[illegible]

[illegible]

9

— Mais c'est de la folie pure!

Rudolf regardait sa sœur rager et tempêter. Juchée sur une vieille malle abandonnée dans un coin de la cave où était morte leur grand-mère, elle avalait de temps à autre une goutte du whisky qu'il lui avait servi. L'alcool lui arrachait des grimaces, mais elle en avait besoin après avoir entendu ce stupide projet d'enlèvement de Jade Coltrane.

— Non, Elénore, ce n'est pas de la folie. Je suis certain que Lénine lui-même est maintenant au courant de cette idée de génie.

— Une idée de génie! s'esclaffa Elénore. On finira en prison si tu te fais prendre. L'enlèvement est un délit grave, imbécile.

— Je t'interdis de me traiter d'imbécile!

Il regrettait maintenant d'avoir été contraint de lui révéler ce projet. Il avait refusé, au début, mais Hanisch avait tenu à ce qu'elle fût mise au courant — Elénore en avait le droit, d'autant plus que c'était Cord Brandt qu'on avait chargé de l'enlèvement.

La jeune fille geignit d'une voix rendue pâteuse par l'alcool :

— Je ne veux pas que Cord finisse en prison. Et nous non plus. Les Coltrane ont le bras long. Ils ne se contenteront pas de payer la rançon et d'oublier l'incident. Ils nous feront rechercher, quitte à payer des gens pour nous traquer. Je ne veux pas m'en mêler. Je veux rester à l'écart de cette affaire.

— Rien ne t'oblige à t'en mêler, rétorqua Rudolf, dégoûté. Le tout c'est que tu te taises, petite idiote ! Qui pourrait deviner que nous sommes dans le coup, toi et moi ? L'astuce, c'est justement que rien ne nous implique.

Et il ajouta d'une voix menaçante :

— Cord sera écœuré par ta lâcheté si tu refuses de coopérer.

Elénore releva lentement la tête pour fixer sur son frère un regard craintif.

— Je te garantis qu'il sera terriblement déçu, insista Rudolf, abusant de sa seule arme. Très en colère aussi. Tu sais mieux que personne à quel point il est dévoué à la cause et si tu ne nous aides pas... si tu lui refuses assistance... il se dira que tu n'es pas son genre. Or un homme a besoin d'une femme qui partage son idéal.

Elle médita un instant ces paroles.

— Ah oui, tu crois ? Et toi, mon cher frère, en admettant que tu réussisses à convaincre Marilee de t'épouser, tu comptes vraiment lui faire partager tes idéaux... après avoir enlevé sa tante ?

— Quand elle sera ma femme, elle pensera ce que je lui dirai de penser.

Elénore savait que c'était ce genre de servilité

que Rudolf attendait d'une épouse. Restait à vérifier si Marilee s'y plierait.

— Et ce n'est pas mon procès qu'on est censé faire, ajouta-t-il sèchement. Je te demandais si oui ou non tu nous aiderais. Je me doutais bien que tu n'assistais aux réunions des Partisans que pour te trouver un petit ami. Tu crois t'être attaché Cord, mais tu risques de te casser les dents quand il découvrira à qui il a affaire.

Il s'apprêta à la laisser mais se ravisa, se tapotant le menton tandis qu'une ombre de sourire se dessinait sur ses lèvres.

— Si tu nous trahis, si tu lèves ne serait-ce que le petit doigt pour faire capoter le plan, je ne pourrai rien pour te protéger. Les Partisans exigeront un châtiment ; s'ils décident de te couper en morceaux, je ne pourrai pas les arrêter. Et je n'aurai même pas envie de les en empêcher.

Devant son air suffisant, Elénore s'emporta :

— Maudit Rudolf ! Tu es content de savoir que je suis obligée d'obéir à tes caprices, hein ?

— Je ne comprends pas ce qui te perturbe à ce point, dans la mesure où on ne te demande que de garder ta langue et de ne pas nous déranger.

— C'est parce que j'ai peur. Pas de toi ni des autres, non, mais de perdre Cord s'il va en prison.

Rudolf se garda bien de lui répondre qu'elle ne pouvait perdre Cord Brandt puisqu'ils n'avaient pris aucun engagement l'un envers l'autre. L'énigmatique Allemand ne mentionnait jamais le nom de sa sœur en sa présence.

— Dans combien de temps comptez-vous agir ?

— Je n'en sais trop rien.

— Comment allez-vous procéder ?

— Enfin, bon sang ! Arrête de me bombarder de questions ! D'ailleurs moins tu en sauras, mieux cela vaudra.

Elénore n'en démordit pas :

— Puisque je vais me trouver mêlée à une affaire qui risque de me valoir la prison, j'ai bien l'intention de savoir à quoi vous jouez exactement.

— Essaie plutôt d'oublier tes inquiétudes en attendant qu'on passe à l'action. On en a pour plusieurs semaines à mettre le plan au point.

— As-tu prévenu mère ?

— La prévenir de quoi ? De ce qu'une de nos invitées va se faire enlever par les bolcheviks ? Bien sûr que non, petite idiote. Oh, bon Dieu, comme je regrette de ne pas avoir réussi à les persuader de te tenir à l'écart de ce coup ! Une nigaude telle que toi...

— C'est toi le nigaud, si tu me crois à ce point naïve, Rudolf. Tu as dit à mère que la tante de Marilee est une Romanov ?

— Non, et je ne lui dirai rien. Il faut à tout prix éviter d'aborder le sujet devant elle. Mère s'est mise dans une telle colère quand je lui ai annoncé l'arrivée de Marilee que je n'ose plus la contrarier.

— Tu penses qu'elle les recevra aimablement ?

— Evidemment ! Elle n'a pas le choix, maintenant qu'elle sait que si elle ne traite pas Marilee avec la considération due à ma future épouse, elle me perdra pour toujours. Je ne suis pas comme toi, Elénore. Moi, je pense !

— Ah oui, vraiment ? Et que se passera-t-il quand Marilee découvrira qu'on a enlevé sa tante ? Tu te crois assez bon acteur pour lui faire avaler que tu n'y es pour rien ?

— Je n'ai aucun souci à me faire sur ce point : si tout se déroule conformément au plan, nous serons en voyage de noces quand Jade se fera enlever. Marilee n'aura aucune raison de croire que j'y suis mêlé.

— En voyage de noces ? Alors qu'elle n'a même pas accepté de t'épouser ?

— Il faut que je te laisse, maintenant, Elénore. Tu m'as fait perdre suffisamment de temps. Le train arrive dans une heure et il me reste encore à aller chercher des fleurs et des cadeaux. Assure-toi que la collation soit prête pour notre retour, que mère soit habillée... et dessoûlée.

Rudolf claqua derrière lui la lourde porte de métal et remonta en hâte le boyau mal éclairé envahi de toiles d'araignées poussiéreuses. Un rat détala dans l'ombre. Il n'y fit pas attention, concentré sur ses pensées.

Quelle idiote, cette Elénore ! Le croire assez stupide pour se trouver dans les parages quand les autres enlèveraient Jade ! Il esquissa un sourire : bien sûr que Marilee ne demanderait qu'à l'épouser... puisqu'il l'aurait déflorée. Oui, l'inaccessible Marilee Mikhaïlonov accourrait à l'autel pour réparer les dommages faits à sa vertu.

La cérémonie se déroulerait dans l'intimité,

sans aucun tralala. A cause de la guerre, personne ne s'en étonnerait. Ils partiraient immédiatement après en voyage de noces et le soir même aurait lieu l'enlèvement. A leur retour, nul ne le soupçonnerait d'avoir été mêlé à l'affaire.

Une fois au rez-de-chaussée, Rudolf jeta un dernier coup d'œil aux chambres préparées pour les visiteuses. Celle de Jade Coltrane se trouvait non loin de la cave, situation bien pratique. On lui raconterait qu'il s'agissait de la pièce la plus agréable du château qu'on était en train de remettre en état — travaux interrompus provisoirement pour que leur séjour ne fût pas perturbé. Marilee logerait dans la suite jouxtant la sienne. Grâce à l'épouse d'un des Partisans qui travaillait dans un magasin d'antiquités, les deux appartements avaient pu être meublés avec un mobilier d'emprunt digne de l'aristocratie zurichoise.

Rudolf regagna sa chambre pour rajuster sa mise et s'apprêtait à partir quand sa mère l'appela :

— Je suppose que tu vas les chercher à la gare…

Ravalant son exaspération, Rudolf se retourna vers Amalia qui le guettait du seuil de sa chambre plongée dans une éternelle pénombre.

— Oui, mère. Je vous l'ai dit hier. Elles seront là en fin d'après-midi.

Il balaya sa silhouette d'un regard chargé de mépris. Mme von Habsbourg portait encore son peignoir miteux.

— Vous m'aviez pourtant promis de vous

habiller, de laisser Elénore vous coiffer, aérer votre chambre, bon sang ! Montrer à ma fiancée un capharnaüm pareil... acheva-t-il en levant les bras, écœuré.

Amalia avait encore bu. Sa faiblesse, son incapacité à affronter la vie ne faisaient que conforter Rudolf dans ses convictions communistes. Comme tant d'autres, sa mère avait besoin du carcan, de l'étiquette sociale dont elle jouissait, sans quoi sa vie n'aurait eu aucun sens.

Rudolf se jura de ne jamais tomber aussi bas.

Amalia poursuivit ses jérémiades, titubant légèrement :

— Il y a à tout moment de la journée des étrangers qui entrent chez moi comme dans un moulin. Qui sont-ils ? Ils refusent de me répondre quand je leur pose des questions.

— Quels étrangers, mère ? La nouvelle femme de chambre ? La nouvelle cuisinière ? Le nouveau maître d'hôtel ? Je vous en ai parlé mais votre mémoire flanche, ces temps-ci. Ces gens sont des amis à moi qui ont accepté de me rendre service pour qu'on puisse faire bonne impression auprès de Marilee et de sa tante. Ils exécutent mes ordres et savent exactement quoi faire. Contentez-vous de leur laisser le champ libre.

Amalia von Habsbourg releva un menton rebelle.

— Ces dispositions me paraissent contestables. Pourquoi as-tu renvoyé Vincent ?

Parce que le jardinier, colosse d'une force redoutable, aurait constitué une réelle menace, songea Rudolf qui répondit seulement :

— Vincent avait trouvé un autre emploi ; il s'apprêtait à nous quitter, de toute façon. Mais il te reste Ulda.

Cette femme, aussi âgée qu'inoffensive, avait été la femme de chambre de la défunte grand-mère.

Rudolf revint sur ses pas pour déposer un baiser sur le front de sa mère, afin de l'apaiser.

— Souvenez-vous de ce que je vous ai dit : j'aime Marilee, je veux l'épouser. Je compte sur vous pour faire bonne impression.

Si Amalia parvint à ravaler la rancœur et la colère qui lui montaient à la gorge, elle ne put retenir son éternelle rengaine :

— Tu m'avais promis que la musique occuperait toujours la première place dans ta vie. Te marier, ce serait mettre fin à ton rêve... et au mien.

— Combien de fois faudra-t-il vous rappeler que Marilee m'aidera, au contraire ? Poussé par deux femmes, mon épouse et ma mère, comment pourrais-je échouer dans ma carrière ?

Et il partit vaquer à ses affaires.

Si Mme von Habsbourg détestait à l'avance la jeune fille qu'elle considérait comme une coureuse de dot, elle n'avait cependant pas l'intention de perdre l'amour de son fils. Elle décida donc de feindre d'accepter cette Marilee Mikhaïlonov.

Cette décision prise, elle réintégra son antre et se versa une autre vodka, dans l'espoir que l'alcool l'aiderait à oublier tous ses malheurs.

10

Pour lui donner plus de lustre encore, Rudolf passa une dernière fois son mouchoir sur la Fiat Zéro d'un rouge éclatant. Avec son capot blanc, ses garnitures en cuivre jaune et ses roues à rayons rouges, elle était imposante à souhait. Peu importait qu'il s'agît d'une auto volée et d'un modèle qui avait déjà quelques années. Il n'avait pas posé de questions quand Hanisch Lutzstein lui avait montré le bolide italien dans lequel il devait aller chercher la princesse russe et sa nièce à la gare.

Il prit les deux bouquets de fleurs posés sur le siège en cuir noir — roses rouges pour Marilee, blanches pour Mme Coltrane —, fournies par un des Partisans employé chez un fleuriste. Il y ajouta un flacon de parfum de luxe et un mignon bracelet en or volés par Gerda, la femme de Hanisch.

— Le train de Lucerne vient juste d'arriver ! lui cria Hanisch en descendant les degrés en marbre de la Hauptbahnhof — la gare centrale.

Je vous attends à la réception des bagages, je m'occuperai de leurs malles.

Sa livrée rouge et or de chauffeur lui donnait l'air d'un vrai professionnel. Rudolf aperçut alors Jade qu'un contrôleur aidait à descendre de son compartiment. Marilee se trouvait à la portière. Il agita la main, les héla et se fraya un passage dans la foule.

Superbe dans son costume de voyage en velours or à parements en vison, Marilee le salua d'un cordial sourire, tendit la joue pour recevoir son baiser et prit le bouquet. Rudolf lui caressa le bout des doigts, lui murmurant d'une voix vibrante de passion :

— « Si l'amour était une rose… Si moi j'étais sa feuille… Nos vies s'épanouiraient ensemble… Sous le soleil comme sous l'averse… »

— Tu as lu Swinburne, à ce que je vois. Merci pour ce poème, c'était très beau.

Cette scène touchante conforta Jade dans l'idée que Rudolf était un modèle de bonne éducation, de classe, et que son milieu cadrait totalement avec ce qu'il fallait à Marilee. Croisant le regard de sa nièce, elle lui adressa un petit signe approbateur.

Jade reçut elle aussi ses roses et quand le trio prit la direction de la consigne, elle déclara :

— Il faut attendre Carasia et Manuel qui n'ont pas voyagé en pullman, eux.

— Carasia et Manuel ? Qui sont-ils ? demanda Rudolf, inquiet.

— Marilee ne vous a donc pas prévenu ? Carasia est ma femme de chambre, elle m'accompagne toujours lors de mes déplacements. Et

Colt a insisté pour qu'un garde du corps nous suive.

Non, Marilee ne lui avait rien dit, songea Rudolf, soudain tendu. Une domestique et un gorille ! Il n'avait vraiment pas besoin de ces anges gardiens encombrants.

— Cela pose-t-il un problème ? demanda Jade à qui l'étrange réaction de Rudolf n'avait pas échappé.

— J'ai bien peur que oui, acquiesça-t-il, s'efforçant de garder son sourire de façade. Le château étant actuellement en travaux, j'ai juste réussi à vous aménager deux chambres décentes. Pour les domestiques, on ne pourra pas les loger convenablement, dans l'immédiat. Ne pourraient-ils descendre à l'hôtel, pour quelques jours ?

— Je pense que oui... et je regrette qu'on ne vous ait pas averti.

Carasia et Manuel se profilaient justement sur le quai.

— Il s'agit d'un regrettable malentendu, continua Rudolf, tout miel. Si vous arrivez à quatre, j'ai peur aussi que ma mère n'en soit toute retournée. Etant donné sa santé fragile, ces temps derniers...

— Bien sûr, je comprends, assura Jade. Je vais arranger cela.

Elle rejoignit Carasia et Manuel, leur exposa la situation et, leur donnant de l'argent, les envoya s'installer provisoirement à l'hôtel.

Rudolf aurait certes pu les installer dans les quartiers où logeaient autrefois les domestiques, au-dessus de la remise à voitures, mais il préférait avoir le champ libre pendant quelques jours. Et puis cela ne l'enchantait guère de devoir annoncer aux Partisans la présence de ces trouble-fête.

Pressé de se mettre en route, il entraîna les invitées vers la zone des bagages et les interrogea sur leur voyage.

— C'était merveilleux, répondit Marilee. Nous nous sommes arrêtées à Zoug où nous avons dîné face aux Alpes.

— C'est toi qui es merveilleuse, ma chérie, comme à ton habitude, répliqua-t-il en riant. Jamais je ne t'ai vue si heureuse... J'espère que c'est la joie de me revoir.

— Bien sûr que je suis contente de te retrouver, Rudolf. Ainsi qu'Elénore. Comment va-t-elle, au fait ?

Rudolf fut un instant dérouté. Quelque chose avait changé chez Marilee. D'ordinaire, la jeune fille se bornait à des mouvements de tête, des murmures, ne prenant presque jamais l'initiative. Il avait déjà remarqué ce changement au cours du mariage et n'était pas certain que cela lui plût.

— Elénore va bien. Elle a hâte elle aussi de te retrouver, dit-il d'une voix métallique.

Au service des bagages, il s'étonna que les deux visiteuses ne réclament qu'une seule malle chacune. Sachant avec quelle montagne de bagages se déplacent les femmes, il en déduisit que les Coltrane n'envisageaient qu'un bref séjour.

— Il va falloir que je vous montre les boutiques fantastiques que nous avons à Zurich parce que, apparemment, vous n'avez pas emporté assez de toilettes pour toutes les activités que j'ai prévues.

— Pour ma part, j'ai le nécessaire, objecta Jade. Il se peut que j'aie à repartir précipitamment, au cas où Travis ou Colt donneraient des nouvelles. Je n'aime pas non plus laisser Kit et ses enfants seuls.

Rudolf eut du mal à dissimuler sa contrariété.

— Vous allez tant vous amuser, princesse, que vous changerez d'avis. La neige ne va pas tarder à tomber, et ce spectacle vous ravira, je vous le promets.

— Ma tante connaît déjà la Suisse en hiver, Rudolf, précisa Marilee qui avait remarqué son irritation. Et moi non plus je ne peux pas rester très longtemps, alors inutile d'insister, d'accord?

Rudolf se mordit la langue pour ne pas remettre Marilee à sa place. Tant d'arrogance était inacceptable chez une jeune fille. Mais elle ne tarderait pas à savoir qui commandait.

— Et je vous en prie, ne m'appelez pas «princesse», dit Jade avec douceur. Les gens pourraient entendre.

Rudolf acquiesça puis montra les deux malles à Hanisch qui attendait un peu à l'écart.

— Puisque vous ne comptez pas rester très longtemps, qu'as-tu prévu après ton séjour chez nous? demanda Rudolf à Marilee.

— Je n'en sais rien encore, répondit-elle avec indifférence.

Elle observa les alentours de la gare: la Sihl, rivière dont le flot majestueux serpentait en un ruban bleu-vert à travers la ville ; la Platzpromenade, jardin public encastré dans la pointe que formait la Sihl en se jetant dans la Limmat. Et puis, plus loin, le quartier industriel...

Découvrir que le séjour des deux femmes serait des plus brefs avait gâché sa journée à Rudolf. Aussi est-ce avec morosité qu'il offrit son bracelet volé à Marilee.

— Une attention, pour fêter nos retrouvailles... Etant donné le peu de temps que tu restes, cela ressemble presque à un cadeau d'adieu.

Marilee poussa un soupir exaspéré. Si Jade interprétait la réaction de Rudolf comme celle d'un amoureux déçu, Marilee, elle, le connaissait suffisamment pour savoir qu'il boudait, car il ne supportait pas la moindre contrariété.

— J'apprécie tes attentions, Rudolf... les fleurs, le cadeau... mais je ne t'avais pas promis de passer tout l'hiver chez toi. Ne pourrait-on profiter tranquillement du temps dont on dispose ensemble plutôt que de se disputer ?

— Bien sûr que si, rétorqua Rudolf, les lèvres pincées. Pardonne-moi simplement de trop t'aimer, voilà tout.

Puis il consulta sa montre. Il souhaitait différer le plus possible la rencontre avec sa mère.

— Si vous ne vous sentez pas trop fatiguées, nous pourrions faire le tour de la ville, suggéra-t-il.

— Je dois admettre que je me sens un peu lasse, fit Jade. Cela ne vous dérangerait pas de remettre le tourisme à plus tard ?

— Elénore m'a vanté la collection de thés de

votre mère, renchérit Marilee. Je serais ravie d'y goûter… tout en faisant sa connaissance.

Maussade, Rudolf demanda à Hanisch de les conduire directement au château. S'agissait-il d'un château fort remontant au Moyen Age, d'un palais Renaissance à la française ou simplement d'un vaste manoir de belles proportions? se demandait Marilee, sachant qu'on applique le terme de château à bien des édifices. Quand la résidence de Rudolf apparut à l'horizon, elle se décida pour le manoir. Une grille en fer forgé fermait l'entrée de la propriété qui s'étendait sur un hectare. Cette demeure en pierre blanche dégageait toutefois une impression d'austérité, de froideur et d'abandon.

Hanisch franchit les grilles rouillées et, traversant une cour pavée de briques, coupa le moteur devant l'entrée de service.

— Nous y sommes! annonça fièrement Rudolf qui sauta de son siège pour ouvrir la portière aux invitées.

Elénore parut alors sur le perron.

— Quelle joie de retrouver ma future belle-sœur! s'exclama-t-elle aussitôt.

Marilee fit la grimace. Jade éclata de rire. Rudolf, lui, eut envie d'étrangler sa sœur.

Les deux camarades de pension s'embrassèrent, heureuses de ces retrouvailles. Quand Rudolf lui présenta Jade, Elénore fit la révérence, déclarant:

— Quel honneur pour nous de recevoir une princesse russe sous notre toit!

Rudolf la regarda de travers. Une gaffe de ce

genre devant leur mère qui haïssait les Russes provoquerait un esclandre monumental.

— Je te répète qu'elle n'aime pas qu'on utilise son titre ! la réprimanda-t-il d'un ton si mordant que Jade et Marilee le dévisagèrent, interloquées.

— Inutile de gronder votre sœur, fit Jade, se portant à la défense de la jeune fille. Comment pourrait-elle deviner qu'après avoir si longtemps vécu loin de la cour impériale, je ne me considère plus comme une princesse ?

Elle passa un bras autour du cou d'Elénore en signe d'amitié et ajouta :

— La véritable raison, c'est qu'en ces temps agités je préfère ne pas crier sur les toits que je suis une Romanov. On ne sait jamais qui pourrait entendre : ma famille est assez mal vue, en ce moment.

« Mal vue, oui, mais elle vaut également son pesant d'or », songea Rudolf en réprimant un sourire.

Ils pénétrèrent dans le château et, malgré l'obscurité du corridor, Marilee en admira l'architecture. Elle demanda à Rudolf si l'édifice était ancien.

— Il a deux cents ans, lâcha Rudolf avec indifférence. Je ne saurais préciser depuis combien de temps il appartient à la famille de mon père. Comme je te le disais, on remet tout en état parce que ma grand-mère en avait trop longtemps négligé l'entretien. La restauration prendra un bon moment mais on parviendra à lui donner de l'allure.

Il guida la troupe dans le dédale de couloirs

et, enlaçant la taille de Marilee, lui chuchota au creux de l'oreille :

— Venant de la demoiselle qui sera bientôt, je l'espère, la maîtresse du château, les suggestions seront les bienvenues.

Marilee se figea sans émettre de commentaire.

— Qu'en dis-tu ? insista Rudolf, cherchant un signe d'enthousiasme, voire d'affection.

— Tu possèdes une bien belle demeure, Rudolf, répondit Marilee, incapable de trouver mieux.

— Ce n'est pas de ça que je parlais, tu le sais parfaitement.

— Et moi, je t'ai demandé de m'accorder du temps.

Il eut un soupir rageur et son bras retomba. Tandis qu'Elénore conduisait Jade vers ses appartements, Rudolf entraîna Marilee au premier étage. Ils progressèrent en silence jusqu'à ce que Rudolf, ouvrant une porte, s'effaçât pour la laisser passer.

— Si tu manques de quoi que ce soit, tire le cordon près de la porte. Une femme de chambre montera. Quand tu te seras installée, rejoins-moi au salon, au rez-de-chaussée. Je t'y attendrai.

Il s'apprêtait à la quitter lorsque Marilee le retint par le bras.

— Attends... Je regrette de te décevoir, Rudolf, mais s'il te plaît, essaie de comprendre que je ne veux pas précipiter les choses. Peut-être même ai-je eu tort d'accepter ton invitation.

— Nullement, la rassura-t-il.

Pour aussitôt la dévorer d'un regard gourmand. La prenant aux épaules, il la secoua légèrement.

— Ecoute, Marilee... Tu sais que je t'aime. Je te promets que je vais m'acharner à gagner ton amour. J'attends depuis trop longtemps de te serrer dans mes bras et...

Ses lèvres s'abattirent sur les siennes, voraces, affamées, tandis qu'il la plaquait contre son torse avec une espèce de sauvagerie, lui pétrissant le dos à pleines paumes.

Marilee ne ressentit rien. Pour ne pas le vexer, elle fit semblant d'apprécier son baiser.

Vaine tentative. Rudolf le devina. Une colère froide l'envahit. Il savait que ce n'était pas sa faute car les femmes le trouvaient désirable; elles avaient toutes aimé ses prestations au lit. Aussi soupçonna-t-il Marilee d'appartenir à cette catégorie de femmes que Freud et la récente psychanalyse taxaient de refoulées, voire de frigides. Séduire Marilee risquait d'être difficile, sinon impossible.

Pour abréger son malaise, il la libéra et releva une mèche qui lui retombait sur la joue. Ses cheveux avaient un peu repoussé, ce qui lui faisait plaisir car il préférait les longues chevelures.

— Je t'attends en bas, mon amour, dit-il avant de disparaître.

Il se mit en quête de Hanisch. Il fallait agir plus vite que prévu: Elénore risquait de trahir leur projet d'enlèvement; l'alcoolisme de leur mère allait provoquer des tensions; et surtout Jade et Marilee ne souhaitaient pas prolonger leur séjour.

Pendant ce temps, Marilee, consciente de la

froideur que lui inspirait Rudolf, en conclut qu'elle ne l'épouserait pas. Ni lui ni un autre, d'ailleurs. Car si l'amour c'était s'humilier jusqu'à feindre de s'échauffer sous les caresses et les baisers, elle préférait y renoncer.

11

Rudolf courut à la cuisine où Gerda, la femme de Hanisch, préparait la collation qui accompagnerait le thé. Rudolf lui demanda où se trouvait son mari.

Elle désigna la cour du menton.

— Hanisch se prépare à partir. Il m'a demandé de te prévenir qu'une affaire urgente le forçait à prendre l'auto.

— Quel genre d'affaire ?

— Je n'en sais trop rien. Il a reçu un coup de téléphone. Je n'ai pas reconnu la voix. Quand il a raccroché, il m'a dit de te prévenir. Voilà tout ce que je sais.

Rudolf se rua dehors, à l'instant précis où Hanisch faisait faire demi-tour à la Fiat. Agitant les bras, il lui fit signe de s'arrêter. Hanisch appuya sur le frein en grimaçant.

— Pas le temps de parler... On me convoque au QG. Ne me demande pas pourquoi : ils ne m'ont rien dit excepté d'arriver en vitesse. Va rejoindre tes invitées. On reparlera de ça plus tard.

Il rembrayait déjà quand Rudolf le retint en s'accrochant à la portière.

— Profites-en pour leur dire qu'on sera certainement obligés d'agir plus vite que prévu, et sans préavis. Jade et Marilee ne comptent pas rester longtemps ici. Autre chose... Un garde du corps et une femme de chambre les accompagnent. J'ai réussi à les empêcher de venir s'installer ici en racontant qu'avec les travaux on n'avait pas encore de logement disponible pour les domestiques. La princesse a accepté de les envoyer quelques jours à l'hôtel.

— Très bien. On en reparlera dès mon retour. Quant au garde du corps, il nous sera utile quand il faudra porter la demande de rançon à la famille Coltrane.

Rudolf réintégra la cuisine pour annoncer les nouvelles à Gerda.

— Pour moi, plus tôt on en aura terminé, mieux ça sera, déclara-t-elle. Hanisch veut qu'on parte s'installer en Russie dès que les bolcheviks auront pris le pouvoir — et il paraît que ça ne saurait tarder parce que Kerensky est en pleine déconfiture. Avec tout ce qui me reste à préparer pour ce départ, je me passerais volontiers de faire la cuisine toute la journée. Surtout pour une Romanov, ajouta-t-elle avec un reniflement de dégoût.

Rudolf se moquait éperdument de ses états d'âme.

— Dans quel état se trouve ma mère ?

— Ta mère ? Elle est d'un désagréable, camarade... Elénore et moi, on a eu un mal de chien à lui faire quitter son peignoir dégoûtant pour lui enfiler une robe convenable. Elle a refusé qu'on lui lave la tête et, quand même, Elénore a réussi à la recoiffer. Ensuite elle s'est mise en colère parce qu'elle ne retrouvait plus son petit « remontant » — sa vodka, bien sûr, que je lui avais cachée. On l'a entendue tempêter dans sa chambre et puis enfin, au bout d'une heure, elle s'est calmée.

— Et ensuite ? Vous êtes remontées la chercher ? Elle nous rejoint pour le thé ?

L'agressivité de Rudolf, son peu de gratitude eurent raison de la patience de Gerda. S'essuyant les mains sur son tablier, elle lui lança un regard noir.

— Ecoute-moi un peu... Tu vas arrêter de le prendre de haut et de me considérer comme la bonne ? Tu oublies que je ne suis à la cuisine que pour la promotion du socialisme, pas pour tes beaux yeux. Les courbettes serviles, jouer les infirmières auprès de ton ivrogne de mère, ça ne faisait pas partie de nos arrangements. Et si ma façon de procéder ne te plaît pas, débrouille-toi tout seul !

Malgré la rage qui le tenaillait, Rudolf refusa de discuter. Hanisch, en revanche, entendrait parler des insolences de sa femme et il lui incomberait de la punir. Tournant les talons, Rudolf sortit à grands pas de la cuisine. Il se disposait à aller rejoindre sa mère quand il entendit Jade et Marilee descendre l'escalier. Il réintégra aussitôt la cuisine, ordonnant à Gerda :

— Trouve Elénore. Dis-lui d'aller voir ce que fait ma mère.

Se plaquant un sourire aimable aux lèvres, il alla ensuite au-devant des invitées qu'il conduisit au salon. Qu'elles trouvent le mobilier emprunté fort à leur goût le soulagea. Jade admira une pendule en porcelaine autrichienne qu'il se promit de surveiller de près, au cas où l'idée viendrait à sa mère de la vendre. C'était d'ailleurs pour cette raison qu'il avait spécifié à Hanisch et aux autres d'éviter les bibelots dans la mesure du possible.

— J'espère que vos appartements sont confortables...

— Tout est parfait, le félicita Jade, et Marilee acquiesça.

Gerda entra, chargée d'un service à thé en argent que Rudolf n'avait encore jamais vu. Elle le posa sur la table basse et repartit chercher un plateau de petits fours très alléchants. Puis elle annonça avec cérémonie :

— Fräulein Elénore me dit qu'elle vient de réveiller Madame qui s'était assoupie, qu'elle l'aide à se préparer pour descendre prendre le thé. Elle prie les invitées d'excuser son retard.

Rudolf fit la grimace et serra les dents. En clair, cela signifiait qu'Amalia avait retrouvé son « remontant » et qu'elle s'était endormie après un petit coup de trop. Restait à espérer que la sieste avait été assez longue pour dissiper les effets de l'alcool.

— Dites à ma sœur que si mère est souffrante, il vaut mieux qu'elle se repose, Gerda.

Puis, se tournant vers ses hôtes :

— Je vous prie de l'excuser. La mort de mon beau-père l'a beaucoup affectée.

— Vous êtes très proche de votre mère, n'est-ce pas ? demanda Jade.

— Oh oui, très proche, dit-il, levant les mains et écartant les doigts. Voilà la raison qui l'a incitée à quitter sa patrie qu'elle adorait. Elle redoutait qu'on m'envoie au front parce que j'aurais pu m'abîmer les mains. Mère ne vit que pour me voir un jour devenir concertiste. J'espère simplement ne pas la décevoir, conclut-il avec un petit rire empreint d'une modestie excessive.

— Vous n'avez probablement aucune inquiétude à avoir, le rassura Jade. Marilee m'a parlé de votre merveilleux talent. Mais dites-moi… que pense-t-elle de votre penchant pour Marilee ? A-t-elle peur que vous négligiez votre carrière pour elle ?

— Tante Jade, enfin ! On ne parle pas de ces choses-là.

— Ne sois donc pas si susceptible ! Les intentions de Rudolf sont on ne peut plus sérieuses, tu le sais comme moi, sinon il ne t'aurait pas invitée ici. Toi non plus, sans un certain penchant pour lui, tu ne serais pas venue. A quoi bon feindre dans ce cas ?

La jeune fille sentit le rouge lui monter aux joues. Sans aller jusqu'à lui faire une scène, elle en voulait à sa tante d'oser étaler ainsi sa vie privée.

— Ne pourrait-on pas aborder la question une autre fois ?

— Si je t'ai contrariée, excuse-moi. Je ne le souhaitais pas, répondit Jade en la sondant, l'air songeur.

Rudolf intervint pour dissiper la tension :

— Inutile de vous excuser, Jade. C'est vrai que tu es trop susceptible, Marilee. As-tu seulement dit à ta tante que je t'ai demandée en mariage il y a déjà un certain temps ?

Au tour de Jade de feindre : elle observa tour à tour Rudolf et Marilee comme si elle tombait des nues. Car elle ne voulait pas révéler que Colt lui avait rapporté son entretien avec Rudolf.

— Non, Marilee ne m'a rien dit.

Rudolf indiqua par un haussement d'épaules qu'il n'en était pas surpris, précisant :

— Elle ne m'a pas donné de réponse. A mon avis, elle ne s'est pas encore rendu compte qu'elle m'aime...

Il braqua alors sur Marilee un regard qu'il espéra transi d'amour et poursuivit avec douceur :

— ... Parce que l'amour appelle l'amour, n'est-ce pas ?

— Rudolf, je t'en prie ! se récria l'intéressée.

En la voyant se tortiller sur son siège, Jade crut que Marilee faisait seulement semblant d'être gênée.

— J'ai bien peur que tes coquetteries ne rendent ce jeune homme très malheureux, mon enfant.

— Terriblement malheureux, en effet, renchérit Rudolf. La vérité, c'est qu'elle me rend fou et qu'elle le sait.

Jade et lui éclatèrent de rire, ce qui ne fit qu'attiser la rage de Marilee. Rompant avec ses habitudes de jeune personne effacée, elle explosa soudain :

— Ça suffit ! Vous allez cesser de discuter de mon cas comme si je n'étais même pas là ?

Elle reposa avec fracas sa tasse sur la soucoupe.

— Combien de fois faudra-t-il te demander de ne pas me presser, Rudolf ? Je ne suis arrivée que depuis quelques heures et déjà tu me harcèles. Si tu continues, je te jure que je repars.

Rudolf serra les dents, ne ravalant sa colère qu'à grand-peine. Le forcer ainsi à jouer les idiots transis d'amour... Elle ne tarderait pas à le lui payer.

— Et je me permets de te rappeler, tante Jade, qu'il y a certaines choses qu'on ne raconte pas à tout le monde.

Marilee se dressa, le cœur battant à une vitesse folle, avant de se diriger vers la porte.

— Excusez-moi, maintenant, mais je suis fatiguée. Je vais me reposer jusqu'au dîner.

Quand elle eut disparu, Jade secoua la tête.

— J'avoue que je ne peux lui en vouloir. Nous l'avons un peu bousculée...

Rudolf ne répondit pas immédiatement. Peu désireux de révéler l'étendue de sa rage, il prit le temps de se calmer, but une gorgée de thé et poussa un soupir désolé à souhait.

— Je ne peux pas m'en empêcher. Comment lutter contre l'amour éperdu que j'éprouve pour elle...

Jade couvrit ses mains des siennes.

— Je sais combien vous l'aimez, Rudolf. Mais nous ne nous rendons pas exactement compte du souci qu'elle se fait pour son père. Le moment est peut-être mal choisi pour parler mariage.

Rudolf devina que Jade prenait son parti. Il s'apprêtait à lui exprimer sa gratitude quand ils perçurent un bruit étrange dans le couloir. Rudolf espéra un instant que Marilee, confuse de son esclandre, revenait s'excuser.

Mais son espoir se transforma bien vite en détresse, puis en véritable panique quand sa mère apparut, titubant si fort qu'Elénore devait lui tenir fermement le bras. Apparemment, elle avait tenté en vain d'empêcher leur mère de descendre.

Quand elle aperçut Jade, Amalia von Habsbourg se raidit, fort gênée, et repoussa la main de sa fille en clamant :

— Cesse donc de me traiter comme une vieille femme !

Tête haute, elle traversa le salon et, après s'être présentée, ajouta :

— Je vous souhaite la bienvenue chez moi.

— Merci. C'est très aimable à vous de nous recevoir, répondit Jade avec chaleur. Excusez ma nièce, mais le voyage l'a fatiguée.

Amalia von Habsbourg murmura quelques mots, visiblement indifférente. Prenant place sur un siège, elle refusa d'un geste le thé que lui proposait sa fille et attaqua sans prévenir :

— Dites-moi, que pense votre famille de la cour que mon fils fait à votre nièce ?

Rudolf réprima un gémissement. Il échangea un coup d'œil avec sa sœur, lui intimant silencieusement de raccompagner leur mère dans sa chambre. Elénore se contenta de hausser les épaules, impuissante.

— Cette question ne vous semble-t-elle pas prématurée, mère ? Allons, buvez un peu de thé.

— Je n'ai pas envie de thé, tu le sais fort bien, Rudolf, rétorqua-t-elle d'un ton sec.

Elle remarqua le plateau de succulents petits fours encore intact et se servit.

— C'est la nouvelle cuisinière qui les a faits ? se moqua-t-elle. Je reconnais qu'Ulda ne vaut rien pour la pâtisserie mais ce n'est pas moi qui l'ai embauchée. Il a fallu la prendre avec le château…

Elle posa sur Jade un regard insistant.

— Où habitez-vous ? En Espagne, paraît-il. Vous saviez que pour assister à ce mariage, mon fils a fait une fugue ?

Comme s'il s'agissait d'un petit garçon, elle agita sous le nez de Rudolf un doigt réprobateur :

— J'ai eu des frayeurs mortelles, à cause de lui.

Elénore leva les yeux au ciel. Constatant que sa mère vacillait dangereusement, Rudolf comprit qu'une catastrophe épouvantable se préparait. Seul élément rassurant : l'expression de Jade, compatissante envers Amalia, un peu gênée pour ses enfants. Il décida de profiter au maximum de cette pitié.

Prenant sa mère par les épaules, il lui dit gentiment :

— Vous n'êtes guère en état pour les mondanités, mère. Venez, je vous reconduis dans vos appartements ; Elénore vous tiendra compagnie jusqu'au repas. Et plus de remontant ! ordonna-t-il à sa sœur.

Il secoua tristement la tête en direction de Jade qui acquiesça d'un sourire.

Mais Amalia protesta quand il la força à se relever :

— Qu'est-ce qui te prend ? Je suis très bien. Je...

Son chou à la crème lui échappa, s'écrasa sur le tapis rarissime emprunté à l'antiquaire. Mme von Habsbourg glapit d'une voix suraiguë :

— Regarde donc ce que tu me fais faire !

— On nettoiera. Venez, mère, vous êtes épuisée.

Tirant et poussant, Rudolf et Elénore parvinrent à la ramener dans sa chambre. A leur retour au salon, Jade ne s'y trouvait plus. Rudolf commença par pester, arpentant la pièce comme un forcené, puis il comprit que ces catastrophes en chaîne travaillaient à son avantage : en apprenant par sa tante que Mme von Habsbourg buvait, Marilee, gagnée à son tour par la pitié, se montrerait sûrement plus tendre envers lui.

C'est alors qu'il entendit un bruit de moteur. Hanisch rentrait. Il sortit dans la cour et suivit au pas de course l'auto que son camarade conduisait au garage.

— C'est une bonne chose qu'on doive agir plus vite que prévu, annonça Hanisch.

— Explique-moi.

— Ils m'ont convoqué au QG pour nous donner l'ordre d'accélérer sur tous les fronts.

Rudolf en frissonna d'impatience.

Révélant que le tsar et sa famille avaient été envoyés à Tobolsk, Hanisch ajouta que des agents secrets des Russes blancs s'acharnaient déjà, dans cette ville, à infiltrer la garde afin de recueillir des renseignements.

— La situation se détériore terriblement. On est au bord de l'explosion, en fait. Kerensky et son gouvernement provisoire s'effritent. On dit partout que Lénine prépare une intervention.

Il s'interrompit un instant, un large sourire aux lèvres.

— Camarade... la révolution qu'on espère depuis si longtemps se profile maintenant à l'horizon. Je pars pour la Russie parce que je veux participer à la victoire.

— Les ordres, pour moi, en quoi consistent-ils exactement ? demanda Rudolf, qui redoutait d'avoir à se battre.

— Tu es chargé de décider de l'heure de l'enlèvement — le plus tôt possible. Des agents attendent tes ordres. Après mon départ pour la Russie, Cord Brandt prendra la direction des opérations.

— Quand ?

— Bientôt, je ne sais pas exactement. Pour ma part, finis les rêves et la théorie : je serai sur les lieux pour renverser les tyrans.

— Dans ce cas, ce sera Brandt qui se chargera de la rançon de la princesse Romanov ?

— Exact. Il a reçu les ordres et sait comment procéder.

Rudolf en conçut une certaine contrariété. L'idée de l'enlèvement venait de lui, pas de

Brandt. Il demanda avec une amertume à peine voilée :

— Quand l'affaire sera réglée, qu'exigeront de moi les bolcheviks ?

— Tu as ordre d'épouser Marilee Mikhaïlonov comme prévu pour qu'elle ne bouge pas de Zurich.

— Facile à dire, Hanisch, ricana Rudolf. Ça va peut-être vous choquer, toi autant que les camarades, mais la demoiselle refuse pour l'instant de m'épouser. J'ai malgré tout un plan et...

— Tu as intérêt à t'arranger pour que ça réussisse ! fit Hanisch d'une voix terrible.

Il empoigna Rudolf par la chemise et le secoua. Les yeux plissés, menaçants, il expliqua :

— On vient d'apprendre que Drake Mikhaïlonov est passé à la clandestinité en emportant une bonne partie du trésor impérial volé par sa maîtresse, une habituée de la cour du tsar. Elle s'est fait prendre mais n'a pas révélé la destination de Mikhaïlonov. On sait quand même qu'avec cet argent il compte racheter la liberté de la famille impériale.

Il relâcha Rudolf qui recula craintivement de quelques pas.

— D'après l'un de nos espions, Mikhaïlonov a été vu dans le train impérial, à Pskov, quand le tsar a signé officiellement l'abdication. C'est à ce moment-là qu'il nous a échappé. On a des raisons de croire que, tôt ou tard, il reprendra contact avec sa fille. Voilà pourquoi tu vas l'épouser et la garder ici. Quand Mikhaïlonov la contactera, les nôtres seront là pour l'attraper, lui... et son or.

— Un plan astucieux... Encore faudrait-il qu'il réussisse, fit alors une voix provenant du garage.

Hanisch sortit promptement un coutelas de sa botte.

Cord Brandt — car c'était lui — s'avança alors en pleine lumière.

— Tu devrais t'assurer que les oreilles indiscrètes ne traînent pas dans les parages avant de divulguer tes secrets, camarade.

Au lieu de se rebiffer, Hanisch partit d'un petit rire nerveux. Brandt avait raison.

— J'aurais juré qu'on était seuls. Qu'est-ce qui t'amène ici, de toute façon ?

— Je viens reconnaître le château pour qu'au moment d'agir, je ne me rompe pas le cou dans les escaliers. J'aurais besoin d'un plan des lieux, dit-il à Rudolf.

— J'en tiens un à ta disposition.

— Bon. A plus tard, camarades.

Quand Brandt les eut quittés, Rudolf ne put s'empêcher d'avouer à son compagnon :

— Il me met mal à l'aise, celui-là.

— Pourquoi ? Parce qu'il est allemand ? railla Hanisch. Les Allemands sont du côté des bolcheviks, Rudolf. Ils savent parfaitement que le chemin le plus direct pour obtenir la paix avec la Russie passe par la révolution, le renversement du gouvernement provisoire de Kerensky. L'idée que Brandt soit un espion allemand m'a effleuré mais même si c'est vrai, que peut-on lui reprocher ? Il est de notre bord, il m'a sauvé la vie. Ne te tracasse pas à son sujet. Tu as d'autres chats à fouetter. Te marier, par exemple.

Hanisch avait raison. Rudolf avait une tâche importante à accomplir. Et la nuit lui faciliterait les choses...

12

Rudolf redoutait le spectacle qui l'attendait dans la chambre. La porte s'ouvrit immédiatement sur Elénore qui, très agitée, lui fit signe d'entrer.

— Comment va-t-elle ?

Il éprouva un certain soulagement à voir sa mère allongée sur son lit, immobile, les yeux clos.

— Elle dort ou elle cuve ?

Son ton lourd de mépris irrita Elénore.

— Quelle différence puisque je n'ai pas l'intention de la lever pour le dîner ? Raconte-leur qu'elle est souffrante... n'importe quoi, je m'en moque.

Retraversant la chambre, elle se laissa tomber sur la banquette au velours fané. Remontant les genoux au niveau de son menton, elle noua les bras autour de ses jambes et fixa le vide.

— Mais enfin, qu'est-ce qui te prend ?

Elle releva brusquement la tête et soutint le regard étincelant de colère de son frère.

— Ça va durer longtemps ? J'ai ma vie à vivre,

moi, et j'en ai plus qu'assez de jouer les infirmières toute la journée. Je ne me doutais pas qu'elle buvait autant.

Oubliant un instant sa rage, Rudolf s'affala dans un fauteuil.

— On était trop occupés pour remarquer qu'elle sombrait à ce point. Elle doit boire depuis un bon moment, aucun doute là-dessus... A propos, j'ai congédié Ulda.

— Pour quelle raison ? Tu sais parfaitement que mère ne nous le pardonnera pas. Ulda se laissait impressionner par ses crises ; elle était aux petits soins avec elle. Aucun des domestiques ne se laissait à ce point tyranniser et mère adorait ça.

— Ulda l'approvisionnait en vodka.

— Comment t'en es-tu rendu compte ?

— J'ai prêché le faux pour connaître le vrai. J'ai prétendu que je le savais parce que mère l'avait dénoncée. Ulda a fondu en larmes avant d'avouer. Elle avait soi-disant besoin des pourboires que ça lui rapportait. On racontera à mère qu'elle a démissionné, sans plus.

Elénore poussa un soupir à fendre l'âme.

— J'attends avec impatience la fin des opérations. Je ne peux rien faire de la journée que m'occuper d'elle. Où veux-tu que je trouve le temps de voir Cord ?

Rudolf avait un moment envisagé de lui cacher que Cord venait d'arriver au château mais il eut peur qu'en s'en rendant compte, sa sœur ne provoquât un esclandre. Il décida donc de le lui révéler pour éviter tout incident au cas où ils se rencontreraient par hasard.

— Tu risques de le voir ici, ce soir. Mais pas de bêtises, hein ?

Radieuse, Elénore voulut l'interroger mais Rudolf lui imposa le silence d'un geste.

— Brandt est ici en observateur ; il repère les lieux afin de mettre l'enlèvement au point. Il se peut même qu'il soit déjà reparti. Mais si tu tombes sur lui, ne fais pas l'imbécile. Tu as ton travail, de toute façon.

Elénore serra les poings de dépit. Il y avait déjà eu des hommes dans sa vie, mais aucun de comparable à Cord Brandt. Etre enlacée par lui, recevoir ses baisers, c'était une expérience inoubliable. Et faire l'amour avec lui... A ce seul souvenir, elle eut passionnément envie de lui. Le savoir tout proche était insupportable.

Rudolf la devina prête à se lancer à la recherche de Brandt.

— Ecoute-moi bien, Elénore, la situation a évolué plus vite que prévu. Les enjeux étant énormes, je ne peux pas te laisser nous mettre des bâtons dans les roues. Alors tu feras ce qu'on te dira parce que l'enlèvement ne va pas tarder à avoir lieu. La chute du gouvernement provisoire est imminente et Hanisch et les autres veulent partir pour la Russie aider les bolcheviks. Il faut en finir ici au plus vite.

Elénore savait que Cord risquait lui aussi de partir, qu'elle ne pourrait l'accompagner — de toute façon, elle ne souhaitait pas quitter le château : tout en croyant partiellement dans les théories communistes, elle tenait à son confort.

— Dis-toi bien qu'il n'apprécierait pas du tout que tu sèmes la pagaille.

Elénore le savait. Poussant un nouveau soupir, elle bougonna :

— Que veux-tu que je fasse ?

Rudolf jeta un coup d'œil en direction de leur mère. Amalia était certes hors d'état de nuire, pour l'instant, mais il ne voulait pas courir le risque de la voir se réveiller et surgir au beau milieu du repas pour provoquer un nouveau scandale.

— On n'a qu'à l'enfermer ici. Sa chambre est assez éloignée de celle de Marilee pour que personne n'entende, au cas où elle se mettrait à hurler.

— Comment peux-tu envisager d'enlever sa tante avant que Marilee ait accepté de t'épouser ?

— Je me charge de régler cette question. De ton côté, va te préparer pour le dîner.

— Que deviendra mère si tu quittes Zurich ?

Elénore n'avait nullement l'intention de rester avec Amalia sur les bras jusqu'à la fin de ses jours. Jamais à court de sens pratique, Rudolf rétorqua :

— On la placera dans une maison de santé. Ainsi, tout le monde s'y retrouvera... A propos, je ne veux pas que le repas traîne en longueur. Au bout d'un certain temps, tu te lèveras de table en racontant que tu souhaites prendre des nouvelles de mère. La princesse Romanov comprendra peut-être ainsi que je veux rester en tête-à-tête avec sa nièce et se retirera de bonne heure. Puisqu'on est obligés de passer à la vitesse supérieure, il faut bien que je trouve le temps de la séduire, cette petite, non ?

— Je crains que cette phase-là de ton plan ne soit la plus délicate, mon cher frère. A mon avis, Marilee n'a accepté ton invitation que parce qu'elle n'avait rien d'autre en vue, non parce qu'elle est amoureuse de toi.

— Peu importe qu'elle m'aime ou pas, fit-il avec hargne. Il va falloir qu'elle m'épouse — et en vitesse. Et qui sait...? Demain elle me suppliera peut-être de l'accepter pour femme.

Elénore n'eut pas besoin de longues explications pour comprendre le sous-entendu.

— Ça ne marchera pas, Rudolf. Cette fille est trop bloquée. Avec elle, la séduction ne fonctionnera pas. Elle s'enfuira comme un lapin.

L'image lui arracha un ricanement.

— Me croirais-tu assez bête pour lui laisser une seule chance de m'échapper? Allons, petite sœur, disparais après le dîner et laisse le champ libre au renard.

Abandonnant Elénore, il descendit en cuisine s'assurer que Gerda avait préparé l'eau-de-vie de prune d'un genre bien spécial qu'il destinait aux invitées. Le verre de Jade contiendrait une goutte d'opium, ce qui la ferait dormir; dans celui de Marilee, la dose — plus faible — la rendrait davantage conciliante.

Et quand elle s'endormirait, ce serait dans ses bras.

On avait camouflé l'aspect miteux de la salle à manger en l'éclairant avec des chandelles qui diffusaient une lumière tamisée. Rudolf ayant envoyé Gerda prévenir Marilee et Jade que sa mère ne se joindrait pas à eux, elles exprimèrent leur inquiétude, Jade allant même jusqu'à suggérer :

— Je me demande si nous ne devrions pas repartir, Rudolf. Nous ne voudrions pas nous imposer...

— C'est bien ce que je redoutais, murmura-t-il, l'œil chagrin. Voilà pourquoi j'espérais pouvoir vous cacher nos difficultés.

Elénore arriva en coup de vent.

— Elle a fini par s'endormir, annonça-t-elle à la cantonade en prenant place à table.

— A quelles difficultés fais-tu allusion, Rudolf ? demanda Marilee.

Il hésita un instant pour ménager son effet puis, prenant l'air humilié à souhait, avoua dans un souffle :

— Elle boit.

Jade échangea avec Marilee un regard de compassion et la jeune fille déclara :

— J'en suis sincèrement désolée pour toi, Rudolf. Je n'avais pas la moindre idée...

— Bien sûr que non, intervint Elénore qui tenait à jouer un rôle dans cette comédie. Peu de gens le savent. Il faut considérer cela comme une sorte de maladie.

Rudolf renchérit :

— Oui, une maladie. Et maintenant, je vous en supplie, n'en parlons plus, ni de ma mère ni de votre départ. Tu n'as donc pas encore compris, Marilee, que je veux te garder prisonnière... par amour ?

Les rires fusèrent à la ronde — celui de Marilee révélant sa gêne. La présence de Rudolf la mettait de plus en plus mal à l'aise. Il n'y aurait jamais rien de plus que de l'amitié entre eux. Alors pourquoi s'obstinait-il ?

— ... Tu veux bien, chérie ?

Marilee releva brusquement la tête, tirée de ses pensées. Elle n'avait pas entendu un mot de ce qu'il racontait. Rudolf fronça les sourcils, se demandant ce qui la préoccupait tant.

— Je te proposais d'aller visiter Zurich, demain. Tu devrais avoir récupéré du voyage, d'ici là.

— Oui, sans doute, répondit-elle, par politesse car elle s'en moquait éperdument.

D'un coup de menton impérieux, Rudolf fit signe à sa sœur d'agiter la clochette d'argent placée à côté de son couvert pour avertir Gerda de servir l'entrée. Il lui tardait d'en arriver à l'heure des « digestifs ».

Bien que Gerda détestât ses fonctions provisoires, elle cuisinait merveilleusement. Le somptueux repas fit excellente impression sur Jade et Marilee. Rudolf, lui, comptait les minutes. Et quand enfin Gerda plaça les petits verres d'eau-de-vie devant les invitées, il crut défaillir en entendant la princesse protester :

— Oh non... ne me proposez plus rien, je vous en supplie.

Marilee refusa elle aussi d'en avaler davantage.

— C'est la coutume, dans notre famille, de servir ce cognac maison aux invités pour fêter leur arrivée, insista-t-il, gardant miraculeusement son calme. Si vous refusez, vous nous vexerez, Elénore et moi.

Vaincue, Jade haussa les épaules.

— Après tout, une gorgée de plus, cela ne nous tuera pas.

Dès que Marilee eut elle aussi porté le verre à ses lèvres, Rudolf sentit le sang se remettre à courir dans ses veines.

Elénore décida qu'il était temps de prendre congé et s'excusa, expliquant que sa mère la réclamait. En fait, elle avait hâte d'aller retrouver Cord. Après l'avoir vu traverser la cour comme une ombre et se glisser dans la remise, elle avait convaincu Gerda de lui remettre un billet lui donnant rendez-vous dans la cave, durant la nuit.

Rudolf regarda sa sœur s'éclipser, s'amusant en son for intérieur de la déception qui l'attendait. Gerda avait certes confié le petit mot à Cord Brandt, mais après l'avoir lu et en avoir révélé le contenu à Hanisch qui avait à son tour prévenu Rudolf. Rudolf avait alors ordonné à Gerda d'enfermer Elénore à clé dans la chambre d'Amalia. Elle resterait avec sa mère jusqu'au lendemain matin. La croyant retenue par ses obligations mondaines, Brandt finirait bien par renoncer à l'attendre...

C'est sans le moindre remords que Rudolf faisait échouer le rendez-vous des amoureux. Il voulait qu'Elénore restât auprès d'Amalia pour la museler quand elle se rendrait compte qu'on l'avait enfermée dans sa propre chambre sans une goutte de vodka. Et sans Ulda pour aller lui en chercher.

L'eau-de-vie fit rapidement son effet. Jade commença à bâiller avant le café.

— Non, merci, dit-elle à Gerda qui se disposait à lui servir une tasse. Je suis plus fatiguée que je le pensais. Vous ne m'en voudrez pas, l'un ou l'autre, si je me retire de bonne heure ?

— Bien sûr que non, fit Rudolf en se levant pour lui tirer sa chaise. Nous tenons à ce que vous soyez en forme demain. J'ai prévu des activités pour toute la journée.

Marilee se sentait elle aussi bizarre. Elle souhaitait cependant faire part à Rudolf de sa décision concernant sa demande en mariage.

— Va te coucher, tante Jade. Je ne tarderai pas moi non plus à aller au lit.

« Tu ne crois pas si bien dire, songea Rudolf tandis qu'il accompagnait Jade à la porte. Tu ne vas pas tarder à aller au lit, certes, mais pas pour dormir. »

Il surveilla les pas hésitants de Jade qui longeait le corridor mal éclairé, puis réintégra la salle à manger. Sur le seuil, il faillit bousculer Marilee qui en sortait. Se pressant le front du bout des doigts, elle s'excusa :

— Je te souhaite une bonne nuit moi aussi, Rudolf. Je me sens harassée tout à coup.

— Pas question ! s'écria-t-il.

Il lui empoigna le bras pour la pousser dans le couloir jusqu'au salon. Grâce aux bons soins de Hanisch, un feu les y accueillit. Gerda avait éteint toutes les lampes, laissant les bougies diffuser une lumière agréable.

Rudolf attira Marilee sur le divan recouvert de velours pourpre et s'installa près d'elle.

La jeune fille n'avait pas vraiment sommeil ; elle se sentait surtout détendue et se laissait bercer par les crépitements du feu, l'ambiance chaleureuse. Un deuxième verre de cet alcool de prune apparut comme par magie. Elle le dégusta, en savoura le goût fruité. Rudolf la serra d'un peu plus près. Quand elle sentit la brûlure de son haleine sur sa joue, elle se raidit, se dégagea de son étreinte et, se levant, murmura d'une voix mourante :

— S'il te plaît, Rudolf, pas maintenant.

Rudolf comprit que la drogue opérait. Il lui embrassa le cou, promena les mains dans son dos en soufflant :

— Donne-toi, ma chérie... goûte les baisers de ton amoureux... de celui qui te veut pour épouse... donne-toi et je te ferai connaître le paradis.

Il la poussa délicatement jusqu'à ce qu'elle se retrouvât allongée sur le divan.

Que c'était facile, se disait-elle, l'esprit embrumé, de laisser ces mains palper son corps, de succomber à ces baisers, de savoir qu'un homme la voulait, l'aimait, la désirait enfin. Et puis elle le sentit s'insinuer dans son décolleté, entendit un bruit étranglé monter de sa gorge avant qu'il se jetât sur son corps. Il remontait sa robe... cherchait à la dénuder...

Elle se débattit alors de toutes ses forces, le repoussa aux épaules et voulut crier, mais il lui dévorait la bouche d'un baiser glouton, douloureux. Alors elle lui donna des coups de poing dans le dos, se tordant, se cambrant tandis qu'il l'écrasait de tout son poids sur le divan.

— Tu me veux, hein, avoue? fit-il dans un halètement. Ne me dis pas le contraire. Il n'y a rien de mal... on va se marier bientôt...

— Sûrement pas! hurla-t-elle, mais il plaqua une paume sur sa bouche pour la faire taire.

Les dents serrées, il gronda:

— Ecoute... c'est dans la tête... une maladie mentale. J'ai entendu une conférence de Sigmund Freud, le célèbre psychiatre, quand j'étais encore à Vienne. Il disait que les femmes comme toi sont frigides. Elles n'arrivent pas à prendre de plaisir pendant l'amour mais moi, je te promets que je vais te changer.

Les yeux dilatés d'horreur, elle le fixait, luttant pour retrouver son souffle sous cette main qui l'étouffait. Rudolf comprit alors que la drogue n'avait pas opéré comme il le souhaitait. Jamais il ne parviendrait à la soumettre. La seule issue était de la laisser filer. Plus tard, il irait la chercher, la déposerait dans sa propre chambre afin qu'au réveil elle pensât qu'ils avaient couché ensemble.

Il la relâcha, se rassit et, le visage dans les mains, il mima la honte la plus totale.

— Pardon, mon amour, pardon, murmura-t-il avec fièvre. C'est que je t'aime tant... que j'ai tant envie de toi. Si tu savais ce qu'est ma solitude. Mon père décédé, ma mère qui boit, j'ai été obligé de m'expatrier... J'ai besoin de toi, de ton amour... je t'en supplie, il ne faut pas me haïr.

En un dernier sursaut d'énergie, Marilee se releva, dégoûtée.

— Ce que tu m'as dit... c'est faux, je ne suis pas comme ça.

Il lui jeta un regard empli de pitié.

— Si, ma chérie, tu es ce qu'on appelle une femme frigide. Tu n'y peux rien. Ton seul espoir, c'est de trouver un homme compréhensif qui te traite avec patience. Je suis cet homme. Nous essaierons ensemble de te guérir et...

— Ça suffit ! dit-elle d'une voix sifflante, et elle s'enfuit en se bouchant les oreilles.

— Marilee, attends...

Elle prit ses jambes à son cou et parcourut en trombe le corridor. Soudain, inspirée par son instinct, elle se jeta dans une niche vide de sa statue, creusée dans le mur du couloir. Elle se colla le plus possible à la paroi, retenant son souffle tandis que Rudolf passait devant elle à toute vitesse.

Ils avaient trop bu l'un comme l'autre, se dit Marilee, lui cherchant des excuses. Il méritait la pitié... jusqu'à un certain point. Frigide... ridicule ! Dès le lendemain, elle lui mettrait les points sur les *i*.

Malgré son épuisement, elle n'osa regagner sa chambre où Rudolf risquait de venir la surprendre. Ce serait bien le diable si le château ne contenait pas au moins une pièce où se cacher et dormir jusqu'au lendemain.

Elle sortit de sa cachette et, comme elle avait entendu Rudolf monter au premier, décida d'éviter les étages. Elle longea le couloir, essaya d'en ouvrir toutes les portes mais les trouva fermées à clé.

La chambre de Jade se rapprochait. Difficile de réveiller sa tante pour lui révéler le comportement ridicule de Rudolf. C'est alors qu'elle remarqua la porte de la cave. En temps ordinaire, l'idée de descendre dans les profondeurs d'un sous-sol l'aurait terrorisée, mais elle était dans un état second à cause de la drogue. Avec lenteur, à pas prudents, elle descendit les marches étroites. Une créature invisible détala dans les ténèbres, lui donnant la chair de poule. Elle imagina des monstres, des bêtes immondes tout autour d'elle.

Au bas de l'escalier de pierre, une antique lampe tempête accrochée à un clou éclairait faiblement les dalles. Elle distingua une porte béante.

Il s'agissait d'une petite pièce pourvue d'un lit étroit. Couche qui invitait au repos avec ses couvertures soigneusement pliées, l'oreiller blanc et moelleux. Elle sentit ses paupières s'alourdir, la tête lui tournait. Incapable de résister davantage, elle s'apprêtait à succomber quand une pensée l'assaillit : et si Rudolf descendait jusque-là ? Il ne fallait pas lui laisser la lumière. Ainsi il trébucherait dans le noir et le bruit l'avertirait de sa présence. Elle ressortit, souffla la lanterne puis réintégra le réduit avant de s'allonger.

Elle ne se rendit même pas compte qu'elle posait la tête au creux de l'oreiller car le sommeil l'emportait déjà...

Hmm... Une chaleur... Une exquise chaleur.

Telle une rivière de soie, elle sentit des doigts parcourir sa chair. Caresses lentes, délicieuses... Des sensations étranges s'éveillèrent en elle tandis que ses sens à vif s'affolaient, appelaient en silence le plaisir encore inconnu.

Il devait s'agir d'un rêve. Un tel bien-être était impossible dans la réalité. Elle flottait dans une sphère de plaisir qu'elle n'aurait jamais pu imaginer.

Son corps se tendit, accueillant, offert, réclamant davantage encore.

Un baiser…

Un baiser incomparable. Chaleur brûlante des lèvres qui effleurèrent presque imperceptiblement les siennes. Et puis, en un assaut presque violent, la bouche prit possession de sa bouche. Avec bonheur, elle écarta les lèvres pour goûter ce baiser indiscret.

Ses bras, d'instinct, se refermèrent sur un dos très large… des muscles saillants et durs… Cette odeur masculine l'enivrait.

La bouche descendit vers sa gorge, léchant doucement, aspirant. Des mains lui caressèrent les seins… pour s'interrompre brutalement.

Marilee se figea. Pourquoi s'arrêtait-il ? Parce que l'aube pointait ? Ce rêve merveilleux allait-il se dissiper à la pointe du jour, comme les fantômes ?

— Non, je t'en prie… murmura-t-elle, le souffle court. Ne t'en va pas… pas encore…

Elle le sentit hésitant. Vite, les mains se glissèrent sous sa robe pour palper ses hanches, ses reins.

Puis les doigts remontèrent en hâte vers son visage, en dessinèrent les traits.

Une voix d'homme teintée d'un léger accent émit un juron étouffé.

« Que se passe-t-il ? pensa Marilee. Pourquoi tout s'arrête brusquement ? »

Elle se dressa sur le lit et, tâtonnant alentour, réalisa qu'elle était bel et bien éveillée. La terreur l'envahit. Il y avait quelqu'un dans la cave ! N'entendait-on pas un souffle rauque, saccadé, qui s'estompait comme si le rôdeur prenait la fuite ?

Mais non. Ce n'était qu'un rêve. Quoi d'autre ? Elle avait bu un peu trop d'eau-de-vie, voilà tout.

Marilee secoua la tête pour s'éclaircir les idées avant de se rallonger, afin de retrouver en rêve les merveilleuses sensations qu'elle ne connaîtrait jamais avec un homme réel.

13

Au cours de cette nuit interminable, Marilee se réveilla plusieurs fois en sursaut. Elle sondait alors la nuit, se demandant comment elle était arrivée dans ce lit étroit. Et puis les souvenirs affluaient…

L'inconnu… l'homme débordant de sensualité qui l'avait serrée dans ses bras, l'avait embrassée…

Malgré l'épuisement, Marilee retrouvait sa lucidité au fil des heures. Sa mémoire embrumée ne lui livrait l'après-dîner que par bribes… une scène qui avait eu lieu avec Rudolf… probablement parce qu'il l'avait serrée d'un peu trop près, la forçant à battre en retraite… la cave… L'inconnu qui l'attendait dans l'ombre, son amoureux fantôme. Elle sentait encore la brûlure de ses baisers, ses bouleversantes caresses.

Mais qui était cet homme ? Rudolf ? Non. Malgré son charme, sa belle prestance, l'amour qu'il lui jurait sans arrêt, jamais Rudolf n'aurait été capable de lui faire un tel effet.

A l'aube, quand la lumière eut percé la couche

de poussière qui recouvrait la vitre, Marilee put retrouver son chemin et remonter vers ses appartements.

A l'instant où elle tournait à l'angle du couloir qui menait à sa chambre, elle se pétrifia : affaissé contre le chambranle, la tête penchée de côté, les yeux clos, Rudolf l'attendait. Son souffle profond et régulier lui indiqua qu'il dormait. Aussi, sur la pointe des pieds, Marilee le contourna et réussit à se faufiler à l'intérieur avant de donner un tour de clé. Le raclement de la serrure tira Rudolf du sommeil.

— Marilee ? s'écria-t-il en se dressant d'un bond. C'est toi ? Je me suis fait un sang d'encre et...

— Tout va bien, Rudolf, je t'assure, répliqua-t-elle avec froideur.

— Où t'étais-tu cachée ? Je sais que tu es en colère et je suis désolé. Excuse-moi pour hier soir ; je t'aime tellement que tu me rends fou. Laisse-moi entrer, s'il te plaît.

— Te laisser entrer dans ma chambre ? Mais voyons, Rudolf, ce ne serait pas convenable.

Et avec un petit sourire satisfait, elle commença à se déshabiller.

— Convenable, ça le deviendrait si tu avouais que tu m'aimes et si tu m'épousais.

Marilee poussa un soupir agacé.

— Je te verrai au petit déjeuner, Rudolf. Nous pourrons parler.

Maudissant la rebelle, Rudolf ne put que tourner les talons. Elle apprendrait ce qu'étaient le respect et la discipline, après le mariage, songea-t-il, les poings serrés.

Fort de ces résolutions, Rudolf gagna l'aile du château où se trouvait la chambre de sa mère, s'apprêtant à essuyer la fureur de sa sœur.

Ravissante en robe rose pâle recouverte d'un châle en tricot assorti, Jade dégustait ses œufs pochés au saumon. Elle s'interrompit en entendant entrer Marilee.

— Te voilà, mon enfant ! Dire que je pensais être en retard pour le petit déjeuner. Tu as traîné plus que moi au lit, apparemment. Aurais-tu laissé Rudolf te convaincre de reprendre un doigt d'eau-de-vie, hier soir ?

Marilee prit place à la table, repoussa de la main le plat que lui présentait Gerda en spécifiant qu'elle se contenterait de café.

— Je crains que oui, répondit-elle à Jade. Jamais je ne recommencerai l'expérience. Cet alcool m'a littéralement assommée.

— Es-tu certaine que ce soit la véritable raison ? Ne serait-ce pas plutôt que Rudolf t'a suppliée jusqu'à l'aube de consentir à l'épouser ?

— Je n'en sais trop rien.

— Que veux-tu dire par là ?

Marilee secoua la tête, indiquant qu'elle ne souhaitait pas évoquer les événements de la veille.

— Je ne sais pas ce qui s'est passé exactement mais cela se lit sur ton visage… Tu as les yeux brillants et il me semble même que tu rougis.

— Allons, tante Jade ! Je crois que tu as tellement envie de me marier que tu donnes trop libre cours à ton imagination.

Elénore entra à cet instant, le visage fermé, les traits tirés. Elle marmonna un bonjour du bout des lèvres, s'assit puis se jeta, affamée, sur l'assiette d'œufs au saumon. Jade échangea avec Marilee un regard interloqué avant de demander :

— Comment va votre mère, ce matin ?

— On ne peut mieux. Vous voudrez bien m'excuser, mais aujourd'hui je suis occupée de mon côté. Impossible de me joindre à vous pour la visite de Zurich.

Furieuse contre son frère qui avait contrecarré ses plans, elle entendait bien trouver Cord et se faire pardonner d'avoir manqué le rendez-vous de la nuit.

— Je comprends que tu aies autre chose à faire mais si tu changes d'avis, on sera enchantées de passer la journée avec toi, intervint Marilee.

Jamais elle n'avait vu sa camarade de pension dans un tel état. Rudolf entra à son tour, arborant un sourire des plus pétulants.

— Comment donc ! Ma sœur nous fausse compagnie pour la journée ?

Il connaissait naturellement la cause de sa mauvaise humeur... et s'en moquait éperdument. Déposant un baiser sur la joue de Marilee, il prit place en bout de table, continuant à harceler Elénore :

— Oh oh ! Mais ça tombe très mal parce que j'ai organisé une journée extraordinaire. Qu'as-tu de si important à faire qui nous prive de ta charmante compagnie ?

Elénore le foudroya d'un regard noir. Comme elle aurait aimé l'envoyer au diable...

— Je parie que tu as ton idée sur la question, cracha-t-elle en serrant les dents.

Soudain très mal à l'aise, Jade prit la parole :

— Je crois que je vais moi aussi m'abstenir de jouer les touristes, aujourd'hui.

— Oh non ! s'exclama Marilee. Il faut absolument que tu viennes, tante Jade. Tu as entendu Rudolf : il a tout organisé et nous serions très déçus si tu ne nous accompagnais pas.

— Mon petit doigt me dit que Rudolf serait assez content de passer une journée en tête à tête avec toi.

— Absolument, confirma Rudolf. Mais vous, que ferez-vous si vous ne venez pas à Zurich ?

— Les chambres de mes domestiques sont-elles prêtes ?

Jade ne fut pas déçue quand Rudolf lui fit signe que non parce qu'elle ne souhaitait pas prolonger son séjour dans ce château.

— Eh bien, je vais aller leur rendre visite, voir comment ils se portent et les inviter peut-être à déjeuner.

— Vous invitez vos domestiques au restaurant ? s'étonna Elénore, choquée.

Rudolf tenta bien de la faire taire d'un froncement de sourcils mais elle lui en voulait tellement qu'elle n'en tint aucun compte. Un instant désarçonnée par cette réflexion, Jade se défendit :

— Eh oui. Pourquoi pas ? Ils ont beau être mes employés, ils font partie de la famille, en quelque sorte.

— Ce ne sont que des domestiques ! s'esclaffa

Elénore, dédaigneuse. Frayer avec le personnel... Seigneur, où va le monde!

— Le monde, chacun le voit à sa façon, rétorqua Jade d'une voix cassante.

— Vous, une Romanov, et tout le monde sait...

— Tout le monde sait que tu devrais parfois te mordre la langue au lieu de parler, la coupa son frère. Veuillez l'excuser, Jade.

— Inutile de vous excuser, répondit Jade, soucieuse de détendre l'atmosphère. On ne partage pas tous le même point de vue, voilà tout.

En son for intérieur, elle regretta pour la énième fois de ne pas être restée en Espagne, de ne pas avoir laissé Marilee se débrouiller seule.

C'était une journée splendide: une douce brise atténuait quelque peu l'ardeur du soleil rayonnant sur un fond de ciel bleu paon. A l'exception d'un bref interlude durant lequel Rudolf revint à l'attaque, la visite de Zurich enchanta Marilee.

Quand ils eurent regagné le château, Hanisch arrêta la Fiat Zéro devant l'entrée de service puis, en chauffeur stylé, ouvrit la portière aux deux jeunes gens. Levant les yeux, il vit Elénore surgir sur le perron en courant, l'air complètement égaré.

— Qu'est-ce qui lui arrive encore? chuchota-t-il à Rudolf.

Rudolf suivit son regard, vit sa sœur et se crispa. Elle agitait les bras dans leur direction. Qu'avait-elle besoin d'alerter aussi Marilee?

Inquiète, cette dernière lui posa des questions. Rudolf bougonna qu'il s'agissait probablement de sa mère.

— Presse-toi, Rudolf, je t'en prie! cria Eléonore, incapable de contenir plus longtemps ses larmes. Mère et Mme Coltrane ont failli s'arracher les yeux.

— Malédiction! Comment as-tu pu laisser se produire une pareille catastrophe?

Et il monta les marches quatre à quatre, suivi de Marilee.

— Je me suis absentée — oh, rien qu'un moment. Je n'arrivais pas à trouver la personne que je cherchais et...

— Raconte-moi comment ça s'est passé, ordonna Rudolf qui se moquait bien de ses peines de cœur.

— Je suis revenue et j'ai trouvé mère en train de chasser Mme Coltrane de chez nous à grands cris. Elle disait qu'elle ne voulait pas d'une Romanov sous son toit.

— Comment a-t-elle pu apprendre que Jade est une Romanov? Je croyais qu'on était convenus de le lui cacher.

Marilee sentit la moutarde lui monter au nez.

— Attends un peu, Rudolf... Pourquoi cacher que ma tante est parente du tsar? Est-ce une tare, ici? Quand tu nous as invitées chez toi, tu n'as pas spécifié qu'il fallait taire nos origines russes.

— Non, non, ma chérie, tu n'as pas compris, fit-il, se retournant pour poser les mains sur ses épaules. Il n'y a pas à avoir honte de quoi que ce soit. Simplement, quand mère boit un peu trop, elle perd la tête. Elle a certainement repensé à mon beau-père, foudroyé par une crise cardiaque quand il a appris que les Russes avaient envahi la Galicie. L'alcool lui ronge le cerveau, tu sais. C'est une maladie épouvantable.

Marilee commençait à en avoir assez de cette famille de fous.

— Où se trouvent-elles ? demanda-t-elle à Eléonore.

Sans laisser à sa sœur le temps de répondre, Rudolf insista sèchement :

— Tu n'as pas répondu à ma question : comment mère a-t-elle découvert les origines de Jade ?

— Franchement, je n'en sais rien. Je suis simplement tombée sur Mme Coltrane qui sortait du salon sous les insultes de mère.

Elle ajouta à l'adresse de Marilee :

— Ta tante est dans sa chambre.

Rudolf, très agité, se passa les doigts dans les cheveux en répétant :

— Je ne comprends toujours pas comment elle a découvert...

— Parce que Jade me l'a dit elle-même, mauvais garnement !

Tous firent volte-face et aperçurent Amalia qui, verre en main, titubant à chacun de ses pas, émergeait du corridor mal éclairé.

— Elle me l'a dit elle-même, la pimbêche ! Je lui posais des questions sur sa famille et de fil en aiguille, je me suis rendu compte que j'avais une de ces infectes Romanov sous mon toit. Je ne le tolérerai pas !

Elle leva la main qui tenait le verre, pointa un index vacillant sur Marilee et ajouta :

— En revanche vous, ma chère, vous pouvez rester. Mon fils est épris de vous et même si votre père est russe... comme ce n'est pas un Romanov, nous parviendrons peut-être à nous entendre.

Elle chancela, et serait tombée si Rudolf ne l'avait retenue juste à temps. Marilee sentit les larmes lui picoter les yeux et, devant ce pathétique spectacle, elle plaignit le pauvre Rudolf. Quel enfer il devait supporter...

— Venez, mère, je vous raccompagne.

Il la souleva entre ses bras et, dans la manœuvre, le verre tomba sur les dalles où il se brisa. Quand ils arrivèrent à la hauteur de Marilee, Amalia laissa rouler sa tête de côté, la suppliant avec un petit sourire craintif :

— Je vous en prie... n'en tenez pas rigueur à mon fils... Si vous le quittez, il me haïra.

— Elle a raison, tu sais, ajouta Elénore quand ils se furent éloignés.

Marilee la dévisagea sans comprendre.

— Si ta tante nous quitte et toi aussi, Rudolf ne le pardonnera jamais à mère.

Que répondre ? Rien. Marilee décida d'aller retrouver Jade pour écouter sa version de l'incident.

Pendant ce temps, Rudolf laissa tomber sans ménagements sa mère sur son lit. Il lui aurait volontiers jeté les oreillers à la figure. Et même pire.

Un bruit de pas l'alerta. Hanisch pénétra dans la chambre. Ils échangèrent un regard silencieux qui signifiait : l'enlèvement aura lieu cette nuit.

14

Marilee toqua à la porte. Jade ne répondant pas, elle entra et la trouva en train d'empiler ses vêtements dans la malle.

— Inutile de protester, Marilee, attaqua Jade. Il vaut mieux que je parte, et le plus tôt possible. De toute façon, je n'aurais pas dû venir.

— Moi non plus !

— Ne dis pas cela, voyons. Rudolf n'est pas coupable du comportement de sa mère. Elle est malade. Maintenant qu'elle sait que je suis une Romanov, cela risque de tourner à la catastrophe. Moi partie, vous aurez tout loisir de faire plus ample connaissance.

— Si tu pars, je pars moi aussi, décréta Marilee.

— Il n'en est pas question ! trancha Jade en se remettant à ses malles. Je vais faire appeler un taxi pour me conduire à l'hôtel de Carasia où je réserverai une chambre. Nous repartirons demain matin par le premier train. J'aurais préféré prendre celui de minuit mais enfin...

— Attends jusqu'à demain, tante Jade, je t'en

supplie. Rudolf parviendra peut-être à redresser la situation. Quand sa mère aura retrouvé son bon sens, elle aura honte d'elle-même.

Jade secoua la tête, inflexible.

— Cette femme me considère comme la représentante du tsar et m'accuse de la mort de son mari. Ivre ou à jeun, elle me haïra, ce qui ne rendra que plus difficile ta relation avec Rudolf. Non. Je pars. J'avais de toute façon envisagé de m'en aller, de rentrer à la maison attendre Colt et Travis, revoir mes petits-enfants. C'est ton avenir et non le mien qui se joue ici, Marilee.

Son avenir... Tout le monde semblait s'acharner à lui organiser un avenir. Que faisaient-ils donc de ses désirs à elle ?

Au cours de la nuit, Marilee avait vécu une merveilleuse expérience. Même si elle ne découvrait jamais l'identité de cet homme, elle lui serait toujours reconnaissante de l'avoir éveillée à la sensualité, de lui avoir prouvé qu'elle était parfaitement normale. C'était Rudolf qui ne savait pas émouvoir sa féminité.

— Si tu le quittes, Rudolf le reprochera à sa mère, reprit Jade. Or, cette pauvre femme a bien assez de difficultés sans s'attirer la haine de son fils.

Force fut à Marilee d'admettre que Jade avait raison sur ce point. De plus, elle n'était pas certaine de désirer regagner l'Espagne. Elle avait de l'argent. Cela lui permettrait de louer un petit appartement à Zurich puis de rejoindre Paris lorsque la guerre serait terminée. Impossible, naturellement, d'évoquer ces projets avec Jade :

sa tante en ferait une maladie si elle l'imaginait vivant seule.

— Mais pourquoi partir sur un coup de tête ? demanda-t-elle. Rudolf le reprochera à sa mère, tu sais. Tu pourrais attendre quelques jours, le temps que les choses s'apaisent.

— Je regrette mais il vaut mieux que je parte maintenant.

— Tu ne pourrais pas au moins attendre jusqu'à demain matin ?

— Bon, admettons, fit Jade en soupirant.

Ravie, Marilee lui adressa un sourire rayonnant.

— Ça me donnera peut-être la possibilité de te faire changer d'avis, d'ici là.

— N'y compte pas. Je vais même appeler un taxi dès ce soir pour emporter ma malle à la gare et la faire enregistrer.

Marilee découvrit Rudolf au salon où, assis devant la cheminée, il sirotait tristement son cognac. Elle l'observa un instant avant d'entrer. Emue par sa détresse, elle traversa la pièce et se mit à genoux devant lui.

— Ne sois pas si désespéré, Rudolf, et pardonne à ta mère. L'alcool lui fait perdre le contrôle d'elle-même.

— Elle n'a aucune excuse. Et Jade, comment réagit-elle ?

— Ça l'a bouleversée. Elle est dans sa chambre en train de préparer ses malles. J'ai réussi à la convaincre de rester jusqu'à demain matin, pas davantage.

Rudolf eut peine à retenir un cri de triomphe.

Les pions se mettaient en place sur l'échiquier : en constatant que Jade avait disparu pendant la nuit, Marilee la croirait repartie pour l'Espagne. Luttant pour dissimuler son exaltation, il insista :

— Tu es certaine qu'elle ne partira pas avant demain matin ? Ça nous laisse du temps... pour la faire changer d'avis.

Marilee hocha affirmativement la tête. Tendant la main vers sa joue qu'il effleura du bout des doigts, Rudolf murmura :

— Je ferai tout pour que ça s'arrange, Marilee, je te le promets. Je ne veux te donner que du bonheur. Du bonheur... et de l'amour.

Ces propos glacèrent Marilee qui s'écarta de lui.

— Bon, il est l'heure d'aller me changer pour le dîner.

Il ne la retint pas. Lui aussi avait des choses urgentes à faire...

Le dîner se déroula dans un climat de gêne. On mangea en silence et Jade puis Elénore s'éclipsèrent dès le dessert.

— Et si nous allions déguster un sherry au salon ? suggéra Rudolf quand il se retrouva seul en compagnie de Marilee.

La jeune fille accepta, par souci de tirer la situation au clair et d'en finir.

Une fois dans le salon, sans lui laisser la moindre occasion de l'enlacer ni de l'embrasser, elle se cala à l'extrémité du canapé, se tourna carrément vers lui et attaqua :

— Il est grand temps de passer aux explications sérieuses, Rudolf.

— Bon... oui, sûrement, bredouilla-t-il, pris de court.

— Je ne veux pas me marier avec toi. Pas maintenant. Jamais, peut-être. Nous ne sommes pas faits l'un pour l'autre, voilà. J'ai pour toi de l'amitié. Il m'est même arrivé de penser que je pourrais tomber amoureuse de toi, mais pas pour l'instant. Un jour, qui sait, mes sentiments évolueront peut-être, mais aujourd'hui ma réponse est non.

Rudolf resta médusé par ce petit discours. Jamais il n'avait vu pareille assurance chez Marilee, inébranlable dans sa détermination. Il devina à son attitude, à sa façon de le toiser, qu'elle repousserait le moindre geste qu'il ferait dans sa direction. Il se força à rire.

— Tu ne penses pas un mot de tout ça. Tu en veux à ma mère d'avoir insulté ta tante et c'est ta façon à toi de me le faire payer. En réalité, tu sais très bien que tu m'aimes.

— Loin de te donner de faux espoirs, de prétendre t'aimer, j'ai seulement consenti à nous donner le temps de tirer au clair nos sentiments mutuels. Toi, au contraire, tu ne t'y résous pas. Tu ne cesses de me harceler, ce que je trouve malhonnête.

Bon sang, elle dépassait les bornes ! Il grommela un « Je vois ! » et, les dents serrées, s'empara du flacon de sherry posé sur la table basse.

— Ma tante et ta mère n'entrent nullement en jeu dans notre histoire, poursuivit Marilee.

— Ça, en revanche, ça reste à prouver ! Quand je pense que c'est moi que tu accuses de malhonnêteté ! Ce n'est quand même pas ma faute si ta tante n'a pas eu le bon sens de taire ses origines russes! Il ne faut pas être bien futé pour savoir que de nos jours, il est préférable de ne pas se vanter d'appartenir à la famille des Romanov... surtout chez des Autrichiens.

Marilee trouvait de plus en plus difficile de garder son calme.

— Pourquoi ne pas l'avoir spécifié quand tu nous as invitées?

— Oui, tu as raison. J'aurais dû me douter que ta tante ne pourrait s'empêcher de parler de son illustre famille. Mais le seul moyen de te faire venir ici, c'était d'inviter Jade.

Cet argument eut raison de la patience de Marilee. Elle bondit de son siège. Rudolf se dressa à son tour et lui empoigna le bras.

— Pardonne-moi, je t'en prie. Je ne disais pas cela sérieusement. Je t'aime à en perdre la raison.

Poussant un soupir, Marilee se laissa retomber sur le canapé.

— Je tiens plus que tout à ce que nous restions amis; or, entre amis, on évite de se blesser.

— Oh... Marilee.

Il se rassit, essaya de la prendre dans ses bras mais elle le repoussa.

— Jamais je ne te blesserai exprès, Marilee. Tu crois ne pas m'aimer mais tu te trompes. Tu es amoureuse de moi, au contraire. Simplement pour le moment, tu es trop préoccupée. A cause de ta tante que ma mère a chassée. A cause de ton père. Tu as une foule de soucis...

— Je m'en sortirai toute seule, Rudolf, ne t'inquiète pas.

— Oh oh... Tu as tort de croire ça, chérie. A la vérité, tu as besoin d'un homme.

— Un homme? Oui, un homme à aimer, pas pour qu'il me serve de nourrice. Et j'en ai plus qu'assez que ma famille et toi, vous me considériez comme une petite sotte incapable de se débrouiller.

— Toutes les femmes ont besoin d'un homme qui prenne soin d'elles.

— Ah oui? Eh bien tu vas probablement être surpris d'apprendre que jamais un homme n'a pris soin de moi. Mon père — bien que je lui voue une admiration sans bornes — m'a confiée tout bébé à ma grand-mère: c'est elle qui m'a élevée. Quand on m'a envoyée dans le pensionnat suisse, conformément au vœu de ma mère, ce n'est pas un homme mais des gouvernantes qui se sont chargées de mon éducation. Alors crois bien que si je me marie, ce ne sera pas pour qu'on prenne soin de moi. Et maintenant, je te souhaite une bonne nuit!

Elle sortit en trombe de la pièce mais Rudolf ne chercha pas à la rattraper. Il en avait assez entendu pour la journée. Lançant son verre dans l'âtre, il s'empara du flacon de sherry et but au goulot de longues gorgées. D'ici l'aube, cette mijaurée lui aurait cédé. De gré ou de force.

La jeune fille courut à perdre haleine jusqu'à sa chambre où elle se jeta sur son lit, bouleversée. Pourtant, avec l'épuisement, le sommeil vint vite.

Quelques heures plus tard, elle se réveilla en sursaut et prit soudain conscience de la nécessité d'agir. Cela ne pouvait plus durer. Rudolf, enfant gâté accoutumé à ce qu'on assouvît ses moindres caprices, ne renoncerait pas à la harceler.

Elle aboutit à une conclusion plus douloureuse encore à avaler au beau milieu de la nuit : elle n'avait d'autre choix que de regagner l'Espagne en compagnie de Jade. Après tout, avec la guerre, rester seule — et dans un pays étranger — se révélerait dangereux. Au moins, en Espagne, elle serait en sécurité ; son père saurait où la contacter quand il le pourrait.

Marilee se releva donc et décida d'aller chez Jade pour essayer de la convaincre de l'emmener.

La jeune fille s'enfonça dans les ténèbres du couloir. D'ordinaire, on y laissait brûler une veilleuse — pas cette nuit-là. Aucun bruit alentour. Mais peu importait, elle connaissait le chemin : au bout du couloir, l'escalier descendait vers la chambre de sa tante. Allumer une lampe risquait de réveiller quelqu'un. Rudolf en particulier.

Elle atteignit les marches en se guidant à tâtons le long de la pierre froide et descendit aussi vite que possible car elle avait peur de l'obscurité.

Elle frappa. Pas de réponse. Elle tourna le bouton de la porte d'une main tremblante et constata avec soulagement que c'était ouvert. Dès le seuil pourtant, elle sentit son cœur se serrer car, malgré le noir absolu qui y régnait, elle devina que Jade ne se trouvait plus dans sa chambre.

Marilee alluma, jeta un rapide coup d'œil alentour qui confirma ses appréhensions. Un atroce sentiment de solitude la submergea.

Le lit n'était pas défait. Sur l'oreiller, Jade lui avait laissé un mot annonçant qu'elle avait jugé préférable de repartir sans tapage. Elle l'exhortait à donner une chance à Rudolf et à ses sentiments, à oublier provisoirement le souci qu'elle se faisait pour son père et à se concentrer sur son bonheur, son avenir.

Marilee faillit pousser un hurlement de rage. Elle chiffonna le billet et le lança par terre.

Jade lui avait donc menti. Oui, tout prenait sens désormais : l'anxiété de sa tante durant le dîner, sa hâte de quitter la table… Tout le temps, elle n'avait songé qu'au train de minuit qu'elle ne voulait manquer à aucun prix.

Que faire, désormais ?

Marilee n'en avait pas la moindre idée. Seul un sentiment de solitude l'oppressait. La fatigue aussi.

Elle éteignit donc et, se glissant dans le lit de Jade, se nicha douillettement entre les draps. Jamais Rudolf ne songerait à la chercher ici, et le lendemain, à tête reposée, elle passerait à l'action.

Elle s'assoupit, sombra dans un sommeil profond… dont elle fut tirée par une étrange odeur qui brûlait ses narines… pour replonger presque aussitôt dans les abîmes de l'inconscience.

15

Les effets du chloroforme se dissipaient. Ouvrant les yeux, Marilee eut l'impression de se retrouver engluée dans une masse cotonneuse. Incapable de remuer, elle avait des bourdonnements d'oreilles qui s'accentuaient comme les sifflements d'un train.

En déglutissant, elle constata qu'elle avait la gorge brûlante, à vif. Et elle eut beau battre des paupières, les ténèbres restaient opaques. La panique la saisit quand elle constata qu'elle avait la tête prisonnière dans une espèce de sac.

Elle se sentait nauséeuse, son estomac grondait. Le sang lui battait aux tempes et elle eut l'impression d'avoir reçu du sable dans les yeux. Cette faiblesse générale, ce goût écœurant... Que se passait-il ?

Malgré le malaise, son instinct lui souffla de ne pas bouger. Comme un animal sauvage, mue par une sorte de pressentiment, elle comprit qu'elle était en danger.

Elle était endormie dans le lit de Jade quand l'avait tirée du sommeil la sensation épouvantable d'un chiffon malodorant qu'on lui plaquait sur la figure. Et voilà qu'elle se retrouvait recroquevillée sur une espèce de paillasse, atrocement mal installée car on lui avait ligoté chevilles et poignets. Cela sentait le foin et elle entendait un léger meuglement — une vache sans doute. La séquestrait-on dans une étable ?

Qui donc lui voulait du mal ? Et pour quelle raison ? Rudolf ? Certainement pas. Il aurait eu trop peur de ne jamais obtenir son pardon s'il lui avait joué un tour pareil.

Progressivement, la lumière se fit : on l'avait surprise dans le lit de Jade. Ce devait être à sa tante qu'on en voulait. Mais pourquoi ? Pour obtenir une rançon ?

Et, tandis que Jade roulait vers l'Espagne le plus sereinement du monde, c'était sa nièce qui se retrouvait prisonnière, ficelée comme un agneau condamné à l'abattoir — enlevée par un maniaque qui la prenait pour une autre.

Dans son extrême détresse, Marilee parvint quand même à voir le comique de la situation : elle imagina la surprise de ses ravisseurs lorsqu'ils lui retireraient son capuchon et découvriraient leur erreur. Evidemment, ils pouvaient exiger une rançon pour elle aussi — et les Coltrane paieraient. Mais s'ils décidaient qu'elle ne leur était d'aucune utilité et la liquidaient sans autre forme de procès ?

Quoique privée de points de repère temporels, Marilee se dit que l'enlèvement avait dû se produire depuis des heures et que Rudolf ne tarderait pas à constater sa disparition. Si ces gens avaient laissé une demande de rançon au château, il contacterait la police. Alors les ravisseurs jugeraient peut-être préférable de la libérer. Après tout, le capuchon l'ayant empêchée de voir ou d'entendre quoi que ce fût, elle parviendrait peut-être à sauver sa tête. Et quand ils le lui ôteraient, elle garderait les yeux fermés pour mieux les convaincre de sa bonne volonté.

Au bout d'une éternité, Marilee entendit le raclement d'une porte qui s'ouvrait. Elle fit la morte, s'interdisant de remuer, respira avec lenteur et régularité, tout en ayant les nerfs à vif.

Quelqu'un se rapprochait, le pas lourd. Elle le sentit se pencher sur elle. Une voix gutturale, vaguement familière, déclara :

— Elle est encore évanouie. J'espère que tu sais ce que tu fais. C'est normal que les effets du chloroforme se prolongent autant ?

— Rien à craindre. Plus longtemps elle restera évanouie, mieux ce sera, intervint un deuxième homme.

Sa voix lui parut moins rude que la première. Celui-là paraissait plus jeune, et il avait l'accent allemand.

— Où en est-on avec la demande de rançon ? interrogea le second personnage.

— Comme prévu, Gerda l'a déposée à minuit à l'hôtel, sur le bureau de l'employé de la réception dès qu'il a eu le dos tourné. Elle a filé en vitesse, mais sans oublier de vérifier de la rue qu'il lisait bien le nom inscrit sur l'enveloppe. Le garde du corps de la princesse l'a sûrement trouvée en descendant pour le petit déjeuner. Il doit être en route pour l'Espagne — à moins qu'il ne se soit affolé et n'ait couru avertir la police.

— Il ne fera pas ça. J'ai été parfaitement clair sur les conséquences d'un tel acte.

Incapable de réprimer le tremblement qui la parcourut, Marilee pria pour qu'ils ne remarquent rien. Malheureusement...

— Hé! Elle remue! fit la voix gutturale.

— Elle a froid. Va lui chercher une autre couverture, rétorqua celui à l'accent allemand.

— Tu trouves que c'est la cachette idéale, ça? A deux pas de la ville, une grange bourrée de courants d'air? Ça n'arrangerait pas nos affaires qu'elle tombe malade.

— Ça ira, elle est solide.

— Et fais attention qu'elle garde la taie d'oreiller sur les yeux. Je ne tiens pas du tout à ce qu'elle me reconnaisse.

— Pas de problème.

Marilee serrait si fort les dents pour ne pas trembler qu'elle en avait des douleurs dans les mâchoires. Au moindre frémissement de sa part, ils la sauraient réveillée et complètement terrorisée.

Ses bourdonnements d'oreilles s'atténuaient peu à peu. Les tenants et les aboutissants de l'enlèvement lui paraissaient désormais plus clairs. Ces gredins n'étaient pas des malfaiteurs ordinaires. Etaient-ce des espions? A la solde de qui?

Et comment avaient-ils appris que Jade arrivait à Zurich, qui elle était?

Les deux hommes s'affairaient. Liquide qui coule... tintement de verres... ils buvaient — sûrement pas du café. Et l'alcool les rendrait violents.

Soudain, un rugissement déchira le silence tandis qu'on cognait à la porte.

— Bande d'imbéciles! Espèces de bons à rien! Laissez-moi entrer.

Il y eut un fracas de chaises renversées, bris de verre, cavalcade vers la porte. Les jurons fusèrent, suivis de braillements.

Marilee avait reconnu la voix et deviné qui était le nouvel arrivant. Et ses yeux s'embrasèrent d'une rage meurtrière quand il lui arracha la taie d'oreiller. Rudolf...

— Vous en avez enlevé une autre, espèces de crétins! hurla Rudolf en désignant la jeune fille du doigt. Ma parole...

Sans un mot, l'homme qu'elle avait pris pour le chauffeur du château traversa la grange et assena un coup de poing en pleine figure à Rudolf qui recula, du sang jaillissant de sa lèvre fendue. Paniquée, Marilee tourna la tête en tous sens: elle se trouvait dans une étable au centre de laquelle on avait installé la paillasse où elle était ligotée; des stalles partaient de ce centre comme des alvéoles.

Elle vit Rudolf percuter une cloison de bois avant de basculer en avant, le nez dans la paille qui jonchait le box.

Hanisch l'empoigna par le plastron de sa chemise et le remit brutalement sur pieds. Puis, le coinçant contre le panneau, il le menaça du poing:

— Pas la peine de venir jusqu'ici nous accuser de tes propres bourdes, petit salopard! Comment diable voulais-tu qu'on sache que ce n'était pas la Romanov qui dormait dans son lit? Et si tu n'avais rien dit, si tu ne lui avais pas enlevé son masque, la fille ne nous aurait pas vus.

Il frappa à nouveau. Terrorisée, Marilee vit le troisième larron, de dos, bloquer le bras de Hanisch et décréter avec autorité :

— Ça suffit, vous deux.

Hanisch lâcha Rudolf qui se mit prestement hors d'atteinte... et croisa le regard furibond de Marilee.

— Espèce d'ordure ! cracha-t-elle. Tu as tout manigancé ! Tout était prévu depuis le début, hein ?

— Parfaitement. Et mon erreur, c'est toi qui vas la payer, Marilee Mikhaïlonov, parce que tu ne nous es plus d'aucune utilité.

Celui qui était intervenu pour séparer les combattants revint à la charge :

— Réfléchis donc un peu, Rudolf. On est encore mieux lotis qu'avant, au contraire.

Hanisch et Rudolf le dévisagèrent, perplexes, puis Hanisch claqua des doigts :

— Bon sang, mais bien sûr ! Drake Mikhaïlonov a de l'argent pour payer une rançon !

— Parfaitement, confirma l'Allemand.

— Mon père ? Vous avez des nouvelles de mon père ? Oh... dites-moi, s'il vous plaît...

Elle se débattit avec ses liens. Les larmes lui montèrent aux yeux.

— Est-il vivant ? En bonne santé ?

— Tu parles s'il est vivant ! ricana Rudolf.

Il était vraiment furieux contre Marilee. Elle avait fait rater l'opération qui devait lui gagner l'estime et les félicitations des Partisans.

— Ton père n'est qu'un voleur. Il a toute la

Russie à ses trousses parce qu'il a volé de l'or appartenant au trésor impérial.

Marilee protesta avec virulence :

— Pas du tout ! Jamais mon père ne s'abaisserait à voler. Sa fortune personnelle est largement suffisante et, en plus, il soutient loyalement le tsar.

— L'ex-tsar, rectifia Hanisch.

— Peu importe. Jamais mon père ne volerait.

— Il a pourtant bel et bien volé ! insista Rudolf qui prenait plaisir à la contrarier. Et j'espère pour toi qu'il n'a pas dépensé le magot parce que c'est le seul moyen qui lui reste de te revoir un jour… vivante, je veux dire.

— Suffit, intervint le troisième homme.

C'est alors seulement que Marilee le vit. Elle eut l'étrange sensation d'une main de velours caressant sa chair nue. Il était très grand. Ses cheveux, crinière broussailleuse couleur de sable blond, bouclaient autour des oreilles et sur la nuque. Il avait les yeux d'un bleu profond, frangés de cils dorés, un nez grec parfaitement droit et des lèvres pleines d'une incroyable sensualité.

Elle contempla ses épaules larges, dégageant une impression de puissance. Sa chemise en daim fauve, presque entièrement déboutonnée, révélait une toison blonde qui s'étrécissait jusqu'à la ceinture. Le pantalon de serge ajusté à ses hanches minces moulait des cuisses superbes. Il sentit qu'on l'observait, tourna la tête. Ils échangèrent un regard intense, totalement électrisés. A cet instant, un soupçon effrayant envahit Marilee : et si l'inconnu n'était autre que l'homme qui l'avait caressée, à la cave? Mal à l'aise, elle détourna les yeux.

— On la garde ici, pour le moment, reprit-il. Toi, Hanisch, tu vas aller prévenir le QG de ce qui s'est passé. Demande-leur la marche à suivre. Moi, je reste sur place pendant que Rudolf retourne chez lui.

Ce dernier protesta sur-le-champ :

— Pourquoi ça, Brandt? Je peux garder la prisonnière.

— Pas question, rétorqua Brandt en le poussant d'une bourrade vers la porte. Allez, retourne au château vérifier ce qui s'y passe et rapporte-lui tous ses vêtements.

Rudolf avait horreur qu'on lui dictât sa conduite mais une humiliation lui suffisait pour la journée.

— Bon, d'accord. Et ensuite?

— Si quelqu'un s'inquiète de sa disparition, fais semblant de croire qu'elle est repartie avec sa tante. Pendant ce temps, on attendra ici le retour de Hanisch.

— Aucune objection, déclara ce dernier en faisant signe à Rudolf de lui emboîter le pas.

Rudolf ne put résister au plaisir d'injurier une dernière fois Marilee. Il se planta devant elle et lâcha avec une tendresse condescendante :

— C'est vraiment dommage que les choses aient dû en arriver là. On aurait pu être heureux, toi et moi, tu aurais appris à être vraiment une femme.

Malgré sa détresse, malgré la futilité de sa rébellion, elle réussit à ricaner de mépris.

— Pauvre imbécile! Tu te crois capable de

faire mon éducation mais tu ne sais même pas qu'une femme a besoin d'un vrai homme.

Il marcha sur l'insolente, prêt à lui envoyer un coup de pied, mais Cord, plus rapide, le saisit par la peau du cou et le poussa vers la sortie qu'il franchit en titubant. Ce qui tira à Hanisch un petit gloussement approbateur. Les deux hommes sortirent. Resté seul avec la prisonnière, Cord sectionna les liens qui lui bloquaient les chevilles, laissant ses mains attachées.

— Par mesure de précaution... précisa-t-il en lui adressant un bref sourire. Si tu as faim, j'ai du lait et du fromage. Je te ferai manger comme un bébé, d'accord ?

Gagnée par la colère, Marilee se rebiffa :

— Laissez-moi tranquille, malotru ! Ma famille vous tuera quand ils sauront ce que vous m'avez fait subir. Et puis qui êtes-vous, d'abord ? Un espion bolchevique, je parie.

— Calme-toi, murmura-t-il d'une voix douce en lui écartant quelques mèches du visage. Tu n'as rien à craindre de moi.

Elle recula la tête d'un coup sec, fuyant son contact.

— Ne me touchez pas, espèce de...

Leurs regards se prirent, longuement, et malgré elle, Marilee sentit monter un trouble bien étrange.

Inutile de demander confirmation. Elle savait. C'était lui, l'amant fantôme.

Mû par une impulsion subite, Cord se pencha et posa les lèvres sur sa bouche, lui soutenant la tête au creux de sa paume. Marilee se débattit puis succomba... jusqu'à ce que la fureur s'emparât à nouveau d'elle. En une violente torsion, elle parvint à s'arracher à son baiser. Et malgré le feu qu'il attisait si furieusement et la passion qui grandissait en elle, Marilee se prit à le haïr.

Il l'avait enlevée, c'était un ennemi.

Par-dessus tout, elle haïssait l'éclat moqueur de ses yeux bleus — comme s'il savait combien elle le désirait.

Elle tourna la tête pour l'empêcher de lire en elle, pour se concentrer sur cette autre chose qui lui donnait envie de hurler — les accusations portées contre son père.

Elle décida de trouver coûte que coûte un moyen de lui échapper. Et de partir à la recherche de Drake.

16

Sous l'œil méfiant de Marilee, Cord Brandt lui délia les poignets. Puis il lui donna un morceau de pain et un verre d'eau. Elle se contenta de boire car le chloroforme lui avait desséché la gorge.

Et ils se regardèrent en chiens de faïence.

Si elle souhaitait qu'au fond de son regard il ne trouvât que haine et colère, la jeune fille ne savait pas si celui de son geôlier exprimait l'arrogance ou la pitié. Il était beau comme un dieu. Beauté mystérieuse, dangereuse à laquelle Marilee avait peur de succomber.

— C'est parce que tu n'as pas faim ou parce que tu boudes que tu ne manges pas ? demanda-t-il, brisant le silence.

Elle releva le menton, geste de défi destiné à masquer sa peur.

— Je n'aime pas manger avec n'importe qui.

— Ma pauvre demoiselle, ton père ne récupérera qu'un tas d'os après le versement de la rançon, parce que, en attendant, nous prendrons tous nos repas ensemble.

Un long frisson la parcourut, mélange de terreur et... de plaisir. Elle trouva même l'audace de demander :

— C'était vous, pas vrai ? Dans la cave du château, je veux dire.

Une lueur de malice accentua l'éclat de son regard, mais il répondit qu'il ignorait à quoi elle faisait allusion. Marilee savait qu'il mentait. Elle insista :

— C'est vous qui m'avez embrassée dans la cave, avant-hier, dans la nuit.

— Ah oui ? rétorqua-t-il, feignant l'indifférence.

— Oui. C'est quand vous m'avez embrassée, tout à l'heure, que j'en ai eu la certitude. Vous saviez à qui vous aviez affaire, cette nuit-là ? poursuivit-elle avec un petit sourire moqueur.

— Non. J'étais là, toi aussi, et voilà. T'embrasser est très agréable, Marilee, ajouta-t-il avec gravité.

— Ravie de savoir que l'expérience vous a plu, parce qu'elle ne se reproduira pas.

— A moins que tu ne le veuilles.

— Rien à craindre sur ce point.

— Ne me raconte pas que ça t'a déplu... même dans le noir, sans savoir qui j'étais.

— Et après ? Je peux très bien aimer vos baisers sans vous aimer vous ! Je vous préviens que si vous me touchez encore, je vous arrache les yeux.

Il eut un petit rire.

— Je tâcherai de ne pas l'oublier.

Le silence les enveloppa de nouveau. Pas longtemps cette fois. Marilee s'emporta :

— Vous n'êtes que des monstres, tous, à raconter des mensonges sur mon père. Il vous tuera quand il apprendra ce que vous avez fait.

— Il ne t'est rien arrivé et il ne t'arrivera rien de mal tant que nous serons ensemble. Et crois-moi, j'ai bien l'intention de ne pas te quitter d'une semelle, Marilee.

La gentillesse qui perçait dans ses paroles la toucha. Mais pas suffisamment pour l'inciter à baisser sa garde.

— Qui êtes-vous ? Pourquoi me mentez-vous tous au sujet de mon père ?

— Je me nomme Cord Brandt, je suis né en Allemagne. Je lutte contre l'impérialisme et je soutiens la cause bolchevique. Le reste, tu n'as pas besoin de le savoir... pour le moment.

Il se leva brusquement pour venir s'asseoir par terre, en face d'elle.

— Je sais que tu ne me crois pas, mais je te jure qu'il ne t'arrivera rien. Aie confiance...

Il tendit la main pour remonter une mèche auburn qui lui retombait sur le front mais Marilee l'écarta d'une tape.

— Ne me touchez pas. Jamais.

Puis elle changea de tactique, se faisant implorante :

— Puisque vous vous souciez à ce point de mon sort, laissez-moi partir avant que l'affreux Rudolf ne revienne.

Il désigna la robe de chambre de la jeune fille et répondit d'un air taquin :

— Comment ? Te relâcher ? Dans cette tenue ? Où donc irais-tu, petit feu follet ? Non, non. Tu as besoin de moi, et de bien des façons, conclut-il avec un clin d'œil.

— Besoin de vous? Moi? Pourquoi voulez-vous que j'aie besoin de vous? Je suis assez grande pour me prendre en charge toute seule. Je vous le prouverai si vous me laissez partir.

Il s'enhardit à lui caresser la joue, se pencha davantage comme pour l'embrasser, mais y renonça en voyant ses ongles repliés comme des griffes. Il ne put résister au plaisir de la provoquer:

— Tu as besoin qu'on t'embrasse, Marilee, entre autres choses.

Ils étaient si près l'un de l'autre que leurs genoux se touchaient. Marilee déplaça les siens d'un geste brusque. Il fit semblant de ne pas le remarquer.

— Quand on m'a appris que Rudolf avait ordre de te séduire, j'ai su avant même de faire ta connaissance que ce n'était pas un homme pour toi.

— Sans blagues? Et que savez-vous exactement sur mon compte, monsieur Brandt?

— Voyons... Ton père, Drake Mikhaïlonov, est l'ami de toujours, le confident de Nicolas II. Ta mère, Dani Coltrane-Mikhaïlonov, est décédée à ta naissance et c'est ta grand-mère, Kitty Coltrane, qui t'a élevée. A sa mort, on t'a envoyée en Suisse dans un pensionnat pour jeunes filles de bonne famille. Tu y as rencontré Elénore, et puis son frère Rudolf.

Il se réjouit de la mine stupéfaite de son interlocutrice.

— On m'avait prévenu que tu étais très belle: tu l'es. Très intelligente et très fine: vrai aussi.

Pourtant, personne ne m'avait dit combien c'est bon de te serrer dans mes bras et de t'embrasser.

Marilee se surprit elle-même de son sang-froid quand elle lui lança :

— Si vous êtes de ceux qui sont obligés de prendre les femmes de force, ça ne fera pas de vous un homme à mes yeux.

Ses paupières se plissèrent, un muscle tressauta sur sa mâchoire. Et puis la suffisance refit surface :

— Je n'ai jamais eu à recourir à la force, ma chère, comme tu auras l'occasion de le constater si tu as la chance de profiter assez longtemps de ma compagnie.

— Ah oui ? Vous faites comme Rudolf, alors ? Tout dans les supplications et les cajoleries ?

— Non, *douchka*. Ce n'est jamais moi qui suis obligé de supplier.

Elle avait une divine envie de le gifler !

— Avec moi, vous risquez d'attendre longtemps, rétorqua-t-elle d'une voix sifflante.

Le sourire très sûr de lui dont il la gratifia s'évanouit lorsqu'ils entendirent approcher une auto. Il sortit aussitôt un pistolet de la poche de son manteau et courut se poster à la fenêtre. Quand il reconnut la Fiat Zéro, il annonça en ricanant :

— Ton ex-fiancé arrive avec tes affaires.

— Nous n'avons jamais été fiancés.

La porte s'ouvrit avec fracas sur Rudolf qui pénétra en trombe dans l'étable. Il fut accueilli par le regard froid de Cord.

— Tu as été rapide.

— J'avais hâte de revenir. Comment ça va,

Marilee ? dit Rudolf en se précipitant vers la jeune fille.

Elle le maintint à distance d'un regard venimeux et, désignant Cord d'un coup de menton, répondit :

— Cord m'a séduite. On est tombés amoureux. On va se marier. Tu assisteras à la cérémonie ?

— Petite saleté ! cracha Rudolf.

Cord en avait plus qu'assez de ce prétentieux. Il s'élança sur lui, abattit une paume sur son épaule et le plaqua brutalement dos au mur.

— Ça suffit, tu m'entends, Rudolf ? Suffit ! Pas la peine de passer sur elle ta mauvaise humeur sous prétexte que notre affaire a mal tourné. Les choses sont ce qu'elles sont, alors reste à ta place et laisse Marilee tranquille. Je ne tolérerai pas qu'on la harcèle ni qu'on l'insulte. Elle ne mérite pas ce traitement.

Bien que Cord Brandt le dépassât d'une bonne tête, Rudolf osa le provoquer :

— Tu me dictes ma conduite, maintenant ? Mais pour qui te prends-tu ?

Cord empoigna Rudolf aux épaules et l'envoya valser à travers la grange. Il alla rebondir contre le mur et, s'affaissant sur le sol, ne put que relever piteusement le nez pour entendre Cord lui rétorqucr :

— Je suis beaucoup mieux que toi, voilà ce que je suis. Et tâche de t'en souvenir si tu tiens à ta peau.

La porte s'ouvrit une nouvelle fois et, aussitôt, Cord braqua son pistolet dans sa direction. C'était Elénore.

— Qu'est-ce qui se passe ici? s'écria-t-elle, horrifiée.

Tandis que Cord rangeait son arme, elle fixa tour à tour Marilee puis son frère qui se relevait tant bien que mal.

Retrouvant son énergie, Marilee se releva mais au moment où elle se précipitait vers Elénore, Cord l'attrapa par la taille et la retint fermement contre lui.

— Lâchez-moi, bon sang! cria-t-elle en se débattant comme une forcenée. Elénore, va vite chercher de l'aide. Ces deux-là sont à la solde des bolcheviks et ils m'ont enlevée à la place de Jade.

— Tais-toi! hurla Elénore qui se tourna comme une furie vers Rudolf. Espèce d'imbécile! Je me doutais bien que tu ne réussirais pas ton coup. Et maintenant, tu sais ce qui va se passer? On va tous finir en prison!

Vacillant sous le choc, Marilee comprit que sa meilleure amie participait elle aussi au complot. Elle bredouilla d'une voix étranglée:

— Elénore, ne me dis pas que toi aussi…

Cord la retint au moment où ses jambes se dérobaient sous elle.

Rudolf se mit à secouer frénétiquement sa sœur.

— Comment as-tu pu avoir la bêtise de me suivre jusqu'ici? Et si quelqu'un t'avait filée?

— Personne ne l'a suivie, déclara Hanisch en pénétrant dans l'étable. Elle s'est cachée dans l'auto, sous un tas de vêtements, et tu ne t'en es même pas rendu compte… Décidément, tu ne nous sers plus à grand-chose, Rudolf.

Soudain rouge de fureur et d'humiliation, Rudolf se dirigea vers la sortie.

— Eh bien puisque c'est comme ça, débrouillez-vous seuls. Pour moi, c'est terminé, je me retire du jeu. Du diable si je vais continuer à risquer ma peau si je ne reçois en échange que des insultes.

Hanisch s'interposa pour lui bloquer le passage.

— Laisse-le partir, intervint Cord. C'est mieux. On n'a plus besoin de lui maintenant.

— Si. On le réclame au QG, expliqua Hanisch. Je les ai alertés sur son incompétence mais ils tiennent à le voir. Je te conseille d'y aller immédiatement, Rudolf.

— Avec joie. J'ai deux mots à leur dire.

Et il sortit à grandes enjambées. Elénore l'observa du pas de la porte.

— Il est en train de jeter les affaires de Marilee hors de l'auto.

— Va les ramasser, ordonna Cord.

Elénore hésita, se mordillant les lèvres d'un air songeur.

— Elénore, viens à mon secours, implora Marilee.

— Et moi, je te prie de te taire, Marilee. Lâche-la, dit-elle à Cord qui serrait la jeune fille d'un peu trop près à son goût.

Cord plaqua plus encore la jeune fille contre lui. Marilee ferma les yeux, effondrée de découvrir la véritable nature de son amie. Elénore, membre de cette bande... Elle déclara avec tristesse :

— Je n'arrive pas à le croire.

Tout contre son oreille, Cord murmura d'une voix caressante :

— Si, il faut le croire, *douchka*.

Elle rouvrit brusquement les yeux et, tordant le buste, le fixa d'un air stupéfait. Pourquoi l'appelait-il ainsi — *douchka,* ce qui signifie « petite âme » ou « chérie » en russe ? C'était la deuxième fois. Pourquoi du russe alors qu'il était allemand ? Cord lui pressa le bras et dit à Eléonore :

— Tu n'as rien à faire ici. Accompagne ton frère.

Puis, s'adressant à Hanisch, il lui demanda s'il avait des ordres.

— Sûr.

Hanisch signifia à son tour à Eléonore de partir :

— Dépêche-toi de rejoindre Rudolf. On se charge de tout.

— Non ! protesta-t-elle avec virulence. J'ai quelque chose à dire à Cord. Sans témoin.

— C'est bon. Vas-y, Cord, grommela Hanisch. Sinon il n'y aura pas moyen de se débarrasser d'eux.

Cord lâcha Marilee. Hanisch s'avança d'un pas pour lui bloquer le passage, au cas où elle songerait à leur échapper.

— Ne t'inquiète pas. Elle ne filera pas, le rassura Cord.

Il poussa doucement la prisonnière vers la paillasse et lui signifia d'un coup d'œil de se tenir tranquille. Marilee obéit. Non qu'elle en eût envie mais elle avait l'impression qu'il ne laisserait personne lui faire de mal si elle collaborait. Pour l'heure, elle souhaitait éviter tout contact avec Hanisch qui la toisait, l'air menaçant, attendant visiblement le moindre prétexte pour porter la main sur elle.

Les morceaux du puzzle s'emboîtaient peu à peu les uns dans les autres pour Marilee, bien qu'il restât encore bon nombre de questions sans réponse.

Quand Rudolf avait entrepris de lui faire la cour, au début, il ne pensait certainement pas enlever Jade puisqu'il ne la connaissait pas. Il n'avait dû y songer qu'ensuite, en Espagne, en découvrant que c'était une Romanov. Au début, il n'avait pensé qu'à l'épouser pour faire pression sur Drake Mikhaïlonov. Mais là encore, dans quel but ? Que tramaient ces espions ?

Sa seule certitude, c'était qu'elle devait s'enfuir... Pour échapper à bien autre chose qu'aux griffes de ces révolutionnaires. Pour fuir l'homme qui avait le pouvoir d'embraser ses sens...

Les minutes se succédaient, interminables. Marilee entendait la voix chargée de colère d'Eléнore sans comprendre ses paroles ni la réponse de Cord Brandt.

— Vous avez menti, tous, au sujet de mon père, grogna-t-elle à l'adresse de Hanisch.

— Non, on ne t'a pas menti. Ton père a volé de l'or au trésor impérial et on veut le récupérer parce que cette somme appartient au peuple. Ce sera ta rançon.

— Mon père ne vole pas. Il a suffisamment d'argent pour payer la rançon de sa poche.

— Il ne lui reste plus rien, ricana Hanisch.

— Ça aussi, c'est un mensonge.

— Peu importe que tu le croies ou pas. Tu ne tarderas pas à découvrir toi-même la vérité.

Elle lui tourna le dos, décidée à ne tenir aucun compte de sa présence. Cet homme était fou — fou comme le reste de la bande. Le richissime Drake Mikhaïlonov débourserait tout ce qu'on lui demanderait sans même sourciller... à condition qu'on le retrouve. Mais que les bolcheviks s'estiment capables de le contacter rassurait Marilee sur le sort de son père.

Cord réapparut enfin.

— Ils sont partis, annonça-t-il. Et maintenant, Hanisch, quels sont les ordres ?

— J'ai l'itinéraire que tu es censé suivre, balisé par des relais amis, au cas où tu en aurais besoin.

Ils gagnèrent un coin reculé de l'étable, de sorte que la suite de la conversation échappa à Marilee. Quelques instants plus tard, Hanisch repartait, l'abandonnant à Cord Brandt.

— Où m'emmenez-vous ?

Cord répondit par une question :

— Tu veux manger un morceau ? Hanisch nous a apporté des provisions. Une goutte de vin, ça te ferait du bien.

— Je vous ai demandé où vous comptiez m'emmener.

— On a récupéré tes vêtements. Tu pourras te changer après manger. Faire la sieste aussi. On se mettra en route à la nuit tombée.

Marilee le suivit jusqu'à un tas de planches où Hanisch avait déposé un panier. Cord en sortit une bouteille de vin, une miche de pain, du fromage, des œufs durs et des fruits.

— Vous ne répondez pas. Pourquoi ?

Il lui fit face et Marilee comprit alors qu'il détenait certaines informations qu'il avait peur de lui révéler, intuition qui la glaça. L'avenir s'annonçait terrible.

— Plus tard, dit-il avec un calme peu rassurant. On en reparlera. Pour le moment, aie confiance et obéis. Je ferai tout mon possible pour qu'il ne t'arrive rien.

Elle prit la timbale dans laquelle il avait versé du vin et s'assit sur les planches. Ils s'abstinrent un moment de parler. Puis Marilee repartit à l'attaque :

— Quand vous m'avez embrassée, dans la cave, c'était Elénore que vous pensiez embrasser, pas vrai ?

Il esquissa un sourire affolant de charme.

— Jalouse ?

— Non, je... je m'en moque, bégaya-t-elle. Je me demandais simplement...

Du doigt, il effleura ses lèvres pour l'empêcher d'en dire davantage. Son sourire s'évanouit soudain, remplacé par une expression très sombre.

— Il y a un certain nombre de points que tu ne comprends pas encore et, pour ton bien autant que pour le mien, arrête de poser tant de questions.

Se sentant tout à coup ridicule, Marilee se mordit la lèvre puis but son vin. Quand elle voulut se relever, il la retint par la main et avoua avec beaucoup d'émotion :

— Je ne savais pas que c'était toi, cette nuit-là. Sinon... je ne t'aurais pas quittée, *douchka*.

— Qu'est-ce qui vous fait croire que je vous aurais permis de rester ?

— Tu comprendras avec le temps, *douchka*. Patience...

17

Quelqu'un la secouait doucement par l'épaule.

— C'est l'heure, annonça Cord. Réveille-toi.

Une lanterne, accrochée dans le fond de l'étable, diffusait une lumière trop faible pour que Marilee parvînt à distinguer ses traits. Or la voix de Cord était tendue.

Quand elle était allée s'allonger sur la paille, dans un des boxes, Cord était en train de consulter la carte routière rapportée par Hanisch. Loin de lui paraître soucieux à ce moment-là, il semblait au contraire avoir une raison mystérieuse de se réjouir.

Elle remarqua alors deux inconnus assis sur le tas de planches. Cord les rejoignit et ils se lancèrent dans une longue conversation. Sans pouvoir en distinguer le thème, Marilee sentit qu'il y avait de la tension dans l'air.

— Dépêche-toi, lui jeta Cord sans se retourner. On lève le camp.

Marilee s'était changée : elle portait un costume de voyage en laine moelleuse et une cape.

Cord lui présenta les deux hommes :

— Gretz et Ludwig ont l'ordre de nous accompagner.

— Auriez-vous peur de ne pas pouvoir vous en sortir tout seul avec moi ? se moqua-t-elle.

C'est avec une surprenante brusquerie que Cord répondit :

— On ne m'a pas demandé mon avis. Et maintenant, en route.

Gretz et Ludwig lui déplurent instantanément. L'un autant que l'autre, ils la lorgnaient avec insolence, comme s'ils la déshabillaient du regard. Gretz passa même la langue sur ses lèvres en promenant sur le corps de la prisonnière des yeux gloutons.

Cord lui tendit la main et elle se rapprocha de lui sans hésiter quand ils se dirigèrent vers l'automobile. Gretz prit place au volant. Ludwig s'apprêtait à se glisser à l'arrière mais Cord le saisit rudement au collet pour le faire asseoir à côté du chauffeur. Puis il aida Marilee à s'installer sur la banquette arrière et monta près d'elle.

— N'aie pas peur, lui chuchota-t-il à l'oreille. Je ne permettrai à personne de te toucher, tu peux te détendre.

Encore une fois, elle ne put retenir sa langue :

— Et de vous, Herr Brandt, qui me protégera ?

— C'est plutôt moi qui aurais besoin d'être protégé contre toi, *douchka*.

Ludwig relayait Gretz au volant. Ils ne s'arrêtaient qu'en cas de nécessité absolue. Marilee luttait contre le sommeil car, chaque fois qu'elle y succombait, elle se réveillait blottie entre les bras de Cord. Et elle se reprochait vivement de trouver tant de plaisir à s'y nicher. Cord souriait d'un air entendu, et Marilee, furieuse, lui répondait par une grimace.

Elle devina qu'ils se dirigeaient vers la France. Elle ne réalisa pourtant qu'ils roulaient vers Paris qu'en surprenant une conversation entre les trois hommes et les occupants d'une maison amie dans laquelle ils avaient fait étape.

Après le dîner, elle tira Cord par la manche.

— Pourquoi Paris puisque mon père n'y est pas ? Il se trouve en Russie. Vous avez envoyé la demande de rançon ?

— Allons à l'extérieur, dit-il d'un ton sans réplique.

Ils se trouvaient dans une petite ferme. Cord l'entraînait vers l'arrière-cour quand Ludwig surgit comme un diable de sa boîte.

— Hé là ! Où croyez-vous filer comme ça ?

Cord fit brutalement volte-face.

— Il me semble que tu oublies qui commande ici, Ludwig. Je n'ai pas à justifier mes actes auprès de toi.

— J'ai ordre de te garder à l'œil, camarade Brandt, répliqua l'autre. Puisque tu as décidé d'aller faire une petite balade au clair de lune, moi j'ai l'intention de vérifier que tu gardes bien ton pantalon. Mikhaïlonov ne reprendrait peut-être pas sa fille si un Allemand de ton espèce lui était passé dessus.

Cord réagit si vite que Marilee ne vit même pas son poing s'écraser sur le visage de Ludwig — ce dernier s'était déjà étalé de tout son long sur le sol. Cord le remit sur pieds d'une poigne brutale, lui lançant cet avertissement :

— Et ne t'avise pas de raconter l'incident ou de m'espionner, sinon je te tue. Compris ?

Ludwig hocha la tête. Du sang lui dégoulinait du nez. Clopin-clopant, il repartit vers la salle à manger d'où Gretz et leur hôte observaient la scène.

Instinctivement, Marilee s'était reculée, laissant le champ libre aux combattants. Ce qui l'avait conduite sur le perron. De là, elle apercevait une vigne en espalier, qui pouvait peut-être protéger sa fuite. Elle descendait les marches, prête à courir, quand une voix la retint :

— Tu n'envisages tout de même pas de me fausser compagnie ?

Pétrifiée dans son élan, elle fit tout pour ne pas céder à la panique, l'utilisant même à son avantage : elle remonta se jeter contre Cord, tremblante comme une feuille.

— Non, pas du tout. C'est cet homme qui me terrorisait. Il a une façon de me regarder...

Il referma les bras sur elle.

— J'ai remarqué, mais je te répète, Marilee, que je ne permettrai pas qu'on te touche. Jamais. Et maintenant marchons un peu, ça te calmera.

Il lui donna la main. Ils déambulèrent jusqu'aux premiers rangs de vigne. Cord lui révéla qu'ils faisaient bien route vers Paris, qu'elle ne tarderait pas à comprendre pourquoi, mais que pour l'instant il ne pouvait rien lui dire d'autre.

— Tu n'as rien à redouter de moi, lui rappela-t-il. Mon souhait le plus cher, c'est ta sécurité.

Elle ne put s'empêcher de le provoquer :

— Moyennant finances, évidemment.

Cord parut suffoqué par ce sarcasme. Il reconnut toutefois :

— Oui, on doit en passer par là.

Marilee l'abandonna pour regagner la ferme et comme il ne la rappelait pas, elle poursuivit jusqu'à la chambre qu'on lui avait attribuée. A défaut de verrou, elle poussa une chaise devant la porte pour la bloquer, sachant parfaitement que si Cord décidait d'entrer, chaise ou serrure, rien ne l'en empêcherait. Ce qu'il ne fit pas... cette fois-là.

Le lendemain, Marilee effectua tout le trajet blottie contre la portière afin de se tenir à distance de Cord. S'il le remarqua, il n'en laissa rien paraître. Elle finit par se lasser du silence et lui demanda :

— Pourquoi vous battez-vous du côté des bolcheviks ? Ça ne vous tourmente pas que l'Allemagne — votre pays — meure de faim ?

A cette question, Ludwig et Gretz ricanèrent. Cord fronça les sourcils, tourna la tête vers le paysage qui défilait derrière la vitre et répondit :

— L'Allemagne ne pourra gagner la guerre sans la Russie. Or, la Russie ne nous aidera pas tant qu'elle aura à sa tête le gouvernement provisoire. Il faut donc le remplacer par les bolcheviks.

Renonçant à une discussion qui n'aurait servi à rien, Marilee changea de sujet :

— J'ai un cousin qui se bat du côté des Alliés, quelque part en France.

— Je sais.

— Vous le savez ? Comment ça ?

— Je sais tout de toi, *douchka*, lui rappela-t-il en la regardant avec tendresse. Je sais que ton cousin Travis Coltrane vient de se marier puisque Rudolf est allé au mariage. Il fait la guerre dans les armées alliées, en France ; son père, Colt Coltrane, est dans la diplomatie. On devait lui donner un poste en Russie mais la situation y est trop tendue. Le gouvernement américain l'a expédié à Londres.

— Comment avez-vous découvert ces renseignements ?

— Le renseignement, c'est mon métier puisque je suis un espion.

Marilee se recroquevilla dans son coin, furieuse d'avoir voulu se montrer agréable.

— C'est exact. Doublé d'un menteur et d'un escroc. Il ne me reste plus qu'à espérer que mon père se dépêchera de payer la rançon pour me débarrasser de votre présence.

Marilee finit par s'assoupir. A son réveil, elle constata qu'ils se trouvaient dans les faubourgs de Versailles.

— Pas possible ! Mais on est presque au château de mon père !

— On roule en effet en direction du château, confirma Cord.

— Pourquoi ne pas m'avoir prévenue ? s'écria-t-elle, pleurant presque de soulagement.

Mon père est-il déjà là-bas ? Il a répondu à la demande de rançon en exigeant que vous me reconduisiez chez nous et...

Cord la fixait d'une façon si bizarre qu'elle s'interrompit. Quand il s'empara de sa main, elle la lui arracha avec horreur.

— Vous voulez dire qu'il n'est pas au château ? Dans ce cas, pourquoi y aller ? A quel jeu cruel jouez-vous avec moi ?

— Dis-lui, Brandt ! intervint Ludwig en ricanant.

— Ouais, dis-lui la vérité, à cette mijaurée, renchérit Gretz.

— Vous deux, ne vous mêlez pas de ça, leur ordonna Cord.

Mais comme il n'avait pas le choix, il finit par raconter toute l'histoire :

— Ton père a commencé par trahir le tsar et la cause impérialiste ; il a alors offert son château aux bolcheviks qui l'utilisent comme QG pour les réseaux clandestins basés en France. Ensuite il nous a trahis en volant l'or du trésor de Russie, mais nous gardons son château. S'il veut reprendre contact avec nous, il n'y a pas mieux comme endroit.

Marilee tombait des nues. Son père, trahir Nicolas alors qu'ils étaient comme frères ? Il s'agissait sûrement d'une erreur. Pourquoi Drake Mikhaïlonov aurait-il renoncé à ses biens au profit des bolcheviks pour ensuite retourner sa veste et voler l'or du trésor ?

Effarée, Marilee s'affaissa contre la banquette et, paupières closes, s'efforça de refouler ses larmes.

— Marilee...

— Allez au diable ! cracha-t-elle en rouvrant brusquement les yeux. Tous tant que vous êtes.

L'auto négocia un virage et s'engagea dans l'avenue au bout de laquelle, dans le lointain, se détachait le château de son père.

Tandis que se rapprochait le rond-point bordé de statues en marbre, Marilee devina qu'il était inutile d'espérer revoir des visages connus : Platt, le jardinier, devait être parti car la gigantesque fontaine, installée au milieu de l'allée, était sèche, jonchée de feuilles et de terre. D'autre part, la poussière ternissant les vitres du château sur ses deux étages prouvait qu'on avait congédié la gouvernante.

Mais c'est surtout en apercevant les inconnus qui les regardaient descendre de voiture, Cord et elle, que Marilee comprit que le domaine ne lui appartenait plus. On en avait fait un repaire d'espions.

— Rentre, murmura Cord en la poussant devant lui. Ce n'est pas la première fois que je viens ; je connais les lieux. On s'installera au deuxième étage. J'ai une poignée d'hommes qui me respectent et m'obéiront. Ils monteront la garde autour de nos quartiers. Tu y seras en sécurité.

Totalement anéantie, Marilee se laissa conduire. Dans le grand hall, elle eut un choc en constatant que le rarissime meuble à tiroirs en lapis-lazuli avait disparu, de même qu'un candélabre en or.

Cord lui relâcha le bras, la laissant errer d'un pas triste d'une pièce à l'autre. Il la suivit jusqu'à la véranda, la pièce préférée de sa mère. Alors elle donna enfin libre cours à ses larmes.

— Viens, continuons, la pressa-t-il.

Elle se laissa guider comme une enfant, sans lui montrer qu'à l'intérieur la haine la consumait. Elle trouverait le moyen de se venger — de lui, de Rudolf, de tous les conspirateurs.

Cord poussa un soupir de soulagement en constatant que Serge Kourakine était de garde. Il pouvait se fier à lui puisqu'il faisait partie de la poignée d'hommes qu'il avait lui-même recrutés pour cette mission. Ils se saluèrent d'un bref coup de tête sans que Cord s'arrêtât pourtant. Quand Marilee comprit où il la conduisait, elle sentit son sang se glacer.

— La chambre de mon père...

— On y a une vue imprenable sur les abords du domaine. C'est une pièce d'angle, avec de grandes fenêtres sur deux des murs et...

— Je ne dormirai ni ici ni avec vous ! fit-elle, folle de rage. La coupe est pleine, Herr Brandt. Vous commencez par m'enlever, vous avez ensuite l'audace de m'emprisonner dans mon propre domaine et après ça, vous envisagez de me violer dans la chambre de mon père ! Vous n'avez pas honte ?

Perdant patience, il lui saisit les poignets et la secoua.

— Maintenant, tu vas m'écouter, nom de nom !

Il la poussa dans la chambre, referma la porte d'un coup de pied puis, la couchant de force sur un des lits, soutint son regard haineux.

— Combien de fois faudra-t-il te répéter que

tu n'as rien à craindre de moi? C'est d'eux et d'eux seuls que tu dois avoir peur — Ludwig, Gretz et leur clique. Et le seul moyen que j'ai de te protéger, c'est de te garder auprès de moi, du moins tant que je n'aurai pas les autres bien en main.

— Pourquoi ne dormiriez-vous pas sur le paillasson? suggéra-t-elle avec insolence.

— Ce serait prendre des risques, tandis que si on se barricade à l'intérieur, je me sentirai plus en sécurité.

— Et moi? Qui me protégera de vous? Je sais ce que vous êtes capable de faire dans l'obscurité.

Il éclata de rire et la lâcha enfin.

— Figure-toi que je partage tes inquiétudes, très chère. Il me semble me rappeler que tu as pris bien du plaisir à ce qui s'est passé dans le noir l'autre nuit. A tel point que tu risques d'en rêver et de venir comme une somnambule me rejoindre dans mon lit! Jamais je n'ai vu une femme aussi affamée que toi.

Il esquiva juste à temps le presse-papier de marbre que lui lança Marilee. Le projectile alla se fracasser contre le mur. Cord se dépêcha de sortir, donnant un tour de clé sur son passage.

Serge traversa le palier au pas de course et lui demanda:

— Il n'y a pas eu d'incidents? Elle m'a paru vraiment choquée.

Cord se frotta la nuque et soupira:

— Se retrouver ici lui a porté un coup. En plus de tout le reste. Elle est épuisée par ce long voyage. Je vais ajouter un soporifique à son thé pour la faire dormir.

Serge jeta un coup d'œil suspicieux à la ronde avant d'ajouter :

— Tu es certain qu'elle ne se doute de rien ?

— Pourquoi veux-tu qu'elle ait des doutes ? Je suis son ennemi, rappelle-toi, fit-il en gratifiant Serge d'un large sourire. Tu veilleras sur elle quand je me glisserai dehors, ce soir, pour tenter d'aller reprendre contact avec notre quartier général.

Serge se cramponna à son bras, soudain mort d'inquiétude.

— Tu risques gros, mon vieux. Où comptes-tu aller ? Et comment ?

— Il faut que ce soit fait. Inutile de te demander comment puisque je m'en charge. Veille simplement à ce qu'il n'arrive rien à Marilee.

Serge regagna son poste tandis que Cord descendait au rez-de-chaussée.

L'immense demeure était aux mains des Partisans de Zurich et des bolcheviks français. Hanisch lui avait dit que la garde se limitait à une dizaine d'hommes car un nombre supérieur aurait déclenché la méfiance des Alliés. Pour le moment, rien ne laissait deviner que le château servait de prison à la demoiselle Mikhaïlonov qui y attendait le paiement de sa rançon. Les révolutionnaires étaient déguisés en jardiniers, leurs épouses en femmes de chambre.

Il explora la maison de fond en comble puis, satisfait, gagna la cuisine pour préparer le thé de Marilee. Il voulait qu'elle se reposât, qu'elle dormît d'un profond sommeil toute la nuit.

Un jour, peut-être lui révélerait-il les activités véritables de Drake Mikhaïlonov… et les siennes.

Pour le moment, il devait garder le silence absolu. Et poursuivre sa mission : protéger Marilee au péril de sa vie… et repousser le désir qui le tenaillait chaque fois qu'il la touchait.

18

Marilee ne se sentait pas vraiment chez elle, au château. Elle n'y avait jamais habité et aurait pu compter sur les doigts d'une seule main les fois où elle était venue y retrouver Drake. A la pièce considérée comme sa chambre ne se rattachait aucun souvenir. Aussi ne songeait-elle qu'à une chose : être libérée et revoir son père.

Cord Brandt s'efforçait de lui adoucir la vie. Mais Marilee dissimulait son irrésistible attirance pour son geôlier par une grogne exagérée. Quoi qu'il fît, elle se plaignait.

Les lits à baldaquin pesaient très lourd ; pourtant, elle réussit à en pousser un jusqu'au fond de la pièce. Puis elle but le thé qu'il lui avait monté et sombra dans un sommeil profond dont elle n'émergea que le lendemain matin... pour constater que Cord était étalé de tout son long sur l'autre lit.

Marilee le réveilla et lui demanda sèchement combien de temps elle resterait prisonnière. Il posa sur elle des yeux lourds de sommeil puis, sans un mot, se leva et sortit, refermant à clé derrière lui. Elle aurait juré qu'il allait poursuivre sa nuit ailleurs. Qui sait, retrouver peut-être Elénore si elle était au château? Cette éventualité la hérissa et en même temps, elle se gronda de sa jalousie.

Quand Cord revint, un peu plus tard dans la matinée, avec le plateau du petit déjeuner, il s'était changé. Elle l'interrogea de nouveau.

— Ne me mentez pas, implora-t-elle. S'il est arrivé du mal à mon père, je veux le savoir tout de suite.

— Ne t'inquiète pas, il est en vie.

— Il a reçu la demande de rançon?

Cord se servit du café, répondant qu'il ne pouvait en être sûr.

— On ne le saura que lorsqu'il nous fera signe. En attendant, on reste ici.

— Et moi, je reste enfermée dans la chambre, c'est ça?

— Quelques jours seulement, le temps que je me débarrasse des hommes dont je me méfie.

Il avait en effet prévenu les bolcheviks que si on lui confiait le commandement, il fallait lui laisser carte blanche. Le QG avait accepté, l'autorisant à remplacer les hommes qui ne lui plaisaient pas. Et c'est bien ce que Cord comptait faire.

Du temps avait passé. Plusieurs jours plus tard, Marilee se réveilla avec l'espoir qu'on lui donnerait enfin un peu de liberté.

Le lit de Cord était vide. Elle gagna pieds nus la fenêtre et, parmi les massifs qui s'étendaient à perte de vue, elle ne vit personne. Elle avait l'impression que depuis peu la troupe s'était réduite ; on voyait moins d'autos aller et venir durant la journée.

La jeune fille fit sa toilette, s'habilla — toujours sur ses gardes, au cas où Cord ouvrirait à l'improviste.

Elle se tenait devant la glace de son père — l'un des rares objets qui n'eussent pas disparu — quand elle entendit frapper un petit coup. Elle répondit d'entrer.

— J'ai des nouvelles, annonça Cord en posant comme chaque matin le plateau du petit déjeuner sur la table de chevet.

Elle se précipita vers lui, oubliant provisoirement de faire semblant de le haïr.

— C'est mon père ? Vous avez réussi à le joindre ? Il accepte de payer la rançon et il vient me chercher ?

Voyant le visage de Cord s'altérer, elle se tut.

— J'aimerais bien pouvoir t'annoncer d'aussi bonnes nouvelles. Malheureusement, la seule certitude, c'est que la demande de rançon a été reçue.

— Je ne comprends pas... Reçue par qui ?

— J'ai ordre de te conduire auprès d'un fonctionnaire du gouvernement français qui soutient le tsar, car ton père — ou celui qui a reçu la demande de rançon — exige la preuve que tu es bien en vie avant de pousser plus loin les négociations.

— Et vous avez l'intention de me laisser y aller ? demanda-t-elle, profondément sceptique.

A la faveur de la nuit, Cord avait réussi à rencontrer les deux factions opposées, les bolcheviks d'une part, les Russes blancs — ses véritables amis — de l'autre. Il avait des ordres des deux.

— Oui, admit-il. Je te laisse y aller mais je ne te lâcherai pas d'une semelle. Prends garde toutefois : ça risque d'être dangereux. Surtout pour toi. J'ai ordre de te tuer si tu provoques le moindre incident ou si tu essaies de faire passer un message.

— Vous en seriez capable ?

Cord acquiesça avec une assurance terrible :

— Bien sûr que oui. Je le ferai si tu m'y contrains. Alors reste tranquille, ajouta-t-il avec douceur. Parce que je tiens à toi, Marilee, plus que tu ne le penses.

Folle de rage, elle marcha vers la fenêtre et se mit à crier :

— Vous êtes furieux contre moi, pas vrai ? C'est pour ça que vous soufflez le chaud et le froid, me menaçant de m'abattre pour me dire ensuite que vous tenez à moi.

— Je ne m'attends pas à ce que tu comprennes.

Il se dirigea vers la porte et poursuivit :

— Tu as la permission de te promener librement dans le château toute la journée. Tiens-toi simplement prête à partir ce soir à dix heures. La liberté ne tardera plus.

Se retournant vers lui, les poings serrés, elle cracha :

— J'espère bien qu'elle ne tardera plus, pour être enfin débarrassée de vous !

— Tu es vraiment très belle… murmura-t-il en la voyant descendre l'escalier vêtue d'un costume de voyage en velours émeraude dont la jupe lui caressait les chevilles.

Marilee trouva que son costume bleu nuit rehaussait encore la beauté de cet homme. Elle se garda toutefois de le lui dire. Et ils partirent pour Paris, Cord et Marilee à l'arrière, Serge au volant. Ils roulèrent en silence un bon moment avant que la jeune fille se décidât à poser la question qui la tracassait depuis le matin :

— Si mon père, comme vous le prétendez, a vraiment trahi le tsar, pourquoi un fonctionnaire du gouvernement français — pro-tsariste — accepte-t-il de l'aider à vérifier que je suis bien vivante ?

Cord s'attendait à la question. Il avait la réponse prête. Se tournant face à la jeune fille, il étendit un bras sur le dossier de la banquette et commença :

— Pour arriver à signer la paix avec la Russie, l'Allemagne est prête à s'allier avec les bolcheviks et à les porter au pouvoir. Ce que souhaitent éviter les forces alliées — dont fait partie la France. Le gouvernement français est donc disposé à nouer des contacts avec toute faction russe qui lui tend la main. L'homme que tu vas rencontrer se moque bien de savoir si ton père a oui ou non trahi le tsar. Ce qui lui importe, c'est qu'il est aujourd'hui contre les bolcheviks.

— Mais ne croyez-vous pas que mes amis,

maintenant qu'ils savent que je suis en France, vont remuer ciel et terre pour me retrouver?

— Pas s'ils tiennent à te retrouver vivante. Crois-moi, ils ont suivi nos instructions à la lettre. A franchement parler, on n'était pas obligés de consentir à te montrer à ce Français. Mais j'ai pensé qu'une petite sortie te rendrait ta bonne humeur, plaisanta-t-il.

— Oh, mais quelle bonté de votre part! s'exclama-t-elle, sarcastique. Pour retrouver ma bonne humeur, il m'aurait fallu une tout autre compagnie.

Il rit dans sa barbe puis le silence retomba. Le lieu du rendez-vous était un manoir situé à la périphérie de Paris. Serge remonta l'allée bordée d'arbres et demanda non sans inquiétude:

— Tu es sûr que ce n'est pas un piège?

— Non. Ils savent que dans ce cas, c'est elle qui prendrait la première balle.

Marilee frémit d'horreur en entendant ces mots. Cord s'en aperçut et tendit la main vers elle, mais la jeune fille eut un mouvement de recul.

Devant le manoir, bâtisse qui semblait plutôt mal entretenue, il y avait quelques autos garées.

— J'espère qu'on en aura vite terminé, murmura-t-elle.

Cord glissa un bras protecteur autour de sa taille et pria Serge de laisser tourner le moteur pendant leur absence.

L'homme qui les attendait sur le seuil du manoir, l'air austère et empesé, frisait la soixantaine. D'un œil inquiet, il scruta Marilee de la tête aux pieds comme pour chercher les traces de mauvais traitements. Ensuite il se présenta comme étant M. Pomeroy-Devane et leur fit signe d'entrer.

— Comment allez-vous, ma chère ? Vous traitent-ils convenablement ? demanda-t-il à Marilee en pressant sa main entre les siennes.

Cord lui serra la taille un peu plus en guise d'avertissement.

— Je me porte bien, bredouilla-t-elle. Vous avez vu mon père ? Comment va-t-il ? Si vous pouviez me dire...

— On ne pose pas de questions ! ordonna Cord avant de se tourner vers Pomeroy-Devane. C'est bon, vous avez vérifié qu'elle se porte bien. Vous direz à vos amis que nous en avons assez d'attendre. Nous voulons la rançon, un point c'est tout. Plus question de gagner du temps, compris ?

Pomeroy-Devane hocha la tête — sans pour autant abandonner la main de Marilee.

— Nous avons toutes les raisons de croire que votre père va bien. Ne vous inquiétez pas. Nous mettons tout en œuvre pour vous libérer le plus vite possible de ces fous et...

— Suffit !

Cord l'arracha à Pomeroy-Devane, la reconduisant au pas de charge vers l'auto.

Quand le véhicule quitta l'allée pour s'engager sur la route nationale, dans le virage, Marilee se retrouva projetée dans les bras de Cord. Elle tenta de se redresser, mais il la serra étroitement. Comme elle s'apprêtait à protester, il murmura :

— Tais-toi et baisse la tête.

Il se pencha vers le conducteur.

— Tu es certain de l'endroit où ils ont garé l'autre auto ?

Serge acquiesça en silence, se concentrant sur la conduite.

— Je ne comprends pas, intervint Marilee. Que redoutez-vous ? Cette rencontre n'était qu'une comédie ridicule. A quoi cela vous a-t-il servi ?

— Ils ont eu la preuve qu'ils réclamaient. Et je ne considère pas que ce soit une comédie ridicule d'être cerné par une demi-douzaine d'individus armés jusqu'aux dents. Je dirais même que c'est on ne peut plus grave.

Sans prévenir, Serge lança soudain la voiture sur un sentier étroit plein de nids-de-poule qui descendait entre d'épais taillis, puis il stoppa dans un brusque coup de freins. Cord ouvrit la portière, tira Marilee à l'extérieur. Ils coururent dans la nuit vers un deuxième véhicule qui les attendait. Serge se jeta au volant.

— On a pris cette précaution au cas où on nous aurait filés, expliqua Cord en s'installant à son côté sur le siège arrière. Je crois quand même que tu devrais garder la tête baissée.

Nichée au creux de la banquette, Marilee n'eut subitement plus envie de s'écarter de Cord. Après tant d'heures de tension, c'était bon de sentir ses bras solides. Si bon que, sans même s'en rendre compte, elle se pelotonna douillettement contre lui.

De longs instants s'écoulèrent au rythme du cœur de Cord qui battait à son oreille. Il commença à lui effleurer doucement le bras. Puis il l'enlaça soudain et l'embrassa avec fougue, plongeant la langue entre ses lèvres. Elle n'opposa aucune résistance quand il l'allongea sur la banquette, quand il déposa mille petits baisers sur son cou. Au contraire, elle glissa les doigts dans ses cheveux, s'abandonnant aux délicieuses sensations qui la parcouraient. Le désir charriait des torrents de feu dans ses veines.

Il cueillit un sein au creux de sa paume, lui arrachant un gémissement qu'il étouffa par un nouveau baiser. Couchée sous lui, elle sentit la force de son désir contre son ventre. Au lieu de le repousser, elle s'agrippa à lui de toutes ses forces.

Une main s'insinua sous sa jupe. « Non, songea-t-elle, je ne dois pas lui céder. Cet homme est mon ennemi. » Fuite, vengeance, recherche de son père — aucun de ses buts n'aurait plus compté. Elle devait résister. A tout prix.

Rassemblant le peu de volonté qui lui restait, elle parvint à immobiliser la main indiscrète, à arracher sa bouche à la sienne.

— Non ! Arrêtez ! Ecartez-vous.

Il aurait pu la prendre quand même, et tous deux le savaient. Pourtant, Cord ne voulait pas la forcer. Elle le comprit et en fut soulagée.

Il la libéra. Marilee se redressa pour rajuster ses jupes et sa coiffure. Son cœur battait la chamade, elle avait peine à reprendre son souffle.

Le château des Mikhaïlonov pointait au-dessus des arbres centenaires.

Marilee sentait le regard de Cord peser sur elle malgré l'obscurité. A peine l'auto se fut-elle engagée dans la longue avenue qu'il murmura d'une voix presque inaudible :

— Cela arrivera, *douchka*. Quand tu auras le courage d'admettre ton désir pour moi, cela arrivera.

19

Marilee se réveilla le lendemain matin après une nuit des plus agitées. Le lit de Cord était vide. Il avait encore choisi de dormir ailleurs. Même si elle se sentait horriblement seule, elle préférait cela car il lui devenait de plus en plus difficile de résister à l'attirance qu'elle éprouvait pour cet homme.

Elle savait qu'elle devrait le quitter bientôt et partir à la recherche de son père. Autant éviter de se lancer dans une liaison dont elle sortirait le cœur en miettes puisqu'elle comptait s'échapper si personne ne payait la rançon.

Cord ne se montra pas de la journée. Serge lui monta un plateau, au petit déjeuner et à midi, mais il refusa de répondre à ses questions. Cord n'étant toujours pas de retour à l'heure du dîner, Serge finit par lui confier qu'il était parti traiter une affaire, sans spécifier l'heure de son retour. Il avait reçu l'ordre de la garder confinée dans sa chambre.

— Est-ce que Cord est allé chercher la rançon ? demanda-t-elle, pleine d'espoir.

Mais Serge s'abstint de tout commentaire. Il repartit, sans oublier de donner un tour de clé.

Marilee se retrouva encore une fois seule pour affronter la nuit. Elle ne put toutefois s'empêcher de rêver à sa prochaine libération. On la renverrait sans doute en Espagne chez les Coltrane, en attendant que le calme se rétablît en Russie et que son père pût venir la retrouver. Or, cet avenir-là ne correspondait pas à ses vœux. Marilee refusait d'attendre en se tournant les pouces. Elle avait l'intention de partir en Russie chercher son père.

Et Cord... difficile de l'oublier. Il était beau, absolument charmant, il la bouleversait. Elle avait envie de lui. Très fort. Et sans rien savoir du plaisir charnel, elle sentait qu'elle pouvait connaître avec lui un bonheur physique insoupçonné.

Mais ce n'était qu'hypothèse. Et d'autre part, Marilee ne pouvait se jeter dans ses bras — cela ne se faisait pas. Ce genre de choses n'avait lieu qu'après le mariage. Or Cord ne semblait pas disposé à l'épouser — à supposer qu'elle eût envie de se marier avec lui, naturellement.

Cord ne reparut que le lendemain soir. Il était tard. Marilee lisait au lit un ouvrage que Serge lui avait rapporté de la bibliothèque. Entendant la clé tourner dans la serrure, elle se dressa brusquement.

Son entrée lui fit l'effet d'une bouffée d'air pur et elle sentit son cœur bondir dans sa poitrine. Mais l'heure n'était pas au badinage amoureux. Il tira un fauteuil près de son lit et annonça de but en blanc :

— J'ai du nouveau. Ça ne correspond pas à ce qu'on espérait, toi et moi.

Redoutant de demander des précisions, Marilee se contenta de le fixer, dévorée d'impatience. Il lui apprit que M. Pomeroy-Devane et ses amis, faute de parvenir à contacter Drake Mikhaïlonov, par respect pour lui et par amitié pour le tsar, avaient tenté de réunir le montant de la rançon. Ils avaient échoué.

— Que va-t-il se passer alors? fit Marilee d'une voix angoissée. Puisqu'ils n'arrivent ni à retrouver mon père, ni à trouver l'argent, vous allez me supprimer, c'est ça?

— Tu ne mourras pas, je te le garantis.

— Si personne ne paie la rançon, ma vie est en danger, ne me racontez pas le contraire.

— Je t'ai dit que je ne permettrai pas qu'on te fasse du mal et je tiendrai parole, répéta-t-il avec une pointe de colère. Si cela ne tenait qu'à moi, je te laisserais partir mais je ne peux pas le faire. Sois patiente, Marilee. Tout finira par s'arranger.

— Pourquoi ne vous adressez-vous pas aux Coltrane pour récupérer la rançon? Ils paieront, j'en suis certaine.

— Cela n'intéresse pas les bolcheviks. Ce qu'ils veulent, c'est l'or que ton père leur a volé avant de disparaître dans la nature. Ils n'auraient d'ailleurs probablement pas touché à l'argent de Pomeroy-Devane et de ses amis... A propos... l'or du trésor impérial a été volé par une femme qui, à ce qu'on prétend, serait la maîtresse de ton père.

Cord s'interrompit afin de lui laisser digérer la

nouvelle. Marilee se contenta de hausser les épaules. Aussi poursuivit-il :

— Ils l'ont capturée et, même sous la torture, elle a refusé d'avouer. Elle a fini par réussir à s'enfuir de l'hôpital où on soignait ses blessures, et ils pensent qu'elle est allée soit retrouver ton père, soit se mettre sous la protection des Russes blancs. Si les bolcheviks tiennent autant à récupérer l'or, c'est qu'ils redoutent qu'il serve à racheter la liberté du tsar.

— Que se passera-t-il s'ils ne parviennent pas à joindre mon père ?

— On te gardera en otage.

Marilee pesa ces révélations avant de demander :

— Pouvez-vous me dire si les Coltrane savent qu'on m'a enlevée ?

— Non, ils ne savent rien. La première demande de rançon — qui concernait ta tante puisqu'on ne s'est rendu compte que plus tard qu'on s'était trompés de personne — n'est pas arrivée aux Coltrane. Elle a été interceptée avant. J'ai appris que ta tante est partie à Londres retrouver ton oncle Colt.

— Alors il ne reste plus qu'à attendre, dit-elle en haussant les épaules, résignée.

— C'est vraiment si terrible ? Tu as quand même remarqué que je ne suis pas l'ogre pour lequel tu me prenais au début, non ?

Elle se demanda comment il réagirait s'il savait qu'elle avait une folle envie de se jeter dans ses bras. Ecartant ces pensées, elle reconnut que la situation aurait pu être pire.

— Si je n'adhère pas à vos idées, si je m'obstine à croire que vous mentez tous à propos de mon père, je sais que vous, vous ne faites qu'obéir aux ordres. J'aimerais pouvoir vous considérer comme un ami.

Cord eut un petit rire et se leva.

— Dans ce cas, pour garder ton amitié, le mieux serait de prendre congé, avant que je ne puisse plus résister à la tentation de m'allonger sur ce lit avec toi.

Les joues en feu, Marilee fut parcourue par un délicieux frisson à cette perspective.

— Oui, ce serait préférable, en effet, balbutia-t-elle pourtant en reprenant son livre.

A peine Cord eut-il claqué la porte qu'elle lançait l'ouvrage à travers la pièce et éclatait en sanglots.

Cord fit tout pour rendre sa détention agréable. Ils se promenaient durant de longues heures dans le domaine où Marilee retrouvait quelques souvenirs d'enfance.

Par un bel après-midi d'automne, assise sur un banc en fer forgé de l'un des jardins cachés dans le parc, à l'abri d'un saule pleureur, elle lui parla des heures de bonheur passées en compagnie de son père. Elle évoqua aussi les Coltrane, leurs succès et leurs malheurs.

— Une branche de leur arbre généalogique risque de disparaître avec moi, conclut-elle.

Cord l'attira si près qu'elle sentit son souffle sur sa joue.

— Je souhaite de tout mon cœur que ça ne se produise pas, Marilee. J'espère que la saga des Coltrane ne s'arrêtera jamais.

— Tout a une fin, c'est nécessaire pour laisser place au renouveau.

Cord la dévorait des yeux tandis que ses mains descendaient le long de son dos, jusqu'au renflement des hanches. Il la pressa soudain contre lui, si fort qu'elle perçut l'intensité de son désir.

— Je ne pense qu'à ce qui commence entre nous, *douchka*. Et je veux oublier qu'il y aura peut-être une fin. Pas maintenant.

Il lui prit la bouche en un baiser qui les laissa tremblants de passion. Mais Marilee parvint à s'écarter pour jeter un coup d'œil inquiet alentour.

— Il vaudrait mieux rentrer. Ce... ce n'est pas correct, bégaya-t-elle, reprenant le chemin du château.

— Mais si, très correct, au contraire, protesta-t-il en la poursuivant. Le problème, c'est que tu n'as pas le courage de le reconnaître.

— A la différence de toutes celles qui m'ont précédée, pas vrai, Herr Brandt? Elles acceptent vos baisers et tout ce qui s'ensuit, les autres? Elles vous tombent dans les bras comme s'il en pleuvait?

Il fit mine de chercher sa réponse tout en remontant à sa hauteur. Marilee le laissa lui prendre la main. Finalement, il avoua en souriant:

— Je crois bien que oui. Je ne me souviens pas d'en avoir jamais vu repousser mes avances. Pas une seule fois. Tu constitues pour moi un rude défi, tu sais. Voilà sans doute pourquoi tu me rends fou.

— Pas possible! Pourquoi ne me laissez-vous pas partir, dans ce cas?

Elle se mit à courir, éclata de rire en le sentant sur ses talons. Cord lui laissa prendre une longueur d'avance pour mieux lui sauter dessus au moment où elle s'élançait dans la roseraie. Il l'empoigna à la taille, la fit basculer sous lui puis l'allongea sur la pelouse en riant comme un fou.

Le rire mourut dans un baiser. Marilee chercha bien à lui échapper mais il roula avec elle jusqu'à un grand buisson qui les protégerait des regards indiscrets.

— J'ai envie de toi, Marilee, murmura-t-il en lui prenant le visage entre les mains pour la forcer à le regarder dans les yeux. Toi aussi, tu as envie de moi. Arrêtons de faire semblant.

— C'est seulement parce que je garde mes distances que...

— Tu vas cesser de jouer à ces petits jeux, bon sang? gronda-t-il, en la secouant un peu avant de déposer un léger baiser sur ses lèvres. Pourquoi nous refuser un peu de plaisir? Qui nous garantit que nous sortirons vivants de cette aventure? Alors pourquoi me torturer? Pourquoi te tourmenter toi-même?

Marilee sonda son regard. Oui, elle avait envie de lui. Furieusement. Elle aussi, elle vivait leurs moments de séparation comme un supplice. Elle ferma les yeux pour lutter contre la violence de ses émotions...

C'est alors que la voix affolée de Serge brisa l'enchantement:

— Brandt? Brandt! Où es-tu?

Cord s'accroupit avant de dégainer son arme.

Le doigt sur les lèvres, il fit signe à Marilee de rester immobile et de ne faire aucun bruit.

Il attendit. La voix se rapprocha :

— Bon sang, Brandt, où es-tu ?

Cord se décida enfin à se montrer.

— Rentre vite, Cord. On a de la visite, annonça Serge.

— Quoi ? Qui diable a réussi à franchir la garde postée à l'entrée ? On n'attend pas de visite, que je sache.

— C'est une femme. Elle avait le laissez-passer. Il s'agit d'une Partisane de Zurich.

Les yeux de Cord se plissèrent en deux fentes. Il étouffa un juron car il se doutait de l'identité de la visiteuse.

— Elle dit s'appeler…

Serge s'interrompit, devinant que le nom qu'il s'apprêtait à révéler contrarierait son camarade.

— Elle s'appelle Elénore, hein ? rugit Cord en jurant de plus belle.

Marilee eut l'impression de recevoir un seau d'eau glacée au visage. Se relevant tant bien que mal, elle entendit Cord ordonner à Serge de l'escorter jusqu'à sa chambre. Il lui caressa la joue, murmurant :

— Ne t'inquiète pas, ce n'est pas ce que tu penses.

Ellc lui lança un regard noir. Bien qu'il ne l'eût toujours pas admis, Marilee savait que la nuit où elle avait fait sa connaissance, dans la cave, c'était Elénore que Cord était descendu retrouver. Les baisers, les caresses qui avaient éveillé son corps à la sensualité étaient destinés à une autre. Désormais, songea-t-elle, il ne fallait plus oublier qu'il était son ennemi. Et l'amant d'Elénore.

Sans un mot, elle rattrapa Serge qui l'attendait un peu plus loin.

Cord les regarda s'éloigner en secouant la tête. Il se serait vraiment passé d'Elénore, d'autant plus qu'il avait presque gagné la confiance de Marilee. Et qui sait, peut-être aussi son amour ?

20

Loin d'autoriser Elénore à se promener librement dans le château, Serge l'avait laissée sous bonne garde. La jeune fille arpentait la pièce telle une lionne en cage, gratifiant de temps à autre la sentinelle d'un regard meurtrier.

Ces dernières semaines avaient été pour elle une torture. Imaginer Cord avec une autre femme lui était insupportable. Marilee était incontestablement très belle et Elénore connaissait, pour y avoir succombé, le charme irrésistible de Cord.

Le grincement de la porte la fit sursauter. Elle poussa un cri strident à la vue de son amant.

— Mon chéri ! Comme tu m'as manqué...

Se jetant sur lui avec une ardeur qui faillit lui faire perdre l'équilibre, Elénore déposa sur son visage une pluie de baisers.

Le gardien esquissa un sourire narquois, sourire qui n'échappa pas à Cord.

— Pas maintenant, bon sang ! chuchota-t-il avant de la repousser. C'est bon, tu peux partir, dit-il ensuite au garde.

A peine seuls, Elénore tenta un nouvel assaut mais Cord réussit cette fois à la tenir à distance.

— Que se passe-t-il ? Rien ne justifie ta présence ici.

— Mais bien sûr que si ! Et j'ai un laissez-passer que je peux te montrer si tu l'exiges, protesta-t-elle avec indignation.

— Dis-moi plutôt pourquoi tu es venue.

Jetant le peu de fierté qui lui restait aux orties, elle essaya à nouveau de nouer les bras autour de son cou. Cord se raidit.

— Si tu continues à me repousser, mon chéri, ne compte pas sur moi pour te le dire. Pourtant il s'agit de nouvelles capitales.

— Comment es-tu arrivée jusqu'ici ? s'obstina-t-il.

— En train... dans une auto prêtée par des amis de Paris... Quelle différence ? Je suis là ; nous voilà de nouveau réunis. Tu n'es pas content de me voir ? minauda-t-elle et, se dressant sur la pointe des pieds, elle frotta le bout de son nez contre le sien.

Cord la trouvait dangereusement proche. Encore brûlant de désir pour Marilee, il n'était pas d'humeur à badiner. Aussi il lui écarta les bras, qu'elle accrochait désespérément à son cou.

— Pas de ces petits jeux, la belle. Explique-moi la raison de ta présence et on s'amusera après, d'accord ?

Cord n'avait nullement l'intention de renouer, maintenant que Marilee comptait pour lui. Il ne voulait pas non plus qu'Elénore le sût. Pas encore.

— Entendu. On commence par régler les affaires, dit-elle avec un soupir déçu.

Il lui lâcha les poignets. Elle s'installa sur le divan et, tapotant la place libre à côté de la sienne, lui fit signe de venir s'asseoir. Cord resta debout.

— Mais enfin, qu'est-ce qui t'arrive ? s'énerva-t-elle. Est-ce la fréquentation de cette petite mijaurée qui te rend aussi balourd ?

Il se campa devant elle, croisant les bras.

— Contente-toi de me transmettre les ordres, Elénore.

— Bon, bon, très bien ! Apprends donc que comme Drake Mikhaïlonov demeure introuvable, le paiement de la rançon n'aura pas lieu. L'enlèvement a échoué — ce que j'avais prévu.

Le ton triomphant de son interlocutrice lui fit redouter le pire. Si la rançon n'était pas payée, Marilee se trouvait en danger de mort.

— Que va-t-il se passer, maintenant ? demanda-t-il d'une voix neutre. Et pourquoi le QG t'a-t-il envoyée ici alors que je leur fais régulièrement mon rapport ?

Braquant sur lui un regard lourd de désir, Elénore répondit :

— Parce que j'ai tout fait pour les convaincre de me laisser venir te rejoindre. Je n'ai nulle part où aller et tu ne peux savoir à quel point tu me manquais.

Faisant la sourde oreille à cet aveu, il décréta sèchement :

— Pas question que tu restes ici. D'ailleurs, puisqu'on n'a plus à attendre la rançon, moi aussi je vais partir. Alors, ces ordres du QG, tu les as, oui ou non ?

Il tendit une main impatiente. Ravalant sa fureur, Elénore sortit de son sac une lettre qu'elle lui remit. Il la parcourut rapidement : ses chefs exigeaient qu'il conduisît Marilee à Petrograd où elle servirait d'appât pour attirer Drake Mikhaïlonov. Tôt ou tard, celui-ci apprendrait que les bolcheviks gardaient sa fille en otage, et sortirait de sa cachette pour voler à son secours.

— Les nouvelles te contrarient ? s'étonna Elénore. J'aurais cru qu'elles te satisferaient, au contraire, puisque rien ne t'oblige à rester ici plus longtemps. Tu envoies Marilee à Petrograd et nous, nous regagnons la Suisse ensemble.

— Où se trouve Rudolf ?

— De peur que les Coltrane ne l'accusent de la disparition de Marilee et ne le fassent mettre en prison, il a préféré émigrer en Russie avec Hanisch Lutzstein et les autres. Ce vaurien m'a abandonnée sans se soucier de mon sort.

— Et ta mère ?

— Rudolf l'a mise à l'asile. C'est la place des alcooliques de son espèce. On ne pouvait plus la laisser seule et moi je n'avais pas l'intention de m'encombrer d'elle. J'ai ma vie à vivre.

« Certes, mais sans moi », faillit répondre Cord qui n'éprouvait ni remords ni regret. Il ne lui avait jamais rien promis, n'avait jamais parlé d'amour. Ils s'étaient donné mutuellement du plaisir, un point c'est tout. Elénore avait beau se déchaîner comme une tigresse au lit, il n'y aurait jamais rien d'autre entre eux. Avec une fille aussi superficielle, une fois la passion physique assouvie, il n'y avait rien à partager, rien à vivre.

Quand elle voulut se rapprocher, Cord battit en retraite vers la sortie.

— J'ai besoin d'en savoir davantage sur ces ordres, annonça-t-il.

— C'est ça. Mais avant de repartir, tu n'as pas un moment à me consacrer? Ça fait si longtemps, oh, mon chéri, comme tu me...

— Plus tard.

Brusquement, elle bondit sur lui, se colla à son dos en l'implorant avec frénésie:

— Cord, mon amour, comment peux-tu me traiter ainsi après ce que nous avons connu ensemble, les heures que nous avons passées à faire l'amour? Je n'arrive pas à comprendre que tu te sois tourné vers Marilee. Qu'a-t-elle de plus que moi?

Cord la devinait au bord de la crise de nerfs. Quelqu'un risquait d'entendre — Marilee peut-être — et il ne pouvait courir ce risque. Pas aujourd'hui où il avait plus que jamais besoin de gagner sa confiance.

Résigné, il se retourna et prit Elénore dans ses bras.

— Non, je n'oublie pas ce que nous avons connu, Elénore, mais comprends qu'en ces heures difficiles, j'aie autre chose en tête que faire l'amour. Avec toi ou avec une autre. J'ai des obligations, il faut organiser la suite des opérations et...

Elle se haussa sur la pointe des pieds, levant vers lui des yeux emplis d'adoration.

— Oh, mon chéri, tu sais bien que je comprends ! Nous sommes du même bord, ne l'oublie pas.

— Et toi, n'oublie pas que j'ai une tâche à accomplir qui prime sur tout le reste.

Jetant les bras à son cou, elle l'embrassa longuement, avec fougue. Cord sentit le désir le tenailler. Il y avait trop longtemps qu'il n'avait touché une femme. Elénore était terriblement désirable — et Marilee, en toute innocence, l'avait bouleversé physiquement. Ce corps de femme qui se frottait contre le sien éveilla sa virilité. Il l'attira plus encore, pour mieux plaquer ses seins lourds contre son torse, sachant qu'elle aimait sentir son membre durcir contre son ventre. Elle s'enhardit à le caresser, augmentant le désir jusqu'à la douleur.

— Quand reviendras-tu ? murmura-t-elle, la voix rauque.

Elle promena le bout de la langue entre ses lèvres tout en continuant à taquiner son membre à travers le pantalon.

— Quand pourrai-je te montrer combien tu m'as manqué ? insista-t-elle. J'ai envie de toi, de ta bouche sur mes seins, de...

— Elénore, arrête, sinon...

Il aurait voulu la prendre là, sur le divan, tout de suite, pour assouvir cet insupportable désir.

— Promets, Cord...

— Je ne peux rien te promettre.

Il parvint tant bien que mal à se dégager, à ouvrir la porte. Et il cria au garde qui rôdait toujours dans les parages :

— Conduis-la en bas, dans la véranda, et veille à ce qu'elle ne manque de rien. Donne-lui tout ce qu'elle te demande mais qu'elle reste dans la pièce.

Elénore lui murmura, plissant les yeux :

— Jamais je ne te le pardonnerai si tu ne viens pas me retrouver cette nuit. Maintenant, va t'occuper d'exécuter les ordres et ensuite, on préparera le retour à Zurich où on pourra vivre en sécurité... tous les deux.

Cord descendit rejoindre Serge qui avait hâte d'apprendre la cause de la visite inattendue d'Elénore.

— Elle est très habile quand il s'agit de manipuler son monde pour arriver à ses fins, lui dit Cord. Elle a manifestement réussi à les convaincre de porter elle-même ces renseignements confidentiels. Et Marilee, où se trouve-t-elle, au fait ?

— Je l'ai conduite à sa chambre. Elle va bien.

Ils gagnèrent les cuisines, se servirent du café et discutèrent de la marche à suivre. Serge considérait lui aussi dangereux de livrer Marilee aux bolcheviks.

— Comment procéder, dans ce cas ? Si tu n'obéis pas aux ordres, ils risquent de deviner que nous sommes des contre-révolutionnaires et ils nous enlèveront la garde de Marilee... avant de nous exécuter.

— Je le sais bien, soupira Cord. Il ne reste donc plus qu'une solution : ce soir, je vais aller contacter les nôtres, leur demander leur accord pour passer dans la clandestinité. Ce qui impliquera de tout révéler à Marilee pour qu'elle coopère. De toute façon, j'étais sur le point de lui avouer la vérité, alors...

— Moi, j'ai l'impression que tu es sur le point

de faire bien des choses — tomber amoureux, par exemple, dit Serge avec un sourire.

Cord commença par le fusiller du regard, puis son visage se fendit d'un large sourire.

— Ça se voit tant que ça ?

— Tant que ça, oui.

Cord avala son café en une seule gorgée, repoussa sa chaise et, avant de sortir :

— Je me glisserai dehors aux alentours de minuit. A mon retour, on organisera le départ.

Puis il partit rejoindre Marilee dans sa chambre.

Elle se tenait à la fenêtre, le visage pensif, et ne s'en détourna pas lorsqu'il entra. Cord traversa la pièce, s'arrêta derrière elle, la serra contre lui et nicha sa tête sous son menton. Ils ne bougeaient pas, gardant le silence. Finalement Marilee souffla :

— C'était elle, pas vrai ?

Cord comprit ce qu'elle voulait dire. Marilee avait deviné qu'il l'avait prise pour Elénore, dans la cave du château de Rudolf. A la vérité, la méprise n'avait duré qu'un instant : à peine leurs lèvres s'étaient-elles rencontrées qu'il avait senti qu'il en embrassait une autre, une femme affamée d'amour, une passionnée. Sa chaleur, ses formes voluptueuses, la façon dont elle s'était un instant cramponnée à lui — toutes ces sensations n'avaient cessé ensuite de le hanter. Marilee cachait un désir fougueux, une douceur restée intacte qui le bouleversait profondément.

— Oui, c'était bien elle, murmura-t-il en la serrant contre lui. Je venais retrouver Elénore, cette nuit-là. Par la suite, j'ai appris que Rudolf l'avait enfermée dans la chambre de sa mère pour la nuit.

— Oui, et ensuite il a bu et c'est en fuyant ses avances que je vous ai trouvé.

— Etait-ce si terrible ?

Marilee se tourna entre ses bras pour pouvoir l'enlacer.

— En fait, je crois que je savais que c'était vous avant de... Mais ça n'a aucun sens, n'est-ce pas ? Vous comprenez, mes rêves étaient hantés par un homme sans visage qui me serrait dans ses bras, m'emportait vers un plaisir inconnu. Un homme que j'ai ensuite cherché à retrouver et puis soudain, vous êtes apparu et je...

Un baiser l'empêcha de poursuivre.

Cord comprenait très bien le rêve de Marilee car il avait lui aussi rêvé d'un amour incomparable. Et puis, tel un voleur dans la nuit, elle s'était insinuée dans son univers, dans son cœur, et il la désirait comme jamais il n'avait désiré une femme.

Il la souleva de terre, l'emporta vers le lit sur lequel il l'allongea avant de se coucher contre elle. Les yeux dans les yeux, dévorés de passion, ils s'embrassèrent avec une ardeur sauvage.

Fou de désir, Cord glissa la main sous sa robe pour lui caresser les cuisses, traçant de ses doigts dansants un sillon de feu sur sa chair. Marilee sentait proche le point de non-retour. Pourtant, elle ne pouvait oublier que cet homme était son ennemi, et elle sa prisonnière. Et s'il ne se servait d'elle que pour satisfaire sa concupiscence ? Et Elénore ? Comptait-elle pour lui ?

Elle lui immobilisa la main pour demander :

— Il faut que je sache, Cord... Pourquoi est-elle ici ? Qu'est-ce qu'elle représente pour toi ?

Cord en ressentit une profonde frustration. Le souffle court, il roula sur le côté et fixa le plafond. Il aurait dû deviner qu'elle exigerait des explications.

— Tu ne me croiras pas, je le sais, mais cette fille ne signifie rien pour moi, Marilee. Elle est attirante et s'est trouvée là quand j'ai ressenti le besoin d'une femme. Rien de plus.

— Et moi, dois-je croire que j'ai davantage d'importance ?

Elle se leva, rejoignant son poste d'observation à la fenêtre. Loin de la retenir, Cord se borna à croiser les bras derrière sa tête, le regard toujours collé au plafond.

— Oui, tu comptes énormément pour moi, Marilee, avoua-t-il d'une voix émue.

— Cela veut dire qu'avec Elénore, tout est terminé ?

— Ça n'a jamais vraiment commencé.

— Pourquoi se trouve-t-elle au château, dans ce cas ?

Cord se redressa.

— Elénore est une révolutionnaire. Nous nous sommes rencontrés au café Wolfa, à Zurich, où un groupe nommé les Partisans tient ses réunions. Elle est venue ici pour transmettre les ordres des bolcheviks te concernant.

— Mon père ! s'exclama-t-elle, soulevée d'espérance. Ils l'ont retrouvé ? Il accepte de payer la rançon et...

Sa voix mourut quand elle lut le désarroi sur les traits de Cord.

— J'ai bien peur que non... Les bolcheviks ont fini par décréter que cette tactique pour obtenir la rançon avait échoué. Ils veulent qu'on t'emmène en Russie pour attirer ton père hors de sa cachette.

Gagner la Russie, cela signifiait se rapprocher de son père, songea Marilee. Intelligent comme l'était Drake, il trouverait certainement un stratagème pour venir à son secours. En Russie, elle aurait infiniment plus de chances d'échapper à ses geôliers qu'en France, dans ce château isolé. Restait cependant une question : les sentiments qu'elle éprouvait pour Cord. Car elle s'était réellement attachée à lui.

Elle rejoignit son compagnon qui prit son visage entre ses mains.

— Tu m'emmènes en Russie, alors ? Le voyage nous donnera le temps de faire connaissance, de nous rapprocher. Peut-être finiras-tu même par embrasser la cause de mon père...

— Arrête, Marilee !

Cord n'en pouvait plus de ces mensonges. L'heure était venue de lui révéler la vérité. Il reprit son souffle tandis qu'elle fixait sur lui un regard inquiet.

— J'ai quelque chose à t'avouer, Marilee.

— Oh, mais voilà un tableau charmant !

Cord et Marilee se retournèrent. C'était Elénore.

— Bon sang, mais que fais-tu ici ? J'avais donné l'ordre au garde de te cantonner dans la véranda.

Les paupières d'Elénore se plissèrent d'une manière tellement haineuse que Marilee se demanda comment cette fille avait pu être un jour son amie.

— Voilà pourquoi le QG commence à t'accuser de faiblesse, Cord, fit-elle d'une voix cinglante. Des camarades m'avaient avertie des penchants que tu avais pour cette petite vierge, mais je n'y croyais pas. Que possède-t-elle qui te pousse à te ridiculiser de la sorte ? Que fait-elle mieux que moi ?

Cord se dressa, lui empoigna le bras pour la pousser dehors, décrétant avec froideur :

— Je n'ai pas d'explications à te fournir.

Ils disparurent dans le couloir et, durant quelques instants, Marilee demeura pétrifiée de stupeur. Mais elle se reprit bien vite.

Peu importait que Cord fût son ennemi. Elle était follement amoureuse de lui. Et par conséquent, jamais elle ne le céderait à Elénore.

21

Pour la première fois de sa vie, Marilee savait ce qu'elle voulait. Et rien ne lui barrerait la route désormais.

L'après-midi s'écoula et avec le soir elle ne put se défaire du pressentiment d'une catastrophe imminente.

Serge lui monta le plateau du dîner. Elle lui demanda des nouvelles de Cord et lut l'inquiétude dans son regard quand il répondit d'un ton évasif que Brandt s'était absenté pour régler certaines affaires.

— Quel genre d'affaires? Etait-ce si urgent? Serait-il en train de préparer le départ, Serge?

Celui-ci devint tout pâle.

— Je ne comprends pas ce que vous voulez dire.

— Bien sûr que vous comprenez, répliqua-t-elle avec assurance. Je sais que vos chefs, n'ayant pas réussi à retrouver la trace de mon père, veulent me transférer en Russie. Alors maintenant, expliquez-moi où est parti Cord et dans quel but.

Mais Serge se borna à répliquer en secouant la tête :

— Il montera vous voir dès son retour, aucun doute là-dessus.

Marilee lui bloquant le passage, il tenta de la contourner, sans y parvenir.

— Elénore est repartie ?

— Non. Elle se trouve encore ici. Je pense que Brandt s'est absenté pour exécuter les ordres qu'elle lui a rapportés du QG. Il a dû vous dire qu'Elénore milite dans... notre groupe, non ?

— Oh oui ! Je me suis laissé rouler, par elle et par son frère Rudolf. Ils se sont copieusement moqués de moi mais à présent, j'ai tout compris.

Enfin elle lui céda le passage et, dans un souffle, demanda :

— Où l'a-t-on installée, dites-moi... J'ai le droit de savoir parce que ce château appartient à ma famille.

— Dans la véranda, au rez-de-chaussée.

Marilee lutta pour ravaler sa colère. La pièce favorite de sa mère ! Y loger une menteuse du calibre d'Elénore relevait du sacrilège.

— Si vous avez besoin de quoi que ce soit...

— Justement, je voudrais... dit-elle aussitôt.

Elle désirait en fait avoir une bonne explication avec Elénore au sujet de Cord.

Restait à échapper à la surveillance de Serge pour se faufiler jusqu'au rez-de-chaussée.

— Oui, quoi donc ?

— Euh... du vin. J'aimerais un verre de chablis au dîner. Cord sera certainement très content d'en boire, à son retour. Ça vous ennuierait ? Je vous serais reconnaissante si vous me montiez une bouteille et deux verres. Maintenant, je vais faire ma toilette, ajouta-t-elle en battant en retraite derrière le paravent qui masquait une alcôve équipée à cet effet.

Marilee attendit quelques instants avant de ressortir de son abri. Son stratagème avait apparemment marché : croyant la prisonnière à sa toilette, et probablement soulagé d'échapper à l'interrogatoire, Serge avait laissé la porte entrouverte dans son empressement. Sortant à pas de loup, elle vérifia que la voie était libre puis se dirigea vers l'escalier.

Marilee avait presque atteint le grand vestibule lorsque la porte d'entrée s'ouvrit sur Cord. Elle se laissa tomber derrière la balustrade, de sorte que Cord, sans rien remarquer, s'engagea d'un pas énergique dans le corridor... qui menait droit à la véranda et à Elénore.

Elénore avait attendu fébrilement depuis que Cord lui avait enjoint de rester dans la véranda jusqu'à ce qu'il rentrât du QG.

Il la trouva allongée sur un canapé, enveloppée d'une courtepointe de plume. Elle reposait les yeux mi-clos, la chevelure libérée sur ses épaules. La tentation incarnée...

— Tu m'as manqué, fit-elle d'une voix lourde de désir.

Cette mise en scène mit Cord extrêmement mal à l'aise. Et ses soupçons se confirmèrent quand, écartant la courtepointe, elle se leva en un mouvement étudié. Elle était nue.

— J'attendais mon heure... poursuivit-elle.

Elle passa le bout de sa langue sur ses lèvres humides tout en avançant vers lui avec une sensualité féline. Cord ne broncha pas.

La regarder traverser la pièce en ondulant ainsi éveilla aussitôt son désir.

Elle s'arrêta à deux pas à peine, les jambes un peu écartées.

— C'est pour toi, chéri. Je sais que tu me veux. Prends-moi. Tout de suite! ordonna-t-elle.

Cord se mordit la lèvre. Bien que très épris de Marilee, il n'avait aucun pouvoir sur l'incendie qui lui fouettait les reins. Elénore faisait l'amour comme une reine; elle lui donnait du plaisir et il n'avait pas eu de femme dans son lit depuis très longtemps. Or il n'était qu'un homme...

D'un index aguicheur, elle lui fit signe de la suivre et recula vers le canapé où elle s'étendit. Elle écarta les cuisses, commença à se caresser.

— C'est pour toi, chéri... pour toi. Viens, prends-moi...

Poussant un gémissement, Cord se jeta sur elle pour dévorer sa bouche offerte.

Passé l'angle du couloir, Marilee s'arrêta net. La porte de la véranda était entrebâillée. A l'intérieur régnait le silence. S'était-elle trompée? Cord était-il monté au premier étage où il était en train de découvrir sa disparition?

Pour sa part, Marilee ne voulait qu'un bref tête-à-tête avec Elénore. Elle ne s'était que trop longtemps laissé manipuler par cette hypocrite et son menteur de frère.

Elle mourait aussi d'envie de lui raconter combien elle avait adoré les baisers de Cord, la nuit du rendez-vous manqué dans la cave. Quelle délicieuse vengeance de voir le visage de sa tortionnaire se décomposer quand elle lui dirait sa détermination de garder Cord pour toujours !

Elle prit une longue inspiration, s'approcha à pas de loup, poussa le battant... et se figea d'horreur... avant de tourner les talons tout aussi silencieusement.

Cord et Elénore étaient en train de faire l'amour.

Marilee courut chercher refuge dans la pièce voisine, vaste débarras utilisé pour les arrangements floraux. Elle était vide désormais et, dans le noir, Marilee s'affala sur le parquet, s'abandonnant aux larmes.

Cord s'était moqué d'elle, lui aussi. Il aimait Elénore et ne l'avait séduite que pour passer le temps.

Sa détresse ne tarda pas à se transformer en une rage aveugle. Elle le maudit, lui souhaita d'endurer les tourments de l'enfer. Jamais plus elle ne donnerait à quiconque la possibilité de la ridiculiser ainsi. C'était la dernière fois qu'on abusait d'elle.

Il fallait fuir. Serge devait continuer tranquillement à monter la garde devant sa porte verrouillée, persuadé qu'elle était enfermée à l'intérieur.

Il ne lui restait qu'à trouver le chemin de la sortie et décamper du domaine.

Et ensuite ?

Difficile de réfléchir de façon cohérente.

Elle savait qu'Elénore était arrivée en auto

puisqu'elle l'avait aperçue dans l'allée. Pourquoi ne pas tenter de prendre le volant? Sans avoir jamais conduit, Marilee avait souvent vu des gens le faire; elle s'en sentait capable. D'ailleurs, dans une situation à ce point désespérée, elle aurait fait n'importe quoi.

Se glissant hors du cagibi, elle constata que la nuit était tombée. Elle se faufilerait jusqu'à l'auto, roulerait le plus doucement possible vers le sentier herbeux par lequel on accédait à une vigne plantée par son père. Un tronçon de route défoncée rejoignait une voie secondaire, itinéraire qui lui permettrait de gagner sans se faire remarquer la route de Paris. Elle serait bien loin quand les autres découvriraient sa disparition. Marilee ne resterait pas à Paris mais gagnerait la frontière allemande d'où elle trouverait un moyen de passer en Russie.

Ce fut avec un frisson de terreur qu'elle quitta le château paternel, pour la dernière fois peut-être. Mais Marilee ne regardait plus en arrière. Et quoi que l'avenir lui gardât en réserve, elle continuerait. Après tout, elle était une Coltrane: elle serait capable de survivre à tout.

Rassasié de plaisir, Cord se reprochait amèrement sa faiblesse. Surtout que dans son imagination, c'était la bouche de Marilee qu'il avait embrassée, c'était le corps de Marilee qu'il avait caressé. Il avait senti cela si fort qu'au moment ultime, c'était dans ses bras qu'il avait connu la jouissance.

Et voilà qu'il se retrouvait allongé à côté d'Elénore... Quel imbécile il était!

— Je sais maintenant ce que c'est que l'étreinte d'une mante religieuse, grommela-t-il pour lui-même en rassemblant ses vêtements épars.

— Que dis-tu, mon chéri ? fit-elle en se redressant sur un coude, l'expression rêveuse.

— Je disais qu'il faut que je lève le camp.

Il repoussa avec mépris la main qu'elle posa sur son bras. Elénore se renfrogna.

— Je n'apprécie absolument pas d'être traitée de la sorte, Cord. Qu'est-ce qui t'arrive ?

Un sursaut de prudence lui souffla qu'il valait mieux ne pas fâcher Elénore. Il aurait bien assez de difficulté à sortir Marilee de cette souricière sans qu'Elénore leur causât des ennuis. Il se fit donc violence et lui effleura les lèvres d'un baiser.

— Pardon. Ma mauvaise humeur ne te vise pas, tu sais. Simplement, une lourde tâche m'attend et je n'avais pas prévu dans mon emploi du temps de me laisser séduire par une beauté comme toi.

Il lui adressa un clin d'œil auquel Elénore répondit en s'étirant et en bâillant tel un chaton.

— D'accord, chéri, mais fais vite. Ce château ne me plaît pas. Je veux rentrer en Suisse le plus rapidement possible.

Sur un dernier baiser forcé et la promesse de revenir, il la quitta. Il monta les marches quatre à quatre, se mordant les doigts d'être allé vérifier d'abord ce que devenait Elénore alors que c'était Marilee qu'il mourait d'envie d'étreindre. Une demi-heure s'était déjà écoulée depuis son retour.

Serge sommeillait sur sa chaise appuyée

contre le mur. Un bruit de pas précipités dans l'escalier le réveilla. Il porta instantanément la main à son pistolet. L'apparition de Cord lui tira un soupir de soulagement.

— Ce n'est pas trop tôt. Elle t'a réclamé, dans la journée, et je n'ai guère trouvé d'excuse brillante.

Cord lui confia à voix basse, pour ne pas réveiller Marilee le cas échéant :

— J'ai la confirmation des bolcheviks : on doit partir tout de suite pour Petrograd avec Marilee. J'ai aussi la confirmation des Russes blancs d'un rendez-vous avec des amis près de la frontière allemande ; ces gens sont prêts à nous faire passer dans la clandestinité.

— Tu as enfin décidé de dire la vérité à Marilee ?

— Oui. Tu sais ce qu'elle fait en ce moment ?

— Non. Quand je lui ai monté le plateau du dîner, elle m'a demandé du vin. Comme elle faisait sa toilette derrière le paravent, j'ai posé la bouteille près de la porte, refermé à clé, et depuis je n'y suis pas rentré.

Cord s'introduisit dans la pièce plongée dans l'obscurité. Croyant la jeune fille endormie, il chuchota son nom. Faute de réponse, il alluma la lampe.

Le plateau était intact avec sa bouteille pleine. Il comprit avant même d'avoir vérifié derrière le paravent.

L'auto cahotait sur le chemin creusé de nids-de-poule, à vitesse d'autant plus réduite que Marilee n'était pas très sûre de sa conduite. Elle écarquillait les yeux, cherchant au clair de lune à distinguer le sentier masqué par les herbes. Elle l'avait déjà parcouru, en connaissait chaque virage. Le cœur battant, elle engagea l'auto dans cette direction.

Bien que fort effrayée, elle demeurait farouchement déterminée.

Quant à Cord Brandt, elle lui souhaitait de payer très cher les conséquences de sa fuite. Ce monstre avait brisé son cœur.

22

Affolé, Serge cherchait à comprendre comment Marilee avait réussi à lui échapper :

— Elle en a profité quand je suis redescendu chercher le vin, sûrement. Je n'ai pas vu la nécessité de fermer la porte à clé puisqu'elle faisait sa toilette derrière le paravent. En remontant, pour ne pas la déranger, j'ai simplement laissé la bouteille sur la table et j'ai refermé sans rien dire. Comment prévoir qu'elle allait s'échapper ? Elle ne s'est pas enfuie quand tu lui as permis de se promener librement dans le château !

— N'oublie pas qu'en général je l'accompagnais ; et qu'Elénore ne se trouvait pas dans les parages. C'est son arrivée qui a déclenché sa colère.

— Et maintenant elle est dehors, toute seule au beau milieu de la nuit. Bien qu'elle ait pris l'auto, le garde posté à la grille ne l'a pas vue passer, ce qui signifie qu'elle n'a pas quitté le domaine.

Cord avait déjà envoyé tous les hommes disponibles fouiller les environs. Marilee savait-elle seulement conduire ? Avec l'entêtement, la détermination qui la caractérisaient, elle ne s'était sûrement pas laissé arrêter par ce genre de détail. Non, elle avait filé, mais vers où ? Pris d'une soudaine illumination, il claqua des doigts.

— Elle va sûrement chercher à rejoindre la frontière allemande pour tenter de passer en Russie.

— Comment peux-tu en être certain ?

— Où pourrait-elle bien aller? Trouver la police ? Elle sait que le pays étant en guerre, on la garderait cloîtrée avant de la renvoyer chez les Coltrane — ce qu'elle ne veut surtout pas. D'autre part, elle tient absolument à retrouver son père pour tirer au clair cette histoire de vol. Elle connaît la région et a certainement choisi le bon itinéraire pour gagner la frontière.

— Je ne comprends toujours pas comment elle a réussi à s'échapper sans que le garde la voie franchir les grilles. C'est un brave garçon. Il m'a juré ne pas s'être endormi, ce que je crois.

— Et moi aussi.

Les deux hommes se tenaient sur la terrasse en marbre au-dessus de la vaste pelouse baignée par le clair de lune. Un garde surgit tout à coup. Il courait vers eux, en criant, surexcité. Cord et Serge se précipitèrent à sa rencontre.

— La route désaffectée, derrière le château…

Cord avait suffisamment patrouillé sur le domaine pour connaître l'endroit.

— Celle qui conduit à l'établissement vinicole

que Mikhaïlonov projetait de bâtir? Mais la végétation la rend impraticable.

— Elle a quand même réussi à y faire passer la voiture. On a trouvé la trace de pneus et l'herbe est tout écrasée. On l'a suivie, croyant qu'elle serait bloquée un peu plus loin, mais non: elle a réussi à rejoindre la route. A cette heure-ci, elle fonce droit vers Paris.

Cord hocha lentement la tête.

— Il ne reste plus qu'à la faire intercepter par les Russes blancs avant que les bolcheviks n'apprennent sa disparition. J'arriverai à les contacter à temps si je me mets en route dès maintenant. Quant à Elénore, surtout, qu'elle ne sache rien de tout cela.

Il prit Serge aux épaules, lui enjoignant:

— Attends d'avoir reconduit Elénore au QG bolchevique pour leur apprendre la nouvelle. Si elle refuse de t'y suivre, raconte-lui que j'ai quitté définitivement le château.

Serge adressa un sourire complice à Cord.

— Tu sais, j'ai l'impression que c'est une bonne chose, cette fugue. Parce que tu n'avais de toute façon pas l'intention de leur livrer Marilee, n'est-ce pas?

— Exactement, mon vieux: j'aurais refusé de la leur livrer... sans même me soucier des conséquences.

Courbée sur le volant, Marilee s'y cramponnait si fort qu'elle en avait des crampes. Elle se concentrait sur la conduite, luttant pour chasser Cord de son esprit. Pourtant son visage lui revenait constamment en mémoire — ses yeux bleus rieurs ou brûlants de désir, ses boucles blondes ébouriffées qu'elle enroulait amoureusement autour de son doigt. Elle était tombée amoureuse presque à son insu et maintenant cet amour s'était transformé en haine avec une effarante rapidité.

Quel aurait été son destin si elle ne l'avait pas surpris dans les bras d'Elénore? Aurait-elle continué à l'aimer en se croyant payée de retour? Un frisson de dégoût la parcourut. Mieux valait avoir appris la vérité: la vie continuerait, enrichie de cette triste expérience.

La lassitude la gagnait. Elle pouvait peut-être s'arrêter dans une ferme où on l'hébergerait, le temps d'organiser le voyage en Russie?

Brusquement, à un tournant, elle tomba sur un barrage: trois autos et une rangée d'individus armés de fusils. Poussant un cri d'effroi, Marilee ne put que stopper son véhicule.

23

Un homme ouvrit la portière et lui dit avec un accent allemand prononcé :

— Veuillez descendre. Vous n'avez rien à craindre, nous ne vous voulons aucun mal.

Marilee obtempéra et, avec un courage dont elle se serait crue incapable, fusilla l'inconnu du regard.

— De quel droit m'arrête-t-on ? Pour qui vous prenez-vous ? Et qui êtes-vous d'abord ?

L'homme lui adressa un large sourire.

— Qui je suis — qui nous sommes tous — dépend de qui *vous* êtes. Dites la vérité.

Levant le menton d'un air hautain, Marilee se présenta. Le sourire de l'inconnu s'élargit. On abaissa les fusils. L'atmosphère se détendit. Toujours méfiante, Marilee exigea une explication sur cette mise en scène.

— N'ayez pas peur. Venez, c'est vous que nous cherchions.

— Pour quelle raison ? Qui êtes-vous ?

L'homme la conduisit vers une des trois autos.

— Vous ne tarderez pas à l'apprendre. Pour le

moment, il vous suffit de savoir que nous étions au courant de votre enlèvement par les bolcheviks. Un de nos espions nous a prévenus de votre évasion. C'est pour vous intercepter avant les autres que nous surveillions cette route.

Marilee crut s'évanouir de bonheur ; les larmes lui piquèrent les yeux.

— Alors vous êtes des... contre-révolutionnaires. Vous connaissez mon père ?

— Bien sûr que nous connaissons Drake. Et permettez-moi de me présenter : Vladimir Doubovitsky. Un long voyage nous attend, nous comptons vous emmener en Russie. Nous aurons amplement le temps de répondre à vos questions. Mais à présent, il faut se dépêcher de partir.

Bien qu'elle n'eût aucune preuve de la bonne foi de cet homme, Marilee n'avait pas le choix : il lui fallait remettre son sort entre les mains de Doubovitsky. Son instinct lui soufflait toutefois de ne rien redouter de lui.

Vladimir l'installa sur la banquette arrière avant de prendre place à côté d'elle. Le convoi s'ébranla, optant pour les voies secondaires.

— Nous allons au Havre où nous attend un bateau. Nous nous déguiserons tous en marins-pêcheurs. Vous aussi.

— Et mon père ? demanda Marilee, morte d'impatience. Dites-moi qu'il ne lui est rien arrivé.

Le conducteur tourna très légèrement la tête pour lui adresser un regard empli de compassion. Marilee en eut froid dans le dos.

— Aux dernières nouvelles, Drake va bien.

— On m'a raconté des mensonges épouvantables. Il aurait volé au trésor impérial de l'or que les bolcheviks comptaient récupérer en guise de rançon.

— Ce n'est que partiellement vrai. En fait, quand il a quitté le train impérial à Pskov pour passer à la clandestinité, Mikhaïlonov n'a rien volé du tout.

— Je ne peux croire qu'il ait abandonné le tsar. Nicolas et lui se considéraient comme des frères. Ils ont été élevés ensemble...

— Je sais, Marilee. Votre père n'a rien d'un lâche. C'est sur nos ordres qu'il a quitté Nicolas. La situation se gâtait ; nous savions que Drake serait plus utile en agissant dans l'ombre qu'en rejoignant le gouvernement provisoire — auquel il ne croyait pas. C'est avec la bénédiction du tsar qu'il a quitté le train au milieu de la nuit pour retrouver les officiers impériaux prêts à organiser la contre-révolution. On les nomme les Russes blancs. Nous en sommes. La situation vous paraît-elle plus claire à présent ?

— Mais pourquoi alors l'a-t-on accusé de vol ?

Les deux hommes assis à l'avant échangèrent un sourire tandis que Vladimir demandait d'un ton amusé :

— Savez-vous que votre père a une *loubovnitsa* ?

Le mot signifiait « maîtresse », en russe, Marilee s'en souvenait.

— Non, je ne le savais pas, mais ça ne me surprend pas. Mon père est tellement séduisant.

— Irina était même plus qu'une maîtresse

pour lui, puisqu'il paraît qu'ils projetaient de se marier.

Cela lui fit chaud au cœur d'apprendre que son père avait enfin retrouvé le bonheur, car la mort de Dani Mikhaïlonov-Coltrane l'avait laissé terriblement désemparé. Aux dires de Kitty Coltrane, Drake avait même envisagé le suicide à l'époque.

— Cette femme doit être vraiment extraordinaire pour avoir conquis le cœur de mon père. Parlez-moi d'elle.

— Irina, c'était quelqu'un d'exceptionnel, oui.

— Pourquoi « était » ? Elle est morte ?

— J'espère que non !

Il lui retraça l'histoire de Drake passé à la clandestinité ; d'Irina qui, en sa qualité de membre respecté de la cour impériale ayant accès au trésor de la couronne, avait réussi à subtiliser de l'or par petites quantités. Prise la main dans le sac, elle avait refusé de révéler la cachette de Drake et de ses camarades contre-révolutionnaires. Avec un respect manifeste, Vladimir expliqua qu'Irina avait fini par s'évader de l'hôpital où elle se remettait des cruelles blessures infligées par les bolcheviks.

— Depuis, on n'a plus de nouvelles d'elle, acheva-t-il avec tristesse. Espérons qu'elle a retrouvé votre père et qu'elle est auprès de lui.

— Où est-il ? Puisqu'il se bat dans votre camp, vous devriez le savoir, non ? Les bolcheviks projetaient de m'utiliser comme appât pour le débusquer mais je me suis enfuie sans leur en laisser le temps.

— Votre père a été capturé par les bolcheviks,

avoua Vladimir. Après avoir entendu dire que vous étiez retenue en otage, il est en effet sorti de la clandestinité et ils l'ont attrapé.

— Prisonnier ? Quelle horreur !

Marilee porta la main à sa gorge pour se retenir d'éclater en sanglots. Vladimir passa un bras réconfortant autour de ses épaules.

— Si cela peut vous rassurer, sachez qu'on ne touchera probablement pas à sa personne puisqu'il leur est plus utile vivant que mort. Votre père s'est gagné le respect général, vous savez. S'ils l'exécutaient, ils feraient de lui un martyr — ce dont les bolcheviks ne veulent surtout pas.

« D'après les contacts que nous avons en Russie, Irina ne s'est pas fait prendre avec Drake. Il devait avoir senti le piège parce qu'il n'avait pas l'or sur lui. Nous en avons déduit que c'est Irina qui le détient, là où elle se cache.

Tant de détachement exaspéra Marilee.

— Que font donc vos gens pour le libérer ? Pourquoi n'essayez-vous pas de le faire évader, lui, au lieu de perdre votre temps avec moi ? Les bolcheviks ne s'intéressent certainement plus à moi maintenant qu'ils ont mon père.

— Erreur... Vous constituez encore un otage très intéressant pour eux. Ils sont convaincus que si Irina apprend qu'ils vous torturent comme ils l'ont torturée, elle leur rapportera l'or. Voilà pourquoi nous tenons à prendre toutes les précautions pour garantir votre sécurité. Et maintenant, détendez-vous, profitez de la voiture. Vous n'avez plus rien à craindre.

La nuit s'écoula à toute vitesse. L'horizon prenait déjà une teinte lavande lorsque le port apparut. Vladimir enveloppa Marilee dans son long manteau en laine, la pressant de gagner la barque de pêcheurs qui les attendait sur la grève.

Dès que Marilee fut montée à bord, ils ramèrent vers un navire ancré au large. Puis, profitant de la brise matinale, ils mirent le cap vers la Russie.

On donna à la jeune fille un costume de pêcheur. Elle cacha ses mèches encore courtes dans un bonnet de laine, si bien que de loin, on l'aurait confondue avec les membres de l'équipage.

Dans le minuscule carré, sous le pont, les attendaient café, pain et œufs que Marilee dégusta de bon cœur car elle mourait de faim.

— Dites-moi maintenant ce qui se passe en Russie, demanda-t-elle à Vladimir. L'homme qui m'a enlevée ne s'est pas montré très loquace.

Vladimir l'observait depuis un certain temps, ravi de la voir en si belle forme. L'ironie avec laquelle elle avait évoqué Cord Brandt ne lui échappa pas. Comme tous les Russes blancs opérant en France, il avait entendu raconter que cet homme froid et sévère était tombé amoureux de son otage à qui il avait caché être en réalité un agent du contre-espionnage. Ignorant que Cord défendait sa cause, Marilee lui en voulait.

Vladimir lui annonça que les bolcheviks avaient réussi à s'emparer du pouvoir. Le 23 octobre 1917, Lénine avait fait route en secret vers Petrograd où, lors d'une réunion avec ses amis du comité central, il avait ordonné le soulèvement armé.

Le 6 novembre, les bolcheviks frappaient. Le croiseur *Aurora*, arborant pavillon rouge, avait jeté l'ancre en face du palais d'Hiver, sur la Néva. Des bataillons de bolcheviks avaient méthodiquement pris d'assaut tous les édifices publics — téléphone, ponts, banques, gares.

Kerensky, chef du gouvernement provisoire, s'était enfui en voiture le lendemain. A neuf heures, ce soir-là, l'*Aurora* tirait une seule roquette à blanc et le bataillon féminin cantonné au palais d'Hiver pour protéger ce qui restait de ministres du gouvernement provisoire se rendait.

Deux heures plus tard, les roquettes franchissaient la Néva en sifflant, égratignant légèrement le stuc de la façade du palais.

A deux heures dix du matin exactement, le 8 novembre, les ministres se rendaient à leur tour.

— Il n'y a pratiquement pas eu de violences, conclut Vladimir. D'après les nôtres, restaurants, cinémas et magasins de la Perspective Nevsky sont restés ouverts et les tramways circulaient toujours. On donnait même un ballet au théâtre Mariinsky.

— Ce n'est donc pas le peuple russe dans son ensemble qui est en danger mais les partisans du tsar.

— Exact.

Il lui expliqua qu'à Moscou comme à Petrograd, des organisations monarchistes puissantes et dotées de fonds substantiels tenaient absolument à restaurer le régime impérial.

— La difficulté, ce n'est pas l'argent mais l'organisation. Le tsar lui-même constitue un obstacle parce que chaque fois qu'on prononce devant lui le mot d'évasion, il refuse de se séparer de sa famille. Difficile de faire s'évader un groupe de femmes et un enfant malade. Cela demanderait beaucoup de soldats, des vivres en quantité ainsi que des attelages.

Opération difficilement réalisable, en effet.

— Les Blancs sont donc en contact permanent avec le tsar ?

— Au début ils l'étaient, oui. Dès l'arrivée de la famille impériale à Tobolsk, on y a envoyé des agents. Des officiers voyageant sous des noms d'emprunt se sont mêlés aux négociants et aux boutiquiers pour poser des questions ; aux domestiques également, car ils avaient accès libre au palais du gouverneur où on tient prisonnière la famille impériale. Les gardes ont finalement mis un terme à ce va-et-vient, de sorte que les contacts sont désormais difficiles à établir.

— Qu'arrivera-t-il au tsar et à sa famille si on ne les libère pas, maintenant que les bolcheviks ont pris le pouvoir ?

— Qui sait ? Les bolcheviks ont beau tenir les rênes, leur position demeurera précaire tant que le pays connaîtra des troubles. A notre avis, ils utiliseront le tsar comme moyen de pression pour les négociations. Voilà pourquoi il faut le libérer au plus vite.

Tout en acquiesçant, Marilee n'oubliait pas que son père risquait lui aussi le pire. Et si Vladimir ne songeait qu'à la famille impériale, elle ne songeait pour sa part qu'à voler à son secours.

Restait à découvrir les circonstances de sa capture. A retrouver Irina, également.

Et d'abord, à se réjouir de sa liberté retrouvée. Elle était heureuse d'avoir quitté cet odieux Cord Brandt, elle espérait ne jamais le revoir... même si son cœur ne partageait pas tout à fait cette opinion.

24

Espagne - Février 1918

Installé sur le canapé devant le feu qui pétillait dans la cheminée, Colt Coltrane fixait les flammes et sirotait un cognac. Jade relisait la lettre envoyée par l'ambassade de Zurich, les yeux mouillés de larmes.

— Je n'arrive pas à le croire. Un cauchemar, voilà ce que c'est.

— Depuis trois mois qu'on savait Marilee disparue, à présent nous comprenons au moins pourquoi.

Jade tendit la lettre à Kit en gémissant :

— Combien je regrette de lui avoir faussé compagnie au beau milieu de la nuit ! Je l'ai abandonnée aux mains de ces... de ces fanatiques.

Kurt s'approcha pour serrer sa belle-mère dans ses bras.

— Vous n'avez aucune certitude à ce propos, Jade, alors inutile de vous sentir coupable. Nous avons tous cru Rudolf sincèrement épris de

Marilee et rien ne permettait de deviner qu'il s'agissait d'un traître — d'un bolchevik, en plus !

— J'aurais dû demander de ses nouvelles avant d'aller retrouver Colt à Londres. Je n'en ai pas pris le temps parce que mon mari me manquait trop et que je croyais Marilee en sécurité. J'ai même jugé préférable de me retirer du jeu pour laisser la nature suivre son cours. Quelle bêtise de ma part !

Les têtes se levèrent à l'entrée de Valérie qui poussait le fauteuil roulant dans lequel se trouvait son mari Travis. Il se remettait de sa blessure à la jambe reçue au combat mais restait encore pâle.

— Avez-vous des informations récentes ?

— Oui, Travis. J'ai reçu une convocation de l'ambassade... qui n'en saura probablement pas davantage que ce qu'elle m'apprend dans cette lettre.

— C'est incroyable ! Ils enlèvent Marilee en croyant enlever maman et il nous faut tout ce temps pour découvrir le pot aux roses !

Kit intervint alors :

— J'aimerais bien savoir pourquoi elle n'est pas revenue chez nous après s'être enfuie du château de son père. Que lui est-il arrivé ?

— Les seules informations, nous les tenons de l'ambassade : Marilee a disparu sans laisser de traces. On ne saurait même rien de sa détention en France si la sœur de Rudolf n'était passée aux aveux, au cours de l'interrogatoire qu'ils lui ont fait subir.

— Et Rudolf ? Ah, ce que j'aimerais lui mettre

la main dessus, à cette crapule ! pesta Travis en se frappant la paume du poing.

— On en meurt tous d'envie, renchérit Kurt.

— Chercher Rudolf ne nous ramènera pas Marilee, objecta Colt. Sa sœur Elénore a avoué qu'il avait livré Marilee à un de ces groupes de bolcheviks zurichois — les Partisans — avant de partir pour la Russie. Elle jure n'avoir pas eu de nouvelles de lui depuis.

— Ce que je crois volontiers, convint Kurt. A mon avis, elle a parlé pour se venger de son frère, qui a décampé en lui laissant porter le chapeau.

— Elénore a également dénoncé son ex-amant comme étant l'auteur de l'enlèvement. Un certain Cord Brandt, ajouta Jade.

— Et j'ai idée, moi, qu'Elénore l'a dénoncé par jalousie, parce qu'il a succombé au charme de Marilee, ajouta Kit, ce qui parut peu convaincant aux hommes.

— Marilee, femme fatale ? s'esclaffa Travis. Jamais rien entendu d'aussi ridicule. Elle est mignonne, d'accord, mais pas du genre à voler les petits amis des autres.

— Sait-on jamais ? Il faut se méfier de l'eau qui dort.

— Assez plaisanté ! décréta Jade avec lassitude. Je pense plutôt qu'il serait temps de décider de la suite des opérations. On ne peut pas rester là à se tourner les pouces sans intervenir.

Valérie prit alors la parole :

— A mon avis, elle se trouve en Russie.

Ce qui lui valut des regards intrigués. Elle hocha la tête et ses yeux bleus brillèrent.

— Elle est partie chercher son père. Ça ne vous plaira peut-être pas, mais je crois que Marilee ne s'est jamais vraiment sentie intégrée à la famille.

— Voilà une affirmation bien grave, Valérie, et tu ne fais pas partie de la famille depuis assez longtemps pour t'ériger en juge, la gronda gentiment Travis.

— J'ai entendu vos réflexions. Vous la taquiniez sans penser à mal mais Marilee a pris cela au sérieux.

— Moi je ne pense pas... commença Jade.

— Je partage l'opinion de Valérie, fit Kurt. Sans vous en rendre compte, vous ne l'avez jamais considérée comme l'une des vôtres parce que vous n'avez jamais considéré sa grand-mère Marilee Barbeau comme une Coltrane. Tout cela parce qu'elle a eu un enfant du grand-père hors mariage — votre demi-sœur Dani, ajouta Kurt respectueusement à l'adresse de Colt.

Celui-ci garda le silence, fixant toujours le feu.

— Que vous le vouliez ou non, vous avez tous contribué au fait que Marilee se sente une étrangère, conclut Kurt.

— Ainsi, d'après toi, c'est pour cette raison qu'elle s'est dirigée vers la Russie au lieu de rentrer chez nous ? demanda Kit.

— Exactement. Marilee considère Drake comme étant le seul parent qui lui reste.

— Je suggère que nous partions tous à sa recherche, déclara Travis. Oncle Drake est peut-être mort, à l'heure qu'il est. Dans ce cas, que deviendra Marilee ? Il est grand temps qu'on lui montre qu'elle est bel et bien des nôtres, que son foyer est ici, avec le clan Coltrane. Le seul moyen de le lui prouver, c'est de la rattraper.

— Non, tu ne partiras pas, rétorqua Jade en désignant du doigt sa jambe bandée. Pas dans cet état.

— Ton fils et moi avons davantage besoin de toi, renchérit sa femme en tapotant son ventre rond.

— A moins que ce ne soit une petite fille que tu attendes, ma chérie.

Travis prit la main de sa femme pour la presser tendrement contre ses lèvres puis il étudia tour à tour son père et son beau-frère.

— Mais vous, rien ne vous retient ici, pas vrai ?

— Travis ! s'écria Jade. Un voyage en Russie comporterait d'énormes risques !

— Mais ce serait mieux que de rester là sans rien faire, intervint Kit. Et puis n'oublions pas que papa a des relations dans les milieux politiques, de l'influence. Tu arriveras bien à entrer en contact avec les amis de Drake, non ? Parce que Marilee a sûrement tenté de les contacter.

— L'ambassade est restée laconique sur ce point parce qu'ils répugnent à donner des renseignements par écrit. Trop de risques que le courrier soit intercepté. Mais je peux toujours me rendre à Zurich pour glaner des informations. Et Kit a raison, Marilee a certainement contacté les Russes blancs.

Il poursuivit avec une ironie désabusée :

— Les bolcheviks sont en train de trahir presque toutes les promesses qu'ils ont faites pour accéder au pouvoir. Ils avaient promis la liberté individuelle et aujourd'hui ils censurent la presse, interdisent les grèves et mettent sur pied une police secrète. Ils exigeaient une assemblée consultative élue à bulletins secrets et maintenant ils l'ont abolie en recourant à la force.

Kurt posa la question qui les démangeait tous :

— Que nous réserve l'avenir ?

Répétant ce qu'on lui avait dit au cours de sa dernière visite à l'ambassade américaine, Colt expliqua :

— Il ne reste aux bolcheviks qu'une façon de se racheter aux yeux du peuple : c'est de faire la paix avec les Allemands. Ils n'ont pas le moindre espoir de s'en sortir si la guerre continue.

— Ils hurlaient « Du pain et la paix ! » mais la Russie n'a récolté que famine et guerre, déclara Jade.

— Oui, exact. Et ils vont aussi récolter quelque chose qu'ils n'avaient pas demandé.

Tous les regards convergèrent vers Colt qui précisa :

— Les bolcheviks ne savent pas encore qu'ils vont avoir à affronter un adversaire imprévu : les Coltrane.

— Que Dieu les protège ! s'esclaffa Jade.

On décida donc que Colt userait de ses influences diplomatiques pour localiser les Russes blancs et leur QG ; il se renseignerait alors sur les allées et venues de Marilee. Kurt et lui gagneraient ensuite la Russie pour tenter de la ramener en Espagne. Car ils étaient maintenant d'accord sur ce point : là était son foyer. Marilee étant une Coltrane à part entière, le clan ferait bloc autour d'elle.

25

Tobolsk, Russie - Février 1918

Marilee, Vladimir Doubovitsky et ses hommes étaient arrivés à Tioumen début décembre. La jeune fille avait insisté pour les aider à libérer son père des geôles bolcheviques.

Aux dernières nouvelles, Drake se trouvait emprisonné non loin de la famille impériale, dans la bourgade de Tobolsk, farouchement gardée. Les bolcheviks n'avaient pas renoncé à récupérer l'or du tsar. On avait aperçu Irina dans la région et Vladimir pensait qu'elle ne tarderait pas à tenter de racheter la liberté de son amant, et ce malgré le bannissement des Russes blancs.

Le village de Tobolsk comportait des cabanes en rondin, des chapelles blanchies à la chaux, quelques établissements de commerce en pierre. Le tsar et sa famille étaient enfermés dans la maison du gouverneur que l'on avait ceinturée d'une gigantesque palissade fortifiée.

Afin de recueillir des renseignements, on

décida de placer Marilee comme serveuse dans un restaurant fréquenté par des soldats nouvellement arrivés à la garnison. Le patron, la prenant pour une réfugiée, l'embaucha et elle fut logée dans une chambre au-dessus de l'établissement. Vladimir et les Blancs reprirent la clandestinité.

Marilee s'installa dans sa routine. Le restaurant ne fermait pratiquement jamais car il n'y avait nulle part où aller durant le mois de l'impitoyable hiver russe. Jamais elle n'avait connu un tel froid. Le thermomètre descendait jusqu'à moins vingt, les rivières gelaient sur un mètre de profondeur. Le paysage n'était qu'une sculpture de glace saupoudrée de neige. Pourtant, sa détermination demeurait inébranlable.

Pour faire plus russe, elle s'était rebaptisée Natacha Kievsky et sa beauté, sa vivacité lui valaient un vif succès auprès des soldats. Elle les arrêtait pourtant toujours à temps, exigeait le respect et l'obtenait.

Invitations à dîner, au bal ou au théâtre pleuvaient de la part des militaires. Mais Marilee se réservait pour l'heure où paraîtrait un soldat détenant des renseignements stratégiques et qu'il faudrait séduire coûte que coûte.

Un samedi soir, arriva un officier qu'elle n'avait jamais vu auparavant. Au silence qui s'établit instantanément, elle devina qu'il s'agissait d'un personnage important.

Il scruta la salle de ses yeux méfiants tout en déboutonnant sa capote avant de la suspendre à un clou, près de la porte. Marilee vit luire à ses épaules un nombre impressionnant de galons.

Deux barrettes et trois étoiles à cinq branches : il s'agissait d'un lieutenant-colonel.

Grand, solidement bâti, il avait les yeux d'un noir perçant. Marilee le trouva séduisant mais terriblement impressionnant. Prenant son courage à deux mains, elle se fraya un passage jusqu'à lui, priant pour que son impatience ne se remarquât pas. Ce contact, le premier avec un officier, pouvait lui être extrêmement précieux.

Il la toisa avec froideur ; elle ne flancha pas. Au contraire, lui adressant son plus gracieux sourire :

— Bonsoir, colonel. Qu'est-ce qui pourrait vous faire plaisir ?

— Toi ! Je veux te croquer nue allongée sur un plateau, répliqua le grossier personnage en français.

— Je regrette mais je ne suis pas au menu ce soir, répondit-elle, en français elle aussi. Si vous désirez le plat du jour, c'est du poisson fumé arrosé de notre meilleure vodka.

Il battit des paupières, interloqué, avant d'éclater bruyamment de rire.

— Jamais je n'aurais imaginé qu'une serveuse saurait parler couramment le français ! Vous me pardonnez ?

— Naturellement, dit-elle en riant. Si je ne savais pas pardonner, je ne ferais pas long feu dans le métier, je vous le garantis.

L'atmosphère se fit aussitôt plus amicale. L'officier se présenta comme étant Boris Gortchakov, récemment affecté à Tobolsk, et, avant la fin de la soirée, il l'invitait à boire un dernier verre dans ses quartiers. Marilee fit la timide et refusa, devinant qu'il reviendrait à l'attaque. Elle sentait en lui un personnage clé — le militaire avec lequel il faudrait flirter pour obtenir les renseignements dont les Russes blancs avaient besoin.

Boris Gortchakov revint chaque soir. Il s'installait toujours seul à une table. Quand Marilee avait terminé son service, il ressassait chaque fois la même invitation :

— J'ai un logement indépendant, juste de l'autre côté de la rue. Oh, il n'est pas grand, mais c'est chaud et confortable. Et je garde en réserve un de ces caviars que vous auriez du mal à trouver dans cette ville miteuse.

Tout en refusant obstinément, Marilee continuait à l'aguicher. Elle tirait sur le décolleté de sa blouse paysanne pour lui offrir une vue plongeante sur ses seins quand elle servait ses consommations. Au bout de quelques jours, elle cessa de s'écarter quand il la touchait, souriant au contraire avec chaleur quand il lui palpait la taille, les hanches. Son regard se faisait plus intime ; il promenait les doigts sur son bras, lui effleurant les seins au passage...

A plusieurs reprises, aux heures creuses, elle s'enhardit à venir bavarder à sa table. Elle le laissait parler, ce qui lui évitait de se trahir. A mesure que la confiance s'installait, il lui confiait ses soucis — cette affectation qui ne lui convenait pas du tout, car il aurait préféré le champ de bataille ; son envie de voir la guerre s'achever pour pouvoir bâtir une nouvelle vie. Elle apprit ainsi que ce bolchevik endurci souhaitait que le tsar et sa famille soient envoyés en exil au fin fond de la Sibérie au lieu de vivre dans leur prison dorée aux frais de l'Etat. Un soir qu'il était en verve, Marilee osa lui demander :

— Comment réagit la famille impériale ? Ils sont heureux ?

Il la fusilla d'un regard accusateur.

— Qu'est-ce que ça peut bien vous faire ? Auriez-vous pitié de ces chiens d'impérialistes ?

— Non, non, dit-elle en posant vite les mains sur les siennes d'un geste apaisant. Simplement, je me demandais s'il leur arrivait de se plaindre.

— Non, admit-il avec un grognement tout en s'affaissant contre le dossier de son siège. Ils ne se plaignent pas. A la vérité, je tâche de les éviter au maximum. Un des officiers m'a raconté que les quatre grandes-duchesses jouent entre elles de petites saynètes auxquelles le tsarévitch prend part. L'impératrice coud et tricote, le tsar rédige sa correspondance et lit.

Marilee lui pressa les mains et sourit.

— Et vous, à quoi occupez-vous vos journées, Boris ?

Haussant les épaules, il but une gorgée de vodka avant de détacher les yeux de sa poitrine pour lui faire un clin d'œil suggestif.

— Je compte les heures qui me séparent de vous et je me demande combien de temps encore vous me torturerez avant de m'accompagner chez moi. On pourrait faire vraiment connaissance, tous les deux.

Se trémoussant sur sa chaise pour mieux l'émoustiller, elle minauda :

— Allez... racontez-moi ce que vous faites...

Détendu par la vodka, il baissa la garde, sans plus se méfier :

— Bah... on s'occupe avec les quelques autres prisonniers qu'il faut surveiller. Des contre-révolutionnaires. Des salopards que je ferais fusiller sans hésiter, si ça ne tenait qu'à moi.

— Ne me dites pas qu'il y a de dangereux repris de justice dans les environs ! s'exclama Marilee en portant la main à sa gorge, feignant l'horreur. Je ne savais pas...

— Personne n'est au courant. Alors oubliez ce que je viens de vous raconter, fit Gortchakov d'une voix sifflante.

Il lui pinça le bras si violemment qu'elle en cria :

— Arrêtez, Boris, vous me faites mal !

— Tu poses trop de questions, la belle. Et moi j'oublie de garder ma langue. De nos jours, il faut se méfier de tout le monde, tu sais.

Le cœur battant, Marilee songea que Vladimir et les siens avaient deviné juste : il y avait des prisonniers politiques dans les environs de Tobolsk et on avait toutes les raisons de croire que son père était du nombre. Plus que jamais, il fallait séduire Boris pour en tirer le plus possible. Aussi murmura-t-elle, très aguicheuse :

— Vous pouvez me faire confiance, Boris, puisque j'ai moi-même tellement confiance en vous que j'accepte de venir boire un verre, après mon service.

Il la dévisagea quelques secondes, les sourcils froncés. Quand il comprit qu'elle parlait sérieusement, son visage taillé au couteau s'éclaira d'un large sourire.

— Bien sûr que vous pouvez me faire confiance, Natacha, je suis votre ami. Et j'aimerais être plus que cela...

— On verra avec le temps, dit-elle en lui adressant un clin d'œil.

La soirée s'acheva dans une sorte de brouillard. Quel qu'en fût le prix, Marilee était déterminée à découvrir si son père était bel et bien prisonnier, et où on le détenait.

Il était presque l'heure de fermer quand Boris la héla.

— Je vous laisse, maintenant. Je veux que vous trouviez en arrivant chez moi un bon feu dans la cheminée, du caviar et de la vodka bien glacée. Et peut-être même un plateau de poisson fumé et de fromage. Ça vous tenterait ?

— Tout me tente, Boris...

Avec un regard dévastateur, elle lui effleura le bras de ses seins.

— ... Tout. J'ai tellement envie de vous connaître mieux...

Boris reparut dès la fermeture de l'établissement et Marilee se drapa dans sa cape en laine chaude, s'apprêtant à s'enfoncer dans la nuit glaciale. Soudain, elle stoppa net.

Se pouvait-il que... ?

Incrédule, elle fixa les deux hommes qui traversaient la rue, se dirigeant droit sur le restaurant. Une bise sans merci soufflait, balayant les flocons de neige. Marilee pensa avoir eu une hallucination. Car il ne pouvait s'agir de Cord Brandt. Pas dans ce coin reculé...

L'homme leva la tête au moment de poser le pied sur le trottoir de planches. Le cœur de Marilee fit un bond dans sa poitrine. Cord, c'était bien lui ! Il était sur le point de parler mais il se ravisa. Le barbu qui l'accompagnait — que Marilee ne connaissait pas — demanda d'un ton désappointé :

— Le restaurant serait-il fermé ? On vient de loin...

— Fermé pour aujourd'hui, oui, rétorqua sèchement Boris.

Que faisait Cord dans les parages ? Et qu'allait-il se passer maintenant ?

— Natacha ! Venez, nous partons, lui ordonna Boris en la tirant par la main, contrarié par le regard insistant que l'un des hommes posait sur sa nouvelle conquête.

Cord battit des paupières, répétant ce prénom sans émettre un son.

C'est alors que Marilee réussit à se secouer. Elle se laissa entraîner par l'officier sans un regard en arrière.

— Le barbu, je l'ai déjà vu quelque part, déclara Boris quelques secondes plus tard. Je crois bien que c'est un élément subversif. Je vais vérifier ce qui l'amène ici — bien que ses activités soient évidentes...

— De quelles activités s'agit-il ?

— Ils cherchent à libérer le tsar, bien entendu ! On les a à l'œil, tous ces nouveaux venus qui rôdent dans le village. Ils interrogent les commerçants, font des promesses et puis se volatilisent. Même s'il n'est pas facile d'entrer en contact avec la famille impériale, on se méfie quand même des inconnus... surtout quand on sait de source sûre qu'il s'agit de Russes blancs.

Marilee se demanda d'où il tirait cette idée saugrenue. Cord Brandt n'était pas un Blanc mais un bolchevik convaincu.

— Qu'est-ce qui vous fait penser que ce sont des tsaristes? demanda-t-elle avec une feinte désinvolture.

— Que voulez-vous qu'ils soient?

Ils s'engouffrèrent bientôt dans une ruelle longeant un entrepôt. Il lui fit monter un escalier étroit qui menait à une porte unique. Pendant qu'il fouillait ses poches pour trouver la clé, Marilee insista:

— Pourquoi croyez-vous que ce sont des Russes blancs?

Boris poussa la porte. La douce chaleur du feu qui brûlait dans l'âtre les accueillit. Il se retourna pour la prendre dans ses bras.

— Ne t'occupe pas d'eux, ma belle. J'enquêterai à leur sujet dès demain. Pour ce soir, occupe-toi simplement de moi...

Ravalant le dégoût que lui inspirait cet homme, elle tendit la bouche...

26

En acceptant de suivre Boris jusqu'à son logement, Marilee se doutait bien qu'il la croyait disposée à coucher avec lui. Or, elle n'en avait pas la moindre intention. Eviter qu'il prît très mal son refus demandait du doigté.

Toute la soirée, elle lui avait fait servir des doubles doses de vodka, payant la différence de sa poche. La vodka est traîtresse et Boris Gortchakov s'imaginait tenir indéfiniment l'alcool. Marilee, ne cherchant qu'à profiter du climat de confiance pour lui extorquer des renseignements sur son père, espérait qu'il s'écroulerait avant de se montrer trop sentimental... ou trop violent.

— Alors, mon petit nid te plaît ? demanda-t-il en faisant voile vers sa réserve de vodka. Quand j'ai appris qu'on m'affectait dans cet avant-poste infect, j'ai exigé qu'on me loge ailleurs qu'en caserne.

La pièce, immense, tenait du grenier avec son avant-toit et ses fenêtres mansardées. Le plancher était usé et le mobilier restreint. Tout au fond, un rideau de mousseline tombait du plafond pour cacher le lit.

— Charmant, conclut-elle en prenant le verre qu'il lui tendait.

Il avala sa dose d'un seul coup et, par-dessus le bord du verre, braqua sur elle ses petits yeux noirs. Jetant ensuite le verre dans l'âtre, il lui sauta dessus.

— Pas aussi charmant que toi, ma mignonne.

Marilee faillit perdre l'équilibre et sa vodka se répandit sur sa cape.

— Regardez ce que vous me faites faire, Boris ! s'indigna-t-elle.

En réalité, cet intermède l'arrangeait car il lui permettait d'apaiser les ardeurs de son amoureux. Pour un moment... Boris s'écarta et lui présenta ses excuses.

— C'est que j'ai trop longtemps attendu cet instant, Natacha. Viens que je te sèche...

— Non, non, tout va bien. Je vais ôter ma cape et la faire sécher au feu. En revanche, vous pouvez me servir une autre vodka.

Elle prit son temps pour étendre son vêtement sur un fauteuil puis s'assit sur le canapé, tapotant la place à côté d'elle. Boris revint, souriant comme un petit garçon. Mais quand il essaya de l'embrasser, Marilee se hâta de lever son verre.

— A nous et à notre amitié.

Il hocha la tête d'un air ravi.

— Tu as raison, ma belle : à nous !

Ensuite, elle eut toutes les peines du monde à ne pas repousser avec écœurement les mains de cet homme qui la tripotaient. Pourtant elle resta inerte, subissant ses caresses, incapable de les rendre ou de réagir.

Dans son ivresse, Boris ne remarqua rien. Ce gros pourceau malhabile se jetait sur elle avec force grognements et reniflements. Marilee ne put l'endurer bien longtemps. Rassemblant ses forces, elle le repoussa.

— Chéri, s'il te plaît, tu vas trop vite ! J'ai travaillé toute la journée et je meurs de faim. Tu m'avais promis du caviar.

— Et toi, ça fait des semaines que tu me promets autre chose, fit-il, goguenard, l'immobilisant sous lui.

Tant d'arrogance eut raison de ses bonnes résolutions. Se tortillant pour se dégager, Marilee s'emporta :

— Si tu veux seulement prendre mon corps, alors je me suis trompée en te considérant comme un ami.

Elle se leva, s'éloignant de lui pour reprendre sa cape, guettant l'instant où il l'empêcherait de partir.

Elle avait deviné juste.

Boris la rattrapa, la prenant aux épaules, semant une pluie de baisers dans son cou.

— Pardonne-moi, Natacha. Pardon. Simplement tu me rends fou. Tu es si belle…

— Alors pourquoi te jettes-tu sur moi de la sorte ? Je ne suis pas une bête, Boris. Je suis une femme ; j'ai besoin de tendresse. Et puis… après un verre de vodka, je me montre beaucoup plus câline.

Boris repartit dare-dare leur chercher à boire.

Quand ils eurent réintégré le canapé, Marilee se nicha contre lui, l'amadouant d'un :

— Je veux être pour toi davantage qu'une fille avec qui on couche, Boris.

Il se mit brusquement à tousser, manquant de s'étrangler. Marilee lui tapota le dos et demanda :

— Qu'y a-t-il ? J'ai dit une bêtise ?

— Eh bien... il faut que je te prévienne... Tu ne pourras pas en obtenir davantage.

— Explique-toi.

— Je suis marié, avoua-t-il en détournant le regard.

— Parce que tu crois que c'est le mariage que je veux ?

Une lueur d'espoir brilla dans les yeux noirs du militaire.

— Qu'est-ce que tu pourrais vouloir d'autre ?

— On se demande comment un homme aussi naïf que toi a pu devenir officier. Je n'attends pas que tu m'épouses parce qu'on a passé la nuit ensemble. Simplement, je veux être pour toi autre chose qu'une passade d'une nuit.

Elle fit courir ses doigts sur son bras.

— Je veux que tant que durera ton séjour ici, on se rende mutuellement heureux.

— Je... Ça me convient tout à fait, se réjouit-il, mais quand il posa son verre, s'apprêtant à repasser à l'attaque, Marilee l'arrêta.

— Pourquoi ne pas faire mieux connaissance, Boris ? Je ne suis pas venue chez toi pour passer au lit tout de suite. Sache te montrer patient, prends le temps de m'aimer... autrement je me trouverai un autre soldat plus gentil.

Le regard de Boris s'assombrit. Bien que ce

petit jeu ne lui plût pas, il se rendait compte qu'il faudrait en passer par là s'il la voulait tous les soirs dans son lit.

— Bon, très bien. Qu'est-ce que tu veux que je fasse ?

Elle se pelotonna contre lui.

— Parle-moi… Raconte-moi tout de toi, de ce merveilleux amant que je vais garder très, très longtemps.

Flatté de susciter un tel intérêt, il se mit à évoquer le passé, ses prouesses de soldat, ses exploits dans la révolution bolchevique. Quand il alla jusqu'à lui confier que sa femme vivait à Petrograd avec leurs deux filles, Marilee jugea le moment propice pour pousser l'interrogatoire :

— Et ton travail consiste en quoi ?

— Bah… ce n'est pas si palpitant. Je n'aime pas traîner dans le palais du gouverneur ni dans le voisinage de la famille impériale parce que je les hais, eux et tout ce qu'ils représentent. Je passe le plus de temps possible au bloc des prisonniers politiques.

— C'est dangereux, ça, non ? fit-elle, un petit frisson de terreur à l'appui. Tu en as de vraiment redoutables ?

Il éclata de rire.

— Les Russes blancs, redoutables ? Non, ce sont des lâches qui se terrent comme des lapins, qui ont peur de sortir au grand jour. En prison, ils passent leur temps à pleurnicher, les pauvres chéris.

— Il n'y en a aucun qui fasse exception ? Tu en as combien, en prison ?

Boris avait accompagné ses vantardises de

nombreux verres de vodka, si bien qu'à son élocution pâteuse, Marilee comprit qu'il ne tarderait pas à sombrer dans l'inconscience.

— Moins d'une douzaine, répondit-il, plissant les paupières.

— Si ce sont tous des lâches, pourquoi ont-ils besoin d'un brave tel que toi comme gardien ? Pourquoi ne t'envoie-t-on pas à la guerre, au lieu de gâcher ici tes talents ?

En temps ordinaire, Boris se serait mis en colère mais l'alcool le ramollissait. Il se borna à protester :

— Ce ne sont pas que des lâches. Certains d'entre eux sont de redoutables coquins. Voilà pourquoi j'ai reçu ordre de Lénine en personne de prendre le commandement !

Il se frappa la poitrine pour donner du poids à ses paroles. Marilee feignit d'être impressionnée.

— Vrai ? Lesquels par exemple ? Tu as des gens connus ?

— Evidemment ! On a cet ignoble Drake Mikhaïlonov qui...

Bouleversée, Marilee n'en entendit pas davantage. Mon Dieu, c'était donc vrai. Son père était là, tout près, prisonnier... Un vertige la saisit, si bien qu'il lui fallut fournir un terrible effort pour revenir au moment présent. Boris gardait le silence. Redoutant qu'il eût remarqué sa réaction, d'une voix presque normale, elle s'excusa :

— Je crois que je suis plus fatiguée que je ne le pensais. Qu'est-ce que tu disais... ?

Mais Boris sombrait déjà : sa tête roula sur le côté, sa main retomba lentement. Elle n'eut que le temps de lui prendre son verre avant qu'il ne se brisât sur le plancher.

Avoir le même soir revu Cord Brandt et reçu confirmation de l'emprisonnement de son père était difficile à digérer. Il lui fallait du temps pour décider de la suite des opérations.

Sans oublier de prélever quelques cuillerées du caviar oublié sur la table, Marilee s'enveloppa dans sa cape et se jeta dans la nuit froide. Une fois dans sa chambre, elle parvint sans trop de peine à trouver le sommeil : pour elle aussi, la vodka faisait son effet.

Des coups frappés à la porte la réveillèrent. Soulevant ses paupières lourdes de sommeil, Marilee constata que la lueur lavande de l'aurore filtrait à travers les rideaux.

— Qui est-ce ?

Il devait s'agir du vieux Micar, le balayeur de la taverne, qui avait besoin d'aide. Il lui arrivait de l'aider à nettoyer le restaurant quand il avait trop de travail. Mais il était un peu tôt pour commencer la journée !

Faute de réponse, elle sortit du lit et enfila son peignoir.

— Vous en avez du culot, Micar, de...

Le battant à peine entrebâillé, Cord Brandt jaillit dans la pièce. Il referma la porte d'un coup de talon, tira la targette et prit Marilee dans ses bras, la secouant un peu rudement.

— Bon sang, mais que fais-tu ici ? Je suis vraiment tombé des nues, hier soir. Tu veux mourir ou quoi ?

La surprise céda le pas à la colère et elle se débattit, se tordit pour lui échapper.

— Et toi, que fais-tu ici? Faire semblant d'être un Russe blanc alors que tu n'es qu'un sale bolchevik...

Il lui plaqua la main sur la bouche, l'entraînant vers le lit où il se laissa tomber lourdement avec elle.

— Tu as juré de réveiller tout le village, ma parole? Ecoute, j'ai à te parler.

Elle réussit à lui mordre le doigt. Il retira sa main avec un cri de douleur.

— Non, pas question, Cord. C'est toi qui vas m'écouter. Je suis ici sous un faux nom parce que j'essaie de sortir mon père de prison. Si tu trahis mon identité, je te dénoncerai, toi aussi. Alors tu vas décamper et oublier que tu m'as vue et ce que tu sais de moi.

Il braqua sur Marilee un regard interloqué avant d'éclater d'un grand rire.

— Qu'y a-t-il de si drôle? s'énerva-t-elle.

— Je suis dans ton camp, ma petite. Depuis toujours. Je m'apprêtais à te le révéler au moment où tu t'es enfuie. Je ne travaille pas pour les bolcheviks mais pour les contre-révolutionnaires — les Russes blancs. On m'a chargé de te retrouver et de te protéger.

— Et tu crois que je vais avaler un mensonge pareil? Tu me prends pour une imbécile? Tu commences par m'enlever par erreur, puis tu me gardes parce que je vaux quand même de l'argent. Et ensuite je te surprends dans les bras d'Elénore alors que le matin même, tu jouais l'amoureux transi!

Il la dévisagea, abasourdi. Voilà donc pourquoi elle avait fui... Roulant sur le dos, les yeux au plafond, il balbutia :

— Pardon. Je regrette que tu aies assisté... que cela se soit produit.

Il tenta de la prendre dans ses bras. Marilee garda ses distances.

— C'était vrai, Marilee : je suis amoureux de toi. Et il faut que tu me croies quand je t'affirme que je veux t'arracher à cette souricière. Boris Gortchakov est un individu dangereux avec qui il faut éviter de jouer. Je veux t'emmener à Tioumen, en lieu sûr, pour ne plus avoir à me faire de mauvais sang à ton sujet. Je suis ici pour sortir ton père de prison et j'y parviendrai.

— Va au diable, Cord Brandt ! pesta-t-elle, écœurée par tant d'arrogance. Je ne te crois pas. Je te jure que si tu me dénonces, je te dénoncerai aussi. On nous pendra ensemble, comme cela.

— Tu te trompes, Marilee. Accompagne-moi au QG des Russes blancs. Ils te diront qui je suis et...

— Je te dis que non. Et maintenant, sors d'ici et oublie ce que tu as vu.

Cord se leva et haussa les épaules.

— D'accord. Je m'en vais parce que tu es en colère, mais je te garantis que je parviendrai à te convaincre.

Leurs regards se nouèrent. En silence, Marilee s'apprêtait à le chasser quand on frappa à la porte. La voix mielleuse de Boris Gortchakov monta du palier :

— Natacha, ma douce, tu es réveillée ? Il faut

que je te parle, je tiens absolument à te présenter mes excuses.

Marilee dévisagea Cord, terrifiée. Le doigt sur les lèvres, elle désigna la fenêtre. Cord hocha la tête. Malheureusement, les battants ne cédèrent qu'avec un sinistre grincement.

— Natacha ? D'où vient ce bruit ? Tu as des problèmes ?

Il se mit à triturer furieusement la poignée. Par bonheur, Cord avait pris la peine de tirer le verrou.

— Un instant, Boris, répondit-elle d'une voix lourde de sommeil. Tu m'as réveillée en sursaut... j'ai fait tomber quelque chose.

— Pardon... Oh, je suis terriblement confus.

Dès que Cord eut sauté par la fenêtre, Marilee la referma et se précipita pour accueillir l'officier.

Cord atterrit dans la neige avec un bruit feutré. Scrutant les alentours baignés d'une lueur violette, il s'éloigna d'un pas pressé.

De l'autre côté de la ruelle, accroupi derrière un amoncellement de tonneaux, Rudolf sourit de toutes ses dents. Il avait deviné que Cord Brandt le mènerait droit à Marilee.

Et pendant que ses camarades se chargeraient de régler son compte à ce traître d'Allemand, lui se chargerait de la jeune femme.

27

Cord aurait aimé écraser son poing sur la figure de Vladimir Doubovitsky. Il ne comprenait pas qu'on eût permis à Marilee, totalement ignorante en matière d'espionnage, de manipuler un homme aussi dangereux que Boris Gortchakov.

Les réponses qu'il recueillait le rendaient vert de rage.

— Elle connaît les risques, Cord, insista Vladimir. Elle sait très bien ce qu'elle fait.

— Mais pas du tout ! hurla Cord. Comment voulez-vous ? Une mission pareille, ça requiert de l'expérience. Vous n'aviez personne d'autre sous la main ?

— Les autres auraient été nettement moins motivées que Marilee. Sortir son père de prison est devenu une obsession pour elle. A propos, il paraît que les Coltrane cherchent à la retrouver. Ils nous ont contactés pour qu'on les aide, mais nous tenons à ce qu'elle achève sa mission.

— Espérons qu'elle échappera à Gortchakov avant qu'il découvre sa véritable identité.

— Interdiction de vous en mêler, Brandt, compris ? glapit Doubovitsky.

— Je tiens à elle ; ne comptez pas sur moi pour la laisser mettre sa vie en péril.

Il voulut quitter la pièce, mais un signe de Doubovitsky suffit pour que les autres lui bloquent la voie. Réalisant qu'il n'avait aucune chance de forcer le barrage, Cord pivota vers son interlocuteur.

— Vous ne pourrez pas m'empêcher d'agir comme bon me semblera. A moins de recourir à la force, ce que je ne vous conseille pas.

Il glissa la main dans sa pelisse, palpant son revolver. Doubovitsky savait fort bien qu'il détenait une arme.

— Les nôtres veillent sur elle. Si vous vous en mêlez, vous ne réussirez qu'à compliquer la situation — et même à mettre Marilee en danger.

— Jamais je ne ferai une chose pareille, répliqua Cord.

— Aller la trouver dans sa chambre, sur son lieu de travail, c'était prendre des risques énormes. Si on vous avait vu... Jamais vous n'auriez dû entrer en contact avec elle.

— Qui voulez-vous qui nous ait surpris, aux aurores, par un froid pareil ? Et puis il fallait que je la voie, que je sache ce qu'elle fabriquait avec ce fichu officier bolchevique et surtout je voulais lui révéler que je suis de son côté. Si vous lui aviez expliqué la vérité, si vous m'aviez annoncé ce qu'elle faisait avec Gortchakov, je n'aurais pas été obligé d'aller la trouver au restaurant.

Doubovitsky ne répondit pas. Il n'avait pas

pris seul la décision de garder secrète cette opération.

— Votre démarche n'a servi à rien puisque Marilee ne vous a pas cru. Il aurait été plus sage de nous demander ce qui se passait au lieu d'aller l'importuner. De telles initiatives sont dangereuses.

Cord finit par exploser :

— Ecoutez-moi bien, monsieur le donneur de leçons : je m'estime aussi compétent, sinon plus, pour ce genre d'affaire que vous et vos sbires, compris ?

Doubovitsky se ratatina sur son siège tandis que Cord se penchait sur lui, menaçant. Les autres hommes l'encerclèrent.

— Dans cette guerre, je joue gros, reprit Cord. N'oubliez pas que j'ai un compte à régler avec ces porcs de bolcheviks. Ma mère a été poignardée par l'un de ces fous dans une boucherie de Petrograd et mon père est tombé sous leurs balles quand il a voulu la venger.

« Mes parents n'étaient en Russie que pour régler la succession, à la mort de mon grand-père. C'était leur dernier jour. Moi, je faisais mes études à Oxford quand j'ai appris leur assassinat. Alors j'ai décidé d'entrer dans la lutte armée.

Radouci, Doubovitsky lui tapota l'épaule.

— On le sait, Brandt, et vous êtes l'une de nos meilleures recrues. Simplement, il ne faut pas vous laisser guider par les sentiments ; ça pousse à faire des bêtises, non ?

— Je ne suis plus un gamin ! rétorqua Cord qui sentait la colère remonter. Je sais où je vais et ce que je vous demande, c'est de relever Marilee de cette mission dangereuse. Ensuite, dites-lui qui je suis vraiment pour qu'elle ait enfin confiance en moi.

Doubovitsky échangea avec ses compagnons un coup d'œil inquiet. Il aurait aimé pouvoir lui interdire de retourner à Tobolsk, l'envoyer ailleurs où il aurait pu être utile, mais Cord n'aurait jamais accepté.

— Très bien. Allez-y, surveillez-la... mais à distance respectable. Et n'oubliez pas que vous risquez non seulement sa peau mais la vôtre et celle des autres Russes blancs qui sont dans les parages. Quant à lui révéler votre identité... impossible. Ça compliquerait la situation. Laissez-la accomplir sa tâche et ensuite on parlera. Il faut qu'elle se concentre sur Gortchakov : ordre du QG.

A quoi bon discuter plus avant ? Cord poussa un soupir.

— Entendu. Pour l'instant, je n'ai d'autre choix que de vous obéir.

Au moins, il pourrait intervenir si Marilee se retrouvait en grave danger.

Boris Gortchakov contemplait le portrait de Lénine accroché dans son bureau exigu. Il serrait les poings pour se retenir d'envoyer promener les bibelots à travers la pièce. Quel imbécile il avait été ! Se soûler alors qu'il avait réussi à attirer une jolie fille chez lui !

A son réveil, Natacha avait disparu. Constatant qu'elle avait pris soin de le recouvrir d'une couverture, il en avait déduit qu'elle ne lui en voulait pas. Mais il avait pourtant tenu à le vérifier.

Il brûlait de désir pour elle, une faim irrésistible lui tenaillait le bas-ventre. Voilà pourquoi il s'était précipité dans le froid glacial pour gagner le restaurant et s'excuser de son attitude. Il tenait à fixer un autre rendez-vous pour le soir même. Et cette fois, il se restreindrait sur la vodka pour rester éveillé et lui prouver qu'il était un amant émérite, exceptionnel.

Les bruits étranges qui provenaient de la chambre de Marilee l'avaient intrigué. La jeune femme avait tellement tardé à lui ouvrir... Se pouvait-il qu'elle eût accueilli un autre homme chez elle, puisque lui-même n'avait pas été capable de la satisfaire ? Décidément, quel sinistre imbécile il était !

On introduisit alors un visiteur dans son bureau. Il voulut le congédier, n'étant pas d'humeur à parler à quiconque, mais l'inconnu attaqua sans préambule :

— Natacha, c'est un faux nom.

Une fois la porte refermée, Boris l'empoigna par son plastron et le colla au mur.

— Tu vas me dire qui tu es et ce que tu fais ici avant que je perde patience... camarade.

— Elle ne s'appelle pas Natacha, insista l'homme, le regard affolé car ce colosse de Gortchakov l'aurait aisément étranglé. C'est... la fille... de Drake... Mikhaïlonov.

Un cri bestial monta de la gorge de Boris qui souleva son interlocuteur et le jeta sur un fauteuil.

— Parle ! Et si tu es incapable de prouver tes accusations, je te tue de mes propres mains.

Rudolf attendit que le lieutenant-colonel eût repris place sous le portrait de Lénine puis lui raconta toute l'histoire. Il avait soigneusement évalué les risques qu'il courait à de telles révélations. Mais Gortchakov lui permettrait de se venger… de Cord comme de Marilee.

— Alors ma petite Natacha serait la fille de Drake Mikhaïlonov, hein ? Elle s'est rudement bien payé ma tête !

— Oh, mon colonel, vous n'aviez aucun moyen de vous en rendre compte ! Ce n'est que par hasard que j'ai découvert son stratagème. J'ai tout de suite soupçonné Brandt quand j'ai su que Marilee s'était enfuie du château de son père. Et ensuite, quand ma sœur a tout raconté à la police, j'ai compris que c'était par jalousie, parce que Cord s'était amouraché de notre otage… Je l'ai filé et j'ai été récompensé de mes efforts.

— Tu as bien fait, camarade Rudolf. Et pour te récompenser de ton initiative, je te laisse décider de la marche à suivre, maintenant.

Rudolf ne se sentait pas de joie. Les tenir ainsi à sa merci… quelle délicieuse sensation.

— On pourrait l'arrêter et la jeter en prison avec son père, proposa Gortchakov. On pourrait les torturer, Brandt et elle, les exécuter pour montrer aux espions tsaristes ce qui leur arrivera quand eux aussi se feront prendre.

— Non, non, protesta Rudolf. Il ne faut pas alerter les Russes blancs. Il faut faire ça sans tapage et vite avant que la rumeur se répande.

— Bon. Qu'envisages-tu alors ?
— Quand la revoyez-vous ?
— Ce soir.
— Parfait. Faites comme si de rien n'était. Brandt la surveillera comme la prunelle de ses yeux. On lui tendra un piège chez vous et on les prendra tous les deux.
— Ah ah ! Et une fois capturée, on s'occupera de cette petite fripouille. On a bien mérité de profiter de ses charmes, non ?
Rudolf trouva répugnant d'imaginer Gortchakov avec Marilee. Il était en effet réellement tombé amoureux de la jeune fille et s'il voulait sa récompense, ce n'était pas en abusant d'elle le temps d'un caprice mais en la gardant pour toujours.
Restait encore à l'arracher aux serres de ces deux vautours : Cord Brandt et Gortchakov.

28

Tendue comme elle l'était, Marilee avait déjà renversé deux fois son plateau. Miklos, le patron du restaurant, la lorgnait maintenant d'un œil réprobateur.

Plus question de faire marche arrière, désormais : il lui faudrait au cours de la nuit arracher à Boris les renseignements stratégiques et surtout repousser ses avances. La seule parade serait de trouver un prétexte pour se mettre en colère afin de sortir comme une furie de son appartement.

Parviendrait-elle à tenir jusqu'à la fin de la soirée, avec les nerfs en boule ? Comme si cela ne suffisait pas, il avait fallu que Cord Brandt se montrât pour décupler son angoisse. Celui-ci allait-il la dénoncer aux bolcheviks ? Apparemment, il n'en avait pas l'intention, mais elle devait rester sur ses gardes.

Boris se montrait généralement en fin de soirée. Cord n'ayant pas reparu, elle espérait qu'il obéirait à ses injonctions et la laisserait tranquille. Pour se détendre les nerfs, chaque fois qu'elle se trouvait dans l'arrière-salle, Marilee prélevait une gorgée de kirsch à une bouteille déjà entamée. L'alcool lui procura peu à peu l'assurance qui lui manquait.

Boris parut beaucoup plus tôt que prévu. Au lieu de s'installer à une table, il s'arrêta sur le seuil, le temps de dégrafer la jugulaire de son casque et d'ôter sa capote kaki. Puis il traversa la salle d'un pas énergique et rejoignit le patron. Leur conciliabule déplut à Marilee — et encore plus le sourire complice de Miklos quand Boris et lui se séparèrent sur une poignée de main. Boris vint ensuite la retrouver.

— A quoi rime ce manège?

Boris se pencha sur sa joue, y piquant un arrogant baiser, et murmura tout guilleret:

— Prends tes affaires, ma jolie. Le patron te donne ta soirée.

Elle voulut protester, désarçonnée par ce changement de programme. Il lui fallait un peu plus de temps pour préparer son rôle. Boris se redressa de toute sa taille — il faisait deux bonnes têtes de plus que Marilee.

— Tu ne me remercies pas de te libérer plus tôt? Ça ne te fait pas plaisir de passer plus de temps que prévu avec moi? Oh, Natacha, à quel jeu joues-tu avec mon cœur?

— Je ne joue pas! répliqua-t-elle, se hissant sur la pointe des pieds pour lui effleurer les lèvres d'un baiser. Je m'étonne que Miklos ait accepté, voilà tout. Ce n'est pas un patron accommodant.

— Tu oublies ma position, fanfaronna Boris. Allez, prends tes affaires et mettons-nous en route. Un bon feu nous attend et j'espère que le repas que j'ai préparé me fera pardonner ma légèreté d'hier soir.

Elle fit la grimace quand il lui donna une tape sur les fesses, accompagnant son geste d'un rire salace. Marilee réintégra l'arrière-salle, enfila des bottes par-dessus ses souliers, en tremblant, sans oublier de boire un doigt de kirsch. Puis elle récupéra sa cape et, prenant une longue inspiration, rejoignit l'officier.

Elle se souvint qu'un jour, l'oncle Colt lui avait reproché sa faiblesse de caractère. Pourtant, en dépit de ses appréhensions, jamais elle ne s'était sentie aussi forte qu'aujourd'hui.

Le sang des Coltrane coulait comme une lave dans ses veines.

A la porte de la cuisine se tenait une femme qui suivit Boris des yeux quand il s'éloigna avec la jolie serveuse.

On l'employait à laver les verres. Elle plaçait les verres dans un panier qu'elle remportait en cuisine pour les nettoyer.

Le panier était plein mais elle ne bougeait toujours pas.

— Hé! Tu veux repartir avec des roubles ce soir, oui ou non?

Poings sur les hanches, Miklos la fusillait d'un regard méchant. La femme se hâta de récupérer le panier de verres sales avant de filer sans un mot.

Miklos l'observa quelques secondes. Drôle d'employée... Elle l'avait supplié de lui donner du travail, même pour une bouchée de pain. Elle restait dans son coin, tête rentrée dans les épaules, et ne regardait jamais personne en face. Aussi s'étonnait-il qu'elle eût suivi avec tant d'intérêt le départ de l'officier et de Natacha. Mais comme elle s'était remise à l'ouvrage, il se contenta d'émettre un grognement.

Irina en aurait pleuré si elle n'avait appris depuis longtemps à ravaler ses larmes. Penser à la malheureuse Marilee se débattant entre les serres de ce Gortchakov... Tout cela pour tenter de sauver son père...

Seul Cord connaissait son identité. Irina n'avait pas même averti les Russes blancs de ses allées et venues, de crainte qu'ils ne la neutralisent tant ils avaient peur qu'elle n'utilisât l'or pour faire libérer Drake. D'ailleurs cette idée la tentait, mais Drake le lui aurait reproché. Pour lui, le trésor ne devait servir qu'à racheter la liberté du tsar.

C'est chez les clandestins parmi lesquels elle se cachait qu'elle avait entendu parler de l'enlèvement de Marilee par les bolcheviks. Sachant Cord Brandt dans le contre-espionnage, Irina l'avait contacté puis aidé à retrouver la trace de la jeune fille.

Ce soir-là pourtant, si elle ne parvenait pas à le joindre, elle serait obligée de passer elle-même à l'action pour protéger la fille de Drake.

Irina ressortit avec son panier, le posa sur le comptoir où un employé rangea les verres. Puis elle réintégra la cuisine qu'elle arpenta, cherchant une solution. Finalement, elle décida d'aller se cacher aux abords du logement du lieutenant-colonel, prête à intervenir au cas où Marilee n'en viendrait pas à bout.

La neige tombait en gros flocons épars, et comme il n'y avait pas de vent, ce ne serait pas trop difficile de parcourir une distance aussi courte ni de monter la garde. Irina s'enveloppa de son vieux manteau en laine, vérifiant que le stylet dans sa botte droite n'avait pas glissé.

Au moment où elle se faufilait dehors, une silhouette jaillit de l'allée, menaçante. La terreur l'arrêta net, puis elle reconnut Cord Brandt.

— Que se passe-t-il ? fit-il d'un ton pressant en la poussant dans un coin.

Irina lui raconta ce qui s'était passé.

— Depuis combien de temps sont-ils partis ?

— Trois quarts d'heure, je crois.

— Où ?

Elle lui indiqua l'endroit, le retenant par la manche.

— Cord, que vas-tu faire ?

— La sortir de ce piège, bon sang !

— Elle a besoin de temps...

— Pour quoi ? Pour lui extorquer les renseignements qui lui permettront de libérer son père ? Tu crois sincèrement qu'elle y parviendra, Irina ? Marilee a beau être rusée, j'en doute. Surtout que ce porc a autre chose en tête. Je te parie tout cet or que tu caches qu'il n'a pas l'intention de lui faire la conversation, ce soir.

— Tu ne comprends pas, Cord... C'est Drake qui m'a fait promettre de cacher cet or en attendant de l'utiliser au profit du tsar. Personne ne se doute des souffrances que j'ai endurées pour tenir ma promesse, acheva-t-elle en fondant en larmes.

— Au contraire, Irina. Tout le monde sait qu'ils t'ont torturée, que tu n'as pas parlé, et ton courage te vaut le respect de tous. Pardonne-moi de t'avoir rudoyée. Drake en a de la chance...

Il la serra contre son cœur avant de la pousser vers l'arrière-salle du restaurant.

— Et après, où la conduiras-tu ? demanda-t-elle.

— A l'endroit où nous nous sommes retrouvés. Au revoir.

La nuit engloutit Cord. Irina réintégra le restaurant en murmurant une prière pour tous...

... Tandis que dehors, dans le silence feutré de la nuit, une silhouette solitaire émergeait d'un recoin pour suivre Cord à la trace.

29

Boris prit la cape que Marilee laissait glisser de ses épaules et lui embrassa la nuque. Il ne remarqua même pas sa subite raideur tant il attendait cet instant avec impatience. Lui empaumant les seins, il se colla à elle pour dévorer son cou de baisers.

— Tu me rends fou, ma beauté. Je n'ai jamais eu autant envie de faire l'amour. Je te veux…

Il la fit pivoter pour s'emparer de sa bouche. Marilee subit ce supplice en silence jusqu'au moment où il glissa une main entre ses jambes. Incapable d'en supporter davantage, elle s'écarta avec brusquerie et cria :

— Qu'est-ce qui t'arrive ? Comment oses-tu me brutaliser ainsi, à peine entré dans ta chambre ? Pour qui me prends-tu ?

— Pour une femme superbe autant que désirable, répliqua-t-il en tendant le bras tandis qu'elle reculait. J'ai terriblement envie de toi. Tu ne le sais pas ? Pourquoi me torturer ?

— Chaque chose en son temps. Tu m'as fait

miroiter un souper qui m'a donné une faim de loup.

— Tu as raison, excuse-moi, dit-il en gagnant le coin-cuisine. Si je presse trop les choses, c'est que j'ai furieusement envie de toi. D'abord le dîner et ensuite au lit, bien au chaud. Tu verras, tu en redemanderas, Natacha chérie...

A son sourire empli d'adoration, elle répondit par une grimace dégoûtée.

— Bois. Ça te plaira, dit-il en lui tendant un verre. Du champagne acheté en ton honneur.

Marilee s'empressa de boire. Puis elle l'observa qui remuait une sorte de ragoût mijotant sur le poêle.

— Une spécialité de Sibérie : du ragoût de renne.

Marilee trouva que cela sentait mauvais mais comme elle n'avait pas l'intention de manger... Au bout du troisième verre, le courage lui revint et elle l'interrogea :

— Ton métier me paraît vraiment très dangereux. Je m'inquiète sans cesse pour toi. Tu imagines, si tes prisonniers s'échappaient ?

Boris lui tournait le dos, de sorte qu'il put sourire sans éveiller les soupçons. La renarde... S'il continuait à faire semblant de tomber dans le panneau, c'est qu'il voulait coucher avec elle avant l'intervention de Rudolf, prévue à minuit. Il restait encore deux heures. C'est pour cela qu'il l'avait fait sortir plus tôt du travail.

— Dangereux ? Pas vraiment.

— Les prisons sont toutes vulnérables. Chacune a un point faible, non ?

— Bien sûr. Chez nous, ce serait à l'aube,

pendant la relève de la garde, l'appel... Un vrai remue-ménage. Par acquit de conscience, j'ai passé la consigne de renforcer la garde, quoique cette lacune ne m'inquiète pas vraiment.

Il ne put se retenir de lui jeter un coup d'œil.

— Mais pourquoi t'en inquiètes-tu ?

— Pour rien, répondit-elle en le gratifiant d'un charmant sourire. Nous sommes si proches... Je ne voudrais pas qu'il t'arrive malheur, Boris.

— Il ne m'arrivera rien, je te le garantis.

Il remplit deux assiettes de ragoût de renne, les posa sur la table avant de lui indiquer sa place.

— Ne perdons pas de temps, Natacha chérie. Le feu commence à s'éteindre, on sera mieux au lit.

Marilee s'assit, angoissée. Ce soir, Boris ne succomberait pas à l'ivresse puisqu'il ne buvait pas. Désignant la bouteille placée sur la table, elle suggéra :

— Tu m'accompagnes ?

— Non. Je tiens à me montrer à la hauteur, cette fois. Je veux avoir l'usage de tous mes sens pour être sûr que tu prends tout le plaisir que j'ai à te donner.

Marilee en eut la nausée. Il ordonna avec impatience :

— Mange donc. Tu prétendais mourir de faim.

Marilee comprit alors qu'elle n'obtiendrait guère plus de renseignements. Repoussant son assiette, elle décréta sèchement :

— Je n'aime pas le renne.

— Comment ? Je n'ai rien d'autre à te propo-

genou tandis que Marilee ruait en tous sens, le griffant de ses ongles. Il lui flanqua un aller et retour.

— Maudite catin ! Tu vas cesser de te débattre ? Je veux te posséder encore et encore. Ah, ce sera si bon de m'envoyer la fille de Drake Mikhaïlonov !

Marilee crut que la foudre lui tombait sur la tête. Boris connaissait donc son identité !

Il crut pouvoir tirer avantage de sa soudaine immobilité pour la violer mais, retrouvant son énergie au dernier moment, elle le repoussa, le prenant par surprise. Déséquilibré, il roula de toute sa masse sur le plancher. Sans se soucier de sortir toute nue dans le froid glacial, Marilee se jeta vers la porte, ne pensant qu'à échapper à ce monstre. Mais déjà Boris se relevait, ce qui lui fit tellement peur qu'elle trébucha et tomba à quatre pattes. Aussitôt il fut sur elle.

— Je vais te prendre comme ça, espèce de...

Il tenta de s'insinuer en elle. Avec un hurlement d'épouvante, Marilee tomba en avant. Le tapage effraya Boris. Des voisins risquaient d'accourir et lui de manquer de temps pour parvenir à ses fins. Levant ses mains pareilles à des battoirs, il les noua autour de sa gorge et serra, serra, de plus en plus fort...

Marilee étouffait progressivement. La chambre s'obscurcissait, tournait autour d'elle. Et puis, tout à coup, elle sombra dans l'inconscience. Satisfait de la voir enfin amadouée, Boris la ramassa pour la poser avec rudesse sur le lit où il lui écarta les cuisses, se disposant à la pénétrer.

Tout à sa bestialité, il n'avait entendu ni grincer la serrure ni s'ouvrir la porte. Il ne remarqua même pas le courant d'air glacé qui balayait la chambre. Boris ne perçut rien avant qu'une fulgurante douleur lui broyât la nuque. Et il perdit connaissance.

30

Cord se précipita vers Marilee qu'il serra contre son cœur, murmurant son nom comme une litanie amoureuse. Une terreur sans nom l'envahit : était-elle morte ?

En la rallongeant, il constata qu'elle respirait encore. Il tenta de la réveiller en lui tapotant la joue. Lentement, Marilee ouvrit les yeux. Elle se mit à tousser, à suffoquer, à secouer la tête pour dissiper ses bourdonnements d'oreilles. Puis son regard retrouva sa transparence.

— Toi ! Ici ?

— Comment te sens-tu, Marilee ? Il t'a violentée ?

La mémoire lui revint brutalement, cauchemar épouvantable. Elle aperçut le corps de Boris recroquevillé sur le plancher. En réponse à sa question muette, Cord lui dit :

— Non, il n'est pas mort ; inconscient simplement. Il faut vider les lieux avant son réveil et, pour l'empêcher de donner l'alarme trop tôt, je vais le ligoter et le bâillonner. Est-ce que ça ira ?

Marilee se souvint alors qu'elle était nue et,

soudain affreusement gênée, elle ramassa ses vêtements épars sur le lit. Par bonheur Cord, sans lui prêter attention, se mit à chercher de quoi attacher la brute. Il finit par utiliser sa ceinture.

— Dépêche-toi ! ordonna-t-il à Marilee qui ne se rhabillait toujours pas.

La gratitude de la jeune femme se changea très vite en colère à cette remarque.

— Ne compte pas sur moi pour te suivre, Herr Brandt. Maintenant que j'ai découvert comment sortir mon père de prison, je pars trouver les Russes blancs pour leur demander de l'aide. Si tu t'interposes, j'ameute tout le voisinage.

Penché sur Boris qui revenait à lui en gémissant, Cord se retourna vers la jeune femme et lui adressa un sourire en coin.

— Tu crois toujours que nous ne nous battons pas du même côté, pas vrai ?

— En effet. Et j'ignore pourquoi tu cherches tellement à me persuader du contraire.

Il se redressa, marcha droit sur elle et s'assit à son côté, les yeux brillants d'émotion.

— Parce que je t'aime, Marilee. Parce que je suis tombé amoureux de toi dès la première fois, dans la cave, quand je t'ai serrée dans mes bras.

Il posa une main sur son épaule et, lentement, se pencha vers ses lèvres.

— Alors que tu me prenais pour une autre ?

D'une violente bourrade, elle se libéra et traversa la chambre en courant. Il avait failli l'embrasser ; l'espace d'un instant, elle avait eu envie de succomber. Elle savait qu'à moins de fuir au plus vite, le désir serait le plus fort.

Le temps que Cord reprît ses esprits, la porte s'ouvrait... sur Rudolf, revolver au poing. Cord jura entre ses dents ; Marilee en perdit la respiration.

Rudolf franchit le seuil, arborant un sourire victorieux, et après avoir reluqué Marilee il ordonna :

— Détachez Gortchakov. Immédiatement.

Difficile de discuter quand on vous tient en joue. Cord cherchait un moyen de sortir son pistolet, ce que Rudolf devina car il lui demanda de déboucler son étui d'épaule et de le jeter par terre. Cord n'eut d'autre choix que d'obéir. Il fallut ensuite détacher Gortchakov.

Le lieutenant-colonel battit des paupières, se massa la nuque en geignant puis déclara qu'un petit verre de vodka lui ferait du bien.

— Va lui en chercher ! ordonna Rudolf à Marilee.

— Vas-y toi-même, répliqua-t-elle en se rapprochant de Cord.

Boris se leva, gagna le placard en titubant, en sortit la bouteille et but directement la vodka au goulot. Puis il s'essuya les lèvres du dos de la main avant de fusiller Cord du regard.

— Tu supplieras mes hommes de te donner le coup de grâce avant qu'ils en aient terminé avec toi, je te le garantis !

Faisant toujours semblant d'être du côté des bolcheviks, Cord répliqua d'une voix tranquille :

— Je n'ai fait qu'exécuter les ordres. Au cas où tu l'ignorerais, je suis un des chefs des Partisans de Zurich ; c'est moi qui ai enlevé Marilee Mikhaïlonov ; c'est moi qu'on a chargé de la retrouver et de la ramener. Et toi qui t'apprêtais à la violer... Tu crois qu'elle aurait pu nous servir de monnaie d'échange si tu l'avais complètement abîmée ?

Ces paroles lâchées avec une terrible froideur épouvantèrent Marilee. Combien elle avait eu raison de ne pas lui faire confiance !

— Espèce de... de salaud ! pesta-t-elle.

Cord regrettait infiniment ce mensonge, mais c'était la seule stratégie qui pouvait leur permettre d'échapper à la mort. Affichant un arrogant sourire, il considéra la jeune femme.

— Et alors ? Tu ne vas pas me reprocher de ne pas aimer passer après les autres, si ?

Elle le gifla sans retenue.

— Arrêtez cette comédie, tous les deux ! s'insurgea Rudolf qui se tourna vers Gortchakov. Brandt vous ment. Il a trahi notre cause. Je suis l'affaire depuis le début et il s'est amouraché de Marilee pendant qu'il la gardait prisonnière en France. Avant Marilee, il s'amusait avec ma sœur ; quand elle s'est vue rejetée, elle est allée tout raconter à nos ennemis. Brandt ne vaut rien en tant qu'agent ; il ne mérite pas notre confiance. Il ne veut que Marilee... et c'est à moi que vous l'avez promise.

— Plutôt la mort que tomber entre tes pattes, espèce de lâche, cracha Marilee avec dégoût.

— Non, Marilee, tu ne mourras pas. Tu vas apprendre à m'aimer autant que je t'aime. Et tu aimeras tellement ça que tu me supplieras de t'aimer encore et encore...

Le regard vitreux, la voix pâteuse, il paraissait en transe. Marilee se demanda s'il perdait la raison.

— Elle ne veut pas de toi, Rudolf, se moqua Boris. On ferait mieux de revoir notre contrat.

Les yeux de Rudolf s'assombrirent tandis que le revolver se mettait à trembler légèrement dans sa main.

— Qu'est-ce que vous dites ?

— Qu'on devrait revoir nos accords puisque cette chère Natacha... cette chère Marilee, plus exactement, n'a pas l'air intéressée par ta personne, insista Boris en buvant une longue gorgée de vodka à la bouteille.

— C'est de vous qu'elle ne veut pas, oui ! hurla Rudolf.

Une fraction de seconde, il cessa de viser Cord. Celui-ci vit là l'occasion rêvée. Mais au moment précis où il allait bondir, Rudolf lui braquait de nouveau le revolver sur le cœur.

— Je te tuerai, Brandt, je te le jure, ricana-t-il.

Puis, s'adressant à Marilee :

— Brandt n'est qu'un traître à qui on ne peut faire confiance. Il s'est moqué de ma sœur et il fera la même chose avec toi. Il n'y a qu'en moi que tu peux avoir confiance, Marilee, et si je me trouve dans cette pièce, c'est parce que je t'aime.

— Pauvre Rudolf ! Mais je préférerais mourir que m'encombrer de ton amour. Aime ta cause, bolchevik, continua-t-elle avec mépris. Il n'y a qu'elle qui soit digne de ta lâcheté.

Rudolf prit l'insulte comme une gifle. Il remarqua les yeux moqueurs de Brandt et de Gortchakov, ce qui attisa sa rage.

— Assez parlé ! Allez, viens, on repart ensemble. Va chercher ta cape. Et tout de suite.

Il ajouta pour Gortchakov :

— Brandt est à vous. Nous, on s'en va.

— Hé ! Attends une minute, s'écria Boris dont le sourire narquois s'effaça tandis qu'il posait sa bouteille pour marcher sur Rudolf. Tu oublies que c'est de moi que tu reçois les ordres, camarade Habsbourg. Et moi, je te dis de rester ici.

Les deux bolcheviks, tournant le dos à la porte, ne remarquèrent rien. Seuls Cord et Marilee se pétrifièrent.

Car Irina venait de se glisser dans la pièce. Marilee se souvint de l'avoir aperçue au restaurant. S'agissait-il d'une ennemie, d'une bolchevik ? Dans ce cas, pourquoi s'approchait-elle silencieusement de Boris en brandissant un poignard ?

Plus le temps de s'interroger. La lame fendit l'air et transperça la nuque de Boris. Cord plongea aussitôt sur Rudolf, fit tomber le revolver et lui écrasa son poing en pleine figure. Rudolf s'écroula à terre telle une masse.

Une flaque de sang se forma rapidement autour de Boris dont les yeux devenaient vitreux.

Quant à Marilee, elle eut la stupeur d'entendre Cord s'adresser à l'inconnue qu'il serra brièvement dans ses bras :

— Tu es intervenue juste à temps. Et maintenant, il faut absolument quitter les lieux, au cas où Rudolf aurait posté des comparses dans le quartier. S'ils ne le voient pas reparaître, ils vont s'affoler.

— Il n'y a personne en bas. Tout est silencieux.

Marilee s'interrogeait toujours sur le rôle de cette femme. S'il s'agissait d'une amie de Cord, pourquoi venait-elle de supprimer un bolchevik ? Chose surprenante, cette mort ne semblait pas l'affecter le moins du monde. Les cernes qui ombraient son regard révélaient qu'elle avait vécu des choses difficiles, qu'elle avait connu la souffrance. Pourtant elle était fort belle et le sourire qu'elle offrait à Cord était éblouissant. Une autre de ses conquêtes, pesta intérieurement Marilee.

Elle se mit à avancer centimètre par centimètre vers la porte. Cord, lui tournant le dos, ficelait Rudolf. Ce fut la femme qui remarqua son manège.

— Je vous en prie, Marilee, ne fuyez pas. Nous ne vous voulons aucun mal, dit-elle avec sérénité.

Cord lui sauta dessus dès qu'elle prit ses jambes à son cou. Elle voulut crier, mais il la bâillonna de la paume.

— Arrête donc ! Tu n'as rien à redouter puisqu'il s'agit d'Irina.

Marilee écarquilla les yeux. Cord la libéra. Elle se retourna vers la femme, bouleversée.

— Irina. Seriez-vous… l'amie de mon père ?

Irina sourit à travers ses larmes.

— Croyez-moi, Marilee, je vous jure que Cord a toujours été de votre côté.

Marilee les observait tour à tour, encore méfiante.

— Il faut quand même filer d'ici, insista Irina.

Venez, regagnons notre cabane. On y sera à l'aise pour parler.

Cord prit la jeune fille aux épaules, sondant ses iris cannelle toujours emplis d'incertitude.

— Je n'ai jamais cessé d'être ton allié et ton ami, murmura-t-il, bouleversé. Et j'aimerais être bien davantage, si tu me le permettais...

Il s'empara de sa bouche en un baiser passionné, ardent, à tel point que Marilee lui répondit avec une ardeur égale. Elle en rêvait depuis si longtemps...

31

Ils n'atteignirent la petite cabane nichée au creux de la forêt enneigée qu'aux alentours de minuit. Cord eut vite fait d'allumer un feu qui ronfla dans la cheminée pendant qu'Irina, sortant du cognac de sa cachette, leur en versait une généreuse rasade. Marilee et Cord s'enveloppèrent dans des couvertures bien chaudes, s'allongèrent sur une paillasse et tous trois s'expliquèrent.

Irina raconta à Marilee sa rencontre avec Drake, plusieurs années auparavant. Ils étaient peu à peu tombés amoureux et s'apprêtaient à lui annoncer leurs fiançailles quand la crise politique en Russie s'était déclenchée.

— J'espérais que tu approuverais notre union, conclut Irina en lui prenant les mains. Sans te connaître, je sentais que nous deviendrions amies.

— Bien sûr que je vous aurais donné ma bénédiction, répliqua Marilee, emplie d'admiration pour la courageuse Irina.

— Tu n'aurais pas accusé ton père de trahir la mémoire de ta mère, s'il s'était remarié ?

Marilee répondit à son sourire hésitant par un farouche mouvement de tête.

— Non, absolument pas. Je sais que mon père aimait ma mère d'un amour exceptionnel ; je suis heureuse que vous ayez réussi à lui faire oublier sa détresse.

— Mais attends ! s'écria Irina en riant nerveusement. Notre histoire n'est pas terminée ! Elle commence à peine, au contraire. On va sortir Drake de cette prison et la vie continuera pour nous tous.

— Sortir Drake de là pose de sérieux problèmes, intervint Cord. J'ai repéré les lieux : ça grouille de gardes.

— Rassurez-vous, Gortchakov m'a fourni sur ce point des informations fort intéressantes ! dit Marilee en repoussant la couverture.

Elle leur révéla ce que Boris lui avait appris.

— Gortchakov ne me l'aurait pas dit s'il m'avait jugée capable de porter secours à mon père. Désormais, il est mort et personne ne délivrera Rudolf avant qu'on ait pris le large. Nous avons le champ libre.

Cord et Irina échangèrent un regard songeur, un sourire, puis Cord prit la parole en leur nom à tous deux :

— L'opération pourrait réussir, à condition d'agir aujourd'hui. Quand ils auront découvert Gortchakov et Rudolf, la sécurité sera renforcée et ils se lanceront à notre recherche.

— Je vais prévenir les autres, renchérit Irina. On n'a guère besoin de renforts. Moins on sera, mieux cela vaudra.

Cord acquiesça.

— Veille à ce qu'ils nous envoient quelqu'un qui ait déjà pénétré dans la forteresse. J'ai repéré une entrée située derrière la prison et il semblerait qu'on l'utilise peu. En se glissant par là, on pourrait éviter les gardes occupés à faire l'appel dans la cour de devant.

— Et les autres prisonniers ? On les libérera, eux aussi ?

— Oui, et ils s'éparpilleront. Chacun pour soi. Mieux vaut éviter les groupes.

— Je ferais mieux de me mettre en route, conclut Irina, toute joyeuse.

— Veux-tu que j'y aille ? proposa Cord.

Le regard brillant de bonheur, Irina secoua la tête. Elle ne s'était pas sentie aussi bien depuis longtemps.

— Je tiens à transmettre personnellement le message. Les nôtres ne se trouvent pas loin de toute façon. En plus, je pense que vous avez bien besoin d'un moment de solitude, tous les deux.

Dès que la porte se fut refermée sur Irina, Cord prit Marilee dans ses bras. Il l'embrassa à perdre haleine, avant de la coucher sur le lit étroit.

— Si tu savais combien j'ai attendu ce moment, Marilee, murmura-t-il.

Leurs regards se nouèrent, enfiévrés d'amour, tandis que Cord se déshabillait avec lenteur. Il écarta les pans de sa chemise, révélant un torse dur comme le roc, des bras aux muscles puissants. Elle mourait d'envie de laisser courir ses doigts dans la toison qui bouclait jusqu'au bas de… Un frisson de plaisir anticipé courut dans son dos.

Le pantalon tomba. Cord se dressa dans sa nudité. Bouleversée par la vision de son membre dressé, elle tendit les doigts et osa le toucher.

C'est en gémissant d'impatience qu'il l'aida à se déshabiller, puis il se coucha et la prit contre lui. Il caressa son petit derrière rond, en pressa la chair ferme avant de remonter vers les seins qu'il titilla, mordilla, en dévorant goulûment les boutons gonflés.

Marilee s'abandonnait, telle une fleur offerte au soleil d'été.

— Aime-moi, Cord. Prends-moi tout entière. J'ai tellement envie de toi...

Il releva la tête et cueillit son visage dans sa main solide, un peu rude même, pour plonger en elle son regard bleu.

— Je veux plus que ton corps, plus que ton sexe, Marilee. Je veux que tu m'aimes...

— Mon amour, Cord, je te le donne. Pour toujours. Je t'aime tant...

Il vint en elle, lui arrachant un cri d'étonnement mais quand la douleur fit place à un bien-être infini, elle adopta son rythme dont la frénésie lui fit presque peur.

Et soudain, très vite, la jouissance l'emporta. Une sensation extraordinaire. Elle planta les ongles dans son dos en le sentant ruer plus fort encore. Il eut un plaisir long, puissant, puis il l'enveloppa dans ses bras avant de murmurer :

— Jamais... jamais un tel bonheur, ma chérie...

Marilee fut profondément bouleversée par cet aveu qui rendait leur passion partagée incomparable.

— Restons ensemble… pour toujours, chuchota-t-il contre ses lèvres.

Ils s'aimèrent une nouvelle fois, émerveillés de cette joie des sens qui s'éveillait avec tant de passion…

La nuit avançait à tire-d'aile. Il fallait s'organiser, préparer l'évasion, envisager l'avenir.

A son retour, Irina était flanquée de trois inconnus répondant aux noms d'Odar, Kievan et Strom. Marilee avait enfilé des vêtements d'homme — pantalon et chemise de coton épais, lourde houppelande, chapka de fourrure et mitaines. Une fois le bas du visage caché sous une écharpe de laine, elle fut prête à partir.

Cord mena la marche. Il avait mémorisé l'itinéraire qui, à travers la neige compacte, les mènerait au sommet d'une éminence plongeant sur un petit monastère isolé. Bâtisse carrée au toit plat, il s'entourait d'une palissade dont l'unique ouverture, en façade, donnait sur la route du village. Dans cette forteresse encerclée de mamelons gelés, les bolcheviks ne redoutaient pas les évasions.

Odar, qui connaissait bien le monastère, confirma l'existence de la porte, sur l'arrière. Pour y arriver, il fallait se laisser tomber de la falaise à l'intérieur de la palissade.

— La porte ouvre sur une courette où les moines méditaient, durant l'été. Depuis que les bolcheviks ont réquisitionné les lieux, cette cour reste désaffectée. On descendra avec des cordes depuis la corniche rocheuse.

— Et pour ressortir? S'ils donnent l'alerte, on

sera des cibles faciles, pendus au bout des cordes.

— Quand les prisonniers auront été libérés, tout le monde se dispersera. On aura le champ libre, en se pressant.

— Si l'opération réussit, Vladimir veut que l'on conduise Drake à Petrograd où il faudra attendre les consignes suivantes, intervint Irina.

— Mais pourquoi ? s'indigna Marilee. Moi, je tiens à faire sortir mon père de Russie le plus vite possible ! Petrograd est infesté de bolcheviks, ce serait se jeter dans la gueule du loup. Pourquoi les Russes blancs ne nous font-ils pas passer clandestinement dans le camp des Alliés ?

— Parce que ce sont les ordres, décréta Irina, presque avec colère.

— Et nous nous y plions tous, renchérit Cord en serrant gentiment la main de Marilee. Mais rassure-toi, nos chefs se préparent à vous faire sortir du pays.

— Ça ne me plaît pas. La prudence voudrait qu'on prenne vers le sud.

— On exécutera les ordres, Marilee, comme prévu. Il serait trop dangereux de partir à l'aventure parce que, ton père et Irina étant des personnages clés, les bolcheviks lanceront toutes leurs troupes à leurs trousses.

Tout en convenant de la justesse de ces propos, Marilee ne put s'empêcher de s'inquiéter : elle avait espéré franchir la frontière au plus vite.

Cord leur fit signe de continuer. Arrivés au sommet de la corniche, ils étudièrent le monastère en contrebas, s'assurant que le calme y régnait. Conformément aux indications de Boris, on ne voyait pas le moindre gardien à l'exception de deux sentinelles postées à l'entrée.

Odar et Kievan laissèrent filer deux cordes jusqu'au bas de la corniche, environ dix mètres plus bas. Strom s'y laissa tomber, suivi par Odar, Irina, Marilee et enfin Brandt. Kievan resta en haut pour les aider à remonter, une fois l'opération achevée.

A l'intérieur de la palissade, Odar les guida vers l'entrée du monastère. La porte étant fermée, il fallut arracher les planches à une fenêtre condamnée. Il se glissa à l'intérieur et, quelques secondes plus tard, le verrou cédait, la porte s'ouvrait.

Les prisonniers se trouvaient dans les caves où les moines fabriquaient autrefois leur vin. Il fallut longer à tâtons un passage aussi étroit que sombre. Une fois dans les entrailles du monastère, ils furent soulagés de constater qu'une torche éclairait de petites cellules qui rayonnaient autour d'une salle centrale.

— Les clés! chuchota Odar en désignant un anneau rouillé accroché sous la torche.

— Hé, par ici! cria quelqu'un.

Des doigts osseux, crispés sur les barreaux d'un judas...

— Ici, par pitié!

— Pas un bruit! leur intima Cord le plus bas possible. Un peu de patience et vous serez tous libres.

Marilee se mit à courir d'une cellule à l'autre, appelant fiévreusement:

— Drake Mikhaïlonov ! Lequel d'entre vous est mon père ?

— Marilee...

Elle pivota avec lenteur, de peur d'avoir imaginé cette voix qu'elle n'avait pas entendue depuis si longtemps.

Mais non : il était bel et bien réel et s'avançait vers elle, la démarche raide, lui ouvrant les bras. Marilee courut vers son père qui la serra contre son cœur. Ils s'étreignirent longuement, passionnément, pleurant des larmes de joie.

Quand elle sentit une main se poser sur son épaule, Marilee s'écarta à regret.

— Il faut se remettre en route tout de suite, dit Cord. Il n'y a que six prisonniers, ce qui explique le relâchement de la sécurité. S'attarder serait courir de gros risques.

— Brandt ! s'écria Drake, très ému. J'aurais dû me douter que tu organiserais cette évasion. Sois-en mille fois remercié.

Remarquant la façon dont Marilee regardait son ami, Drake ajouta :

— Je ne sais pas comment une chose pareille a pu se produire, mais je vous donne ma bénédiction à tous les deux.

Une ultime surprise l'attendait, qui le figea un instant sur place.

Lâchant Marilee, il se précipita vers Irina qu'il prit dans ses bras, et son grand corps émacié fut secoué de sanglots.

— Comme je suis heureuse pour mon père... soupira Marilee.

Car, si grand qu'eût été l'amour de sa mère, elle savait que Dani Coltrane-Mikhaïlonov n'aurait jamais voulu que son époux restât veuf jusqu'à la fin de sa vie.

— Et moi je suis heureux pour nous tous, répondit Cord en l'embrassant. Maintenant, fuyons. Les Blancs nous attendent pour la suite des opérations.

Répondant à son merveilleux sourire par un regard complice, Marilee prit la main qu'il lui tendait et ils se mirent en route.

[illegible]

[illegible] Les [illegible]

[illegible]

[illegible]

[illegible]

[illegible]

[illegible]

[illegible]

32

Une fois dehors, les prisonniers libérés se dispersèrent dans la brume laiteuse. Ils souhaitaient prendre le large avant la découverte de l'évasion et ne contacteraient les Russes blancs qu'ultérieurement.

La main dans celle de son père, Marilee marchait à côté d'Irina. Cord, Odar, Kievan et Strom les précédaient dans ce qui s'annonçait comme un périple difficile. Elle avait tant de choses à dire à Drake, tant de questions à lui poser alors qu'ils devaient avancer sans relâche, le plus vite possible dans le froid mordant…

Ils atteignirent enfin l'Irtych dont les eaux étaient gelées, si bien qu'ils la parcoururent en brise-glace pour atteindre les traîneaux qui les attendaient, plus au nord.

Ils passèrent la nuit dans l'étable d'un sympathisant de leur cause qui les accueillit avec vodka, thé aux épices bouillant, gruau et viandes fumées. Marilee était impressionnée par l'organisation, la rapidité avec laquelle leur itinéraire avait été planifié.

— C'est pour ça qu'on finira par chasser les bolcheviks du pouvoir, Marilee, parce que nous sommes mieux organisés qu'ils le soupçonnent, expliqua Drake. Et nous avons le précieux concours d'Irina, entièrement dévouée à la cause, ainsi qu'Odar, Kievan et Strom. Sans oublier Cord Brandt, ajouta-t-il avec une certaine émotion.

— En ce qui te concerne, la lutte est terminée, pas vrai, papa ?

Marilee fit semblant de ne pas remarquer les regards gênés qu'échangèrent les autres à cette suggestion. Elle ne voulait pas envisager que son père pût refuser de quitter la Russie avec elle.

— En attendant la fin de la guerre, on trouvera un endroit où s'installer ensemble, insista-t-elle. Puis on retournera au château.

Elle quêta l'approbation d'Irina... qui refusa de croiser son regard — puis de Cord... qui détourna les yeux. Drake, lui, sirotait sa vodka en silence. Un sinistre pressentiment serra le cœur de Marilee. Incapable de réprimer plus longtemps sa frayeur, elle explosa :

— Qu'y a-t-il ? Pourquoi vous comportez-vous de cette façon ? On va quitter ce pays de neige et de glace pour se refaire une vie ailleurs, tous ensemble, pas vrai ?

Elle s'accrocha au bras de son père et l'implora :

— Tu en as suffisamment fait, papa. On nous a trop longtemps séparés, toi et moi. Maintenant, on a la possibilité de reformer une famille et de...

Sa voix se brisa. Elle ne put poursuivre. Drake

demeura silencieux, la laissant pleurer doucement, la tête sur son épaule. Puis, sans regarder Irina qui l'observait avec angoisse, il étreignit sa fille.

— C'est vrai que je n'ai guère vécu avec toi. Je t'ai à peine vue grandir. Mais maintenant, on va tous repartir... ensemble pour une vie nouvelle.

Alors seulement il consulta Irina. Elle détourna le regard, incapable de parler.

— Promets-le-moi ! supplia Marilee. Promets que tu vivras avec moi. Je ne sais pas où on s'installera mais je veux que tu me jures que tu quitteras la Russie et que nous vivrons ensemble dans la paix.

Drake baissa le nez. Il connaissait à peine sa fille. Elle méritait de profiter de son père. Et lui aussi.

— Promis, dit-il d'un ton tremblé.

Cord suivit Irina des yeux quand elle se leva, se glissa hors de l'écurie dans la nuit. Mais Drake ne le remarqua pas. Cord ne tenta pas de la rattraper — ce n'était pas à lui d'intervenir. Irina, personnalité fort complexe, aimant Drake de toute la force de son cœur, avait néanmoins tellement souffert des bolcheviks qu'elle n'aspirait qu'à la vengeance, à la justice. Pour elle, mais aussi pour son peuple.

Plus tard, quand Drake constata sa disparition, il interrogea Cord.

— Irina voulait repartir, Drake. Chacun fait ce qu'il a à faire.

Marilee s'était endormie. Son père se pencha sur elle en soupirant :

— C'est ma fille. Je dois lui assurer une existence stable. J'imagine qu'il ne fallait pas s'attendre à ce qu'Irina le comprenne.

— Chacun fait ce qu'il a à faire, répéta Cord.

Drake le dévisagea d'une drôle de façon puis demanda de but en blanc :

— Serais-tu amoureux de Marilee ?

— Oh oui ! Et j'en suis même tombé amoureux avant de la connaître.

— Je ne comprends pas...

— Je m'en doute.

Mais Cord ne tenait pas à lui raconter l'étrange rendez-vous dans la cave du château de Zurich. Il y avait de cela une éternité.

— Puisque tu l'aimes, pars avec nous pour l'Espagne. Nous pourrons séjourner chez les Coltrane en attendant la fin de la guerre. Je n'ai qu'un regret : que le sort de Nicolas n'ait toujours pas été amélioré. J'ai le sentiment de me comporter en déserteur envers la famille impériale...

— Vous avez tout essayé, Mikhaïlonov. Pensez maintenant à votre avenir. Vous avez beaucoup donné pour la Russie et notre cause.

— Tu crois, Brandt ? Qui peut le dire ?

Après un ultime coup d'œil attendri à sa fille, il partit s'allonger sur un tas de paille, à l'autre bout de l'étable car il souhaitait se retrouver seul pour réfléchir.

Le lendemain, c'est Marilee qui le réveilla en le secouant furieusement. Il leva vers elle un regard fatigué et remarqua aussitôt sa détresse.

— Tout va bien, mon petit. Irina est partie mais il ne fallait pas s'attendre à ce qu'elle nous accompagne à l'étranger. Peut-être changera-t-elle un jour d'avis et...

— Il n'y a pas qu'Irina. Cord est parti, lui aussi. Il ne reste plus que nous deux, papa.

Père et fille s'étreignirent de longs instants, les larmes aux yeux, puis Marilee reprit la parole :

— Je croyais que quand on aimait un homme aussi fort que j'aime Cord Brandt, ça ne pouvait être qu'un amour partagé. Je me trompais. Cord préfère ses convictions politiques.

Drake hocha la tête. Jamais il ne s'était senti aussi vide depuis la mort de sa femme Dani.

Odar les accompagna jusqu'à Petrograd. Il leur confia qu'au moment de s'éclipser, Irina lui avait communiqué les instructions à suivre pour les conduire en lieu sûr. Il attendit toutefois d'être dans la ville pour leur révéler qu'on les attendait au palais Kchessinskaya.

— Vous êtes fou, ma parole ? protesta Drake. Ce palais sert de quartier général au comité central des bolcheviks ! A quoi jouez-vous ? Est-ce un coup monté ?

Attirant Marilee contre lui, il regretta de ne pas avoir d'arme pour se défendre.

— Non. C'est simplement les ordres de nos chefs qu'Irina m'a transmis. On vous accorde une amnistie et des officiels du gouvernement américain vous attendent à l'intérieur. Je vous en prie, il faut me faire confiance.

— Je n'ai pas le choix, Odar, mais je vous jure... Si vous nous avez trahis, priez pour qu'on m'exécute vite sinon je vous garantis que je vous arrache le cœur de mes mains.

Odar lui répondit avec un sourire plein d'assurance :

— Entrez, voyez par vous-même, mon ami. Adieu !

Il disparut alors dans la foule dense qui peuplait la perspective Gorky, repartant vers les Russes blancs et la lutte contre-révolutionnaire. Drake et Marilee se retrouvèrent devant le palais à façade en mosaïque ayant appartenu à la maîtresse de Nicolas II, Mathilde Kchessinskaya.

— Que fait-on, papa ?

Elle se sentait coupable de ne plus trouver d'importance à rien, depuis que son amour l'avait quittée. Seul le temps l'aiderait à guérir. Beaucoup de temps... Drake la prit par la main et, la mine sombre, marcha vers l'entrée du palais.

— On n'a pas le choix, ma fille.

Dès qu'ils atteignirent le perron, des gardes les encerclèrent et les conduisirent à l'intérieur. Terrifiée, Marilee se cramponnait à son père, redoutant à chaque instant de se faire tuer. Etait-ce par peur d'une mort certaine que Cord et Irina s'étaient enfuis dans la nuit, les abandonnant ? Savaient-ils qu'on leur tendait un piège ?

On les dirigea vers une ancienne salle de bal reconvertie en antichambre. On les poussa dans un coin et ils durent patienter, sous l'œil mauvais des gardes. Marilee ravala ses larmes ; l'arrogance avec laquelle son père toisait ces gens la rendit fière de lui.

— Compte pas trop sur ta chance, Mikhaïlonov, cracha l'un des gardes. Je pourrais bien m'énerver et te trouer la peau comme tu le mérites.

Heureusement, à cet instant, une immense porte de bronze s'ouvrit. On appela son nom d'une voix affectueuse et Marilee découvrit en levant les yeux Colt et Kurt qui se précipitaient vers elle, suivis de Travis qui traînait la jambe à cause de sa blessure. Ce fut comme une apparition, un miracle de la Providence. Elle passa de bras en bras et tout le monde pleura de joie. Drake ne pouvait s'arrêter de rire, tellement il était heureux.

Puis on les conduisit dans une pièce où Colt leur révéla qu'on leur accordait l'asile politique.

— Et nous repartons pour l'Espagne... tous ensemble ! conclut-il triomphalement.

— Incroyable ! répétait Marilee tandis qu'on leur servait à manger. Je pensais ne jamais plus vous revoir.

— Tu n'as quand même pas cru pouvoir te débarrasser de nous aussi facilement, si ? répliqua Travis avec un sourire en coin. Quand on est né Coltrane, on le reste pour toujours, Marilee. Ne l'oublie jamais.

— Je ne l'oublierai plus, fit-elle, riant et pleurant à la fois. Comment ai-je pu penser que je n'étais pas des vôtres, oncle Travis ?

— C'est notre faute, avoua Colt, mais on a toute la vie pour se le faire pardonner. Pour le moment, hâte-toi de te changer et mettons-nous en route. On gagnera la gare en traîneau en suivant la rivière. Inutile d'ennuyer davantage nos hôtes !

Une fois prêts, ils furent conduits sous bonne

garde vers une file de traîneaux. Des soldats américains prendraient la relève des bolcheviks, au soulagement général.

Marilee s'apprêtait à monter dans son véhicule quand Drake prononça son nom avec une telle souffrance dans la voix qu'elle revint sur ses pas, le croyant blessé.

Il posa sur sa fille un regard hanté par le désespoir et fit non de la tête. Jamais elle n'avait lu un pareil déchirement sur son visage.

— Pardonne-moi, mon petit, mais je ne peux pas partir avec toi, dit-il d'une voix à peine reconnaissable.

Son regard lointain, à la fois absent et éperdu d'angoisse, la dissuada de poser des questions. Elle ne discuterait pas. Elle savait. Son père avait pris une décision irrévocable.

— Adieu ! lança-t-il en agitant la main. On se retrouvera un jour, Marilee. Dans ce monde ou bien dans celui où nous attend ta mère.

Et il disparut, sans laisser aux gardes le temps de constater qu'il n'était plus là. Bientôt, il rejoindrait les Russes blancs qui le reconduiraient vers Irina, vers son avenir. Drake avait fait ce qu'il avait à faire. Elle ne lui en voulait pas.

Marilee sentit la main de Colt sur son bras. Il était temps de partir. Il s'abstint de parler, ce dont elle lui fut reconnaissante.

Les traîneaux s'élancèrent sur la rivière prise dans les glaces. Marilee sentit geler sur ses joues les larmes qu'elle ne retenait plus. Pourtant ce n'était pas sur son père qu'elle pleurait : Drake, en retrouvant Irina, retrouverait également le bonheur.

Non, elle pleurait sur son amour perdu, dont elle n'avait profité qu'un instant. Cord l'avait sacrifiée à sa cause. Cord l'avait abandonnée. Elle se sentait profondément misérable, vide, glacée à l'intérieur.

Un bras solide l'enlaça. Marilee remercia en silence Colt qui cherchait à la réconforter, mais une voix la fit se retourner brusquement.

C'était Cord qui, sans bruit, venait de se glisser sur le traîneau à côté d'elle. Et son sourire rayonnait d'amour quand il chuchota :

— Oui, ma chérie, c'est moi. Je me suis rendu compte que tu es la cause à laquelle je souhaite vouer ma vie. Je t'aime éperdument...

Et elle accueillit son baiser avec un immense soulagement.

ÉPILOGUE

Du sommet de la colline balayée par les vents, ils contemplaient l'azur de la Méditerranée. Il n'y avait ni violons, ni attelages surchargés de fleurs, ni foule immense d'invités de marque. Il n'y avait que les mariés, le pasteur qui recueillerait leurs vœux et la famille — le clan — comme témoins de leur amour éclatant.

Marilee rayonnait, splendide dans sa robe de dentelle blanche, au bras de Cord en costume de lin beige.

Dans le matin vaporeux d'Espagne, les fantômes des êtres chers semblaient descendus du ciel pour assister au triomphe de la passion. Le fantôme de Travis Coltrane père et celui de Kitty Wright, son épouse bien-aimée. Celui de Marilee Barbeau, mère de la belle Dani Coltrane-Mikhaïlonov qui avait vécu splendeur et passion avec Drake.

Colt rêvait au temps où il faisait ses premières armes dans la vie, à ses amours avec Jade. A sa droite se tenaient leur fils John Travis Coltrane, sa femme Valérie et le dernier-né du clan, le petit John Travis. A sa gauche, Kit et Kurt ainsi que leurs deux enfants.

Tout avait commencé soixante ans auparavant, dans une bourgade de Caroline du Nord, à l'aube de la guerre de Sécession.

La longue saga se poursuivait dans ce domaine au bord de la mer, en Espagne, avec pour héros les deux jeunes mariés. Car toujours triompherait la passion des Coltrane.

Aventures et Passions

Quand les passions se déchaînent, quand elles entraînent des êtres prêts à tout pour les vivre dans un tourbillon d'aventures tumultueuses, elles sont dans la collection Aventures et Passions.

De l'Angleterre moyenâgeuse à la Louisiane déchirée par la guerre de Sécession, des îles Caraïbes aux rivages de l'Inde, Johanna Lindsey, Julie Garwood, Jennifer Blake, Kathleen Woodiwiss et tous les meilleurs auteurs du genre dressent pour vous des décors historiques somptueux. Suivez les aventures de leurs héroïnes rebelles que seul l'amour parvient à dompter.

BLAKE JENNIFER

Sérénade en Louisiane
3169/5
Les chaînes de l'amour
3240/5
Un éden sauvage
3347/6
Le vengeur créole
3415/5
Le temps d'une valse
3758/6 (Septembre 94)
Bien qu'ayant fait un mariage de convenance, Amélie n'aura pourtant de cesse qu'il soit consommé. MAis au matin, elle s'apercevra qu'elle a pris, sans le savoir, un amant !

BRANDEWYNE REBECCA

La lande sauvage
3018/5
Duel sur la lande
3055/4
Pour l'amour d'un comanchero
3159/7
La passion du conquistador
3285/5
Pour échapper aux intrigues perverses de Don Rodolfo, Aurora est prête à s'enfuir au bout du monde !
Les amants hors la loi
3397/6
Un mari en héritage
3543/5

BUSBEE SHIRLEY

Le quiproquo de minuit
2930/5
Ayant malencontreusement compromis Melissa, Dominic est contraint de l'épouser. Mais au cours de ce bel été, la Louisiane se mobilise contre les Anglais. Et entre la trop belle Melissa et son turbulent époux , c'est aussi bientôt la guerre car aucun ne veut être dupe de l'autre.
Au-delà du pardon
2957/5
L'appel de la passion
3056/8
Sous le sceau de l'amour
3287/7

CAMDEN PATRICIA

Sous la coupe du Sultan
3704/6 Inédit

COPELAND LORI

Hannah l'indomptable
3260/2
Les traîtrises de l'amour
3414/5

DAILEY JANET

Le solitaire
1580/4

DEVERAUX JUDE

La saga des Montgomery
- Les yeux de velours
2927/5
- Un teint de velours
3003/5
- Une mélodie de velours
3049/4
- Un ange de velours
3127/4

Les dames de Virginie
- Kidnappée par erreur
3180/5
- La fiancée délaissée
3181/4
- Mariage forcé
3182/5
- Le pays enchanté
3372/5

Duel de femmes
3447/4
L'homme au masque
3523/4
Les entraves de l'amour
3643/5
La duchesse infidèle
3683/6 Inédit
Un mari par procuration
3794/4 (Novembre 94)
Directrice d'une agence matrimoniale, Carrie tombe amoureuse d'un de ses clients en voyant sa photo...

FEATHER JANE

La favorite du sérail
3448/6
A Grenade, à la fin du XVe siècle, la belle Sarita succombe au charme d'Abdul, le seigneur maure qui règne sur l'Andalousie. Cependant dans le sérail de l'Alhambra, de sombres complots se trament contre la favorite.
La nuit de Saint-Petersbourg
3560/6
La favorite afghane
3664/7 Inédit

Aventures et Passions

FINCH Carol
Aveuglée par l'amour
3777/6 (Octobre 94)

GARLOCK Dorothy
Le métis apache
3594/5

GARWOOD Julie
Sur ordre du roi
3019/5
Un ange diabolique
3092/5
Un cadeau empoisonné
3219/5
Fiancée à quatre ans, embarquée de force dans des aventures rocambolesques, Sara est une héroïne d'une drôlerie irrésistible.
Désir rebelle
3286/5
La fiancée offerte
3346/5
Le secret de Judith
3467/5
Un mari féroce
3662/6 Inédit
Le voile et la vertu
3796/5 (Novembre 94)

HAGAN Patricia
Violences et passions
3201/6
Folies et passions
3272/5
Gloires et passions
3326/6
Fureurs et passions
3398/5
Splendeurs et passions
3541/5
Rêves et passions
3682/6 Inédit
Honneur et passions
3756/5 (Septembre 94)

HAZARD Barbara
L'aventurier des Bermudes
3703/7 Inédit
Coup monté
3811/6 (Décembre 94)

HENLEY Virginia
La colombe et le faucon
3259/5
La fleur et le faucon
3416/6
La rose et le corbeau
3522/5
Les amants secrets
3641/7 Inédit

JOHANSEN Iris
Prince de cœur
3757/7 (Septembre 94)
Dans l'Inde splendide et mystérieuse de l'époque coloniale, l'intrépide Jane Barnaby dirige la construction d'une voie ferrée et connaît une passion tumultueuse auprès du beau Ruel, un aventurier écossais.

JOHNSON Susan
Proposition malhonnête
3542/5
Le séducteur sauvage
3642/6 Inédit
Les enchères de la passion
3705/7 Inédit

JOYCE Brenda
Des feux sombres
3371/5
Le fier conquérant
3222/5
Candice la rebelle
3684/7 Inédit

LANDIS Jill Marie
L'héritage de Jade
3449/6

LINDSEY Johanna
Samantha
2533/3
Esclave et châtelaine
2925/4
La révoltée du harem
2956/6
Capturée par des corsaires sur la côte barbaresque, Chantelle se retrouve prisonnière du dey de Barikah, qui la retient dans son sérail. Situation intolérable pour une jeune rebelle !
La fiancée captive
3035/4
Les feux du désir
3091/5
La Viking insoumise
3115/5
Un si doux orage
3200/4
Un cœur si sauvage
3258/4
En recherchant son père disparu au Kansas, Jessica va découvrir la passion dans les bras de son guide, Chandos. Mais quels liens unissent cet homme mystérieux aux Comanches ?
Epouse ou maîtresse
3304/3
Captifs du désir
3430/4
Une fiancée pour enjeu
3593/5
Paria de l'amour
3725/4 (Juillet 94)
Fuyant sa belle-famille décidée à l'éliminer, Jocelyne va s'installer aux Etats-Unis où elle veut refaire sa vie. Elle y rencontre Colt Thunder, dont le sang cheyenne a fait un paria.
Les frères Malory
Le coureur de dot
3778/5 (Octobre 94)
A l'insu de ses frères, Georgina s'embarque pour l'Angleterre dans l'espoir de retrouver son fiancé. Elle y rencontrera un pirate et, s'étant compromise, ses frères la contraindront à l'épouser !

LOWELL Elizabeth
Poker menteuse
3726/5 (Juillet 94)

McKINNEY Meagan
L'enchanteresse perverse
3239/5
L'ange de la vengeance
3373/5
Le corsaire des Caraïbes
3490/5
Le secret de la passion
3795/6 (Novembre 94)

Aventures et Passions

McNAUGHT Judith

Les machinations du destin
3399/7

Incorrigible séducteur, le duc Jordan ne croit pas à l'amour. Pourtant il décide un jour de se marier avec une inconnue, par simple reconnaissance : elle lui a sauvé la vie. Mais Alexandra est ravissante et elle a de l'esprit !

Compromise
3521/6

La scandaleuse
3741/5 (Août 94)

Fiancée contre son gré au désinvolte duc de Claymore, Whitney la rebelle est bien décidée à se battre pour préserver sa liberté.

L'amant de l'ombre
3810/7 (Décembre 94)

Que faire lorsque votre fiancé vous a abandonnée et qu'un beau ténébreux demande à être consolé d'une expérience conjugale malheureuse ?

MATTHEWS Patricia

La maîtresse de Malvern
1056/4

La promesse sauvage
2987/5

Les trois amours de Rachel
3160/6

Le déchaînement des passions
3348/5

MICHAELS Fern

Passions captives
3492/7

Dans la tourmente du désir
3575/8

MILLER Linda Lael

Pendue ou mariée
3614/4

Sauvée par un inconnu, Julie est-elle condamnée au mariage ? Si ce Daniel n'est pas sans charme, les "amis" de Julie ont décidé de la reprendre.

NERI Penelope

Séductrice en guenilles
3562/8

La captive du Sahara
3644/7 Inédit

O'BANYON Constance

L'amante masquée
3428/6

O'GREEN Jennifer

Prisonnière du roi
2981/5

POTTER Patricia

Le flambeur du Mississippi
3468/6

Sans foi ni loi
3561/5

QUICK Amanda

La séductrice inattendue
3491/5

La dame voilée
3612/5

REDD Joanne

La fiancée du désert
2926/4

Délivrer une aristocrate britannique prisonnière du pacha de Tripoli : telle est la mission du capitaine Sloan et qu'il mène à bien. Il lui faut ensuite retraverser le désert avec lady Hampton, une coquette, capricieuse et hautaine. Mais belle à damner un saint !

Le rêve chimère
2980/5

L'aventurière de Fort Alamo
3328/5

Chargée de convoyer des armes au Texas pour venir en aide aux rebelles de Fort Alamo, Rebecca s'éprend de l'homme qui lui sert de guide. Mais Chase n'est pas prêt de se laisser enchaîner : il est de sang comanche !

Danse avec le feu
3429/4

La fiancée apache
3663/6 Inédit

ROBARDS Karen

Désirs fous
2928/5

La lune voilée
2979/5

Mississippi belle
3070/4

Le brigand aux yeux d'or
3142/5

Promise au bûcher
3221/5

Esclave de personne
3327/5

Quelle impulsion ridicule pousse donc Susannah à acheter un esclave, parmi les condamnés aux travaux forcés qu'un navire vient d'amener en Caroline ? Elle regrette aussitôt son geste, surtout lorqu'elle constate que l'homme aux yeux gris est bien séduisant...

Les sortilèges de Ceylan
3466/5

ROGERS Rosemary

Le grand amour de Virginia
1457/4

Pour se venger de son mari, qu'elle soupçonne de lui être infidèle, Virginia s'embarque à Cuba avec un don Juan notoire. Au cours d'une escale dans un petit port, un tremblement de terre va bouleverser sa vie.

Le métis
2392/5

Esclave du désir
2463/5

Le désir et la haine
2577/7

Aventures et Passions

RYAN Nan
Esclave de soie
2929/5
Le prince aztèque
3071/5
Fille d'un riche rancher texan, Meagan s'éprend de Tonatiuh, son ami d'enfance, et découvre entre ses bras la fièvre d'une passion torride. Mais Tonatiuh a du sang aztèque et tout les sépare. Tout, sauf l'amour !
La légende de l'amour
3247/5
Le ravisseur indien
3574/6

SMALL Béatrice
La captive d'Istanbul
3613/6
Chassé croisé
3776/7 (Octobre 94)
Quatre hommes se disputent le cœur et le corps de la belle Cat. Des brumes d'Ecosse aux rives d'Istanbul, Cat brave un destin tumultueux.

SUTCLIFFE Katherine
Un défi amoureux
3592/4

TRENT Lynda
Coup de patte
3509/6
Jumelles et rivales
3724/6 (Juillet 94)

WEYRICH Becky Lee
Le vent brûlant de Bombay
3036/5
Le chardon et la rose
3110/6
La proie du pirate
3158/5
Lune gitane
3202/5
Le bal masqué de Géorgie
3303/5

WOODIWISS Kathleen
Quand l'ouragan s'apaise
772/4
Le loup et la colombe
820/4
L'inconnue du Mississippi
2509/3
également en coffret 3 vol.
FJ 6736
Cendres dans le vent
2421/7
Qui es-tu, belle captive ?
2998/6
Certes, Maxim Seymour est marquis, séduisant, valeureux. Ce n'en est pas moins, aux yeux d'Elise, un traître et un assassin. Elle fera donc tout pour l'empêcher d'épouser sa cousine Arabella. Furieux, Maxim décide d'enlever celle dont il est épris. Mais lorsqu'il tend les bras à sa chère captive, c'est une redoutable furie qu'il découvre : Elise !

Barbara Cartland

Samantha des années folles 1144/2
Comtesse Natacha 1145/2
Le bonheur commence à l'aube 1156/2
La revanche de lord Ravenscar 1321/2
L'amour joue et gagne 1360/2
Une couronne pour un cœur 1372/3
Les deux cousines 1384/3
Vanessa retrouvé 1385/2
Rencontre à Lahore 1401/2
L'amour démasqué 1414/2
Un baiser pour le roi 1426/2
Lune de miel au Rajasthan 1440/2
Fortuna et son démon 1454/2
Un diadème pour Tara 1482/2
Un amour imprévu 1538/1
La déesse et la danseuse 1581/2
Rhapsodie d'amour 1582/2
Sous la lune de Ceylan 1594/2
Les vibrations de l'amour 1608/2
Duchesse d'un jour 1609/2
L'enchanteresse 1627/2
Un amour de légende 1747/2
Ola et le marquis 1775/2
Le festin secret 1776/2
Un souhait d'amour 1792/2
L'amour est un songe 1843/2
Splendeurs impériales 1859/2
Les colombes de l'amour 1871/2
Un amour au clair de lune 1954/1 (Juillet 94)
La force d'une passion 1990/1 (Juillet 94)
La revanche du cœur 2005/1 (Juillet 94)
Prise au piège 2082/1
Une épouse particulière 2115/1
Le portrait de l'amour 2367/2
L'irrésistible charme d'Helga 2429/2
La trahison diabolique 2516/2
Duel pour l'amour 2547/1
Evasion pour le bonheur 2548/1
Les yeux de l'amour 2688/1
Le jugement de l'amour 2733/1
Passions victorieuses 2757/2
Pour une princesse 2776/2
Dangereuse passion 2777/2
L'amour victorieux 2796/1
Juste un rêve 2812/2
Amour, argent et fantaisie 2832/2
Le temple de l'amour 2847/1
La princesse des Balkans 2856/1
Douce enchanteresse 2857/1
Aime-moi pour toujours 2890/3
Le parfum des dieux 2960/1
Un ange passe 2972/1
Danger pour le duc 3047/2
Les ailes de l'amour 3108/3
Une fuite éperdue 3125/3
Le château des rêves 3452/2
Paris magique 3469/2
Passion diabolique 3470/2
Le parfum des roses 3488/2
Le bel aventurier 3489/3
Satan frappé par l'amour 3508/2
Un tour du destin 3519/2
Idylle romaine 3520/2
Pour l'amour de vous 3538/2
L'amour en automne 3539/2
Le moulin des passions 3558/2
En cachette 3559/2
Prise au piège 3572/2
La malédiction vaincue 3573/2
L'impossible bonheur 3595/3
Une irrésistible passion 3596/2
L'ombre du passé 3615/2
L'amour est un labyrinthe 3616/2
Miracle à Chadwood 3639/2
Les yeux du cœur 3640/2
Une idylle mexicaine 3660/2
Ô toi, mon roi 3661/2
Solita face aux espions 3680/2
L'amour sera notre refuge 3681/2
Au pays magique 3701/2
Un amour naissant 3702/2
La captive du cheikh 3729/2 (Juillet 94)
Et si je l'aimais... 3730/2 (Juillet 94)
Les enfants qui fuient 3743/2 (Août 94)
Un rêve merveilleux 3754/2 (Septembre 94)
Les vestiges de l'amour 3755/2 (septembre 94)
Les deux mariages de Thérésa 3774/2 (Octobre 94)
Sous le soleil de Grèce 3775/2 (Octobre 94)
Ensorcelée ! 3792/2 (Novembre 94)
Michael mon amour 3793/2 (Novembre 94)
Idylle à Lucca 3808/2 (Décembre 94)
Les sortilèges du cœur 3809/2 (Décembre 94)

3847

Composition Interligne B-Liège
Achevé d'imprimer en Europe (France)
par Brodard et Taupin à La Flèche (Sarthe)
le 20 décembre 1994. 6736 K-5
Dépôt légal déc. 1994. ISBN 2-277-23847-3
Éditions J'ai lu
27, rue Cassette, 75006 Paris
Diffusion France et étranger : Flammarion